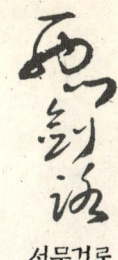

서문검로

명검 新무협 판타지 소설

FANTASTIC ORIENTAL HEROES

서문검로 1

명검 新무협 판타지 소설

초판 1쇄 찍은 날 § 2011년 2월 18일
초판 1쇄 펴낸 날 § 2011년 2월 25일

지은이 § 명검
펴낸이 § 서경석

총괄팀장 § 유경화
편집책임 § 어정원
편집 § 주소영 · 박우진

펴낸곳 § 도서출판 청어람
등록번호 § 제1081-1-89호
등록일자 § 1999. 5. 31
어람번호 § 제2-2048호

주소 § 경기도 부천시 원미구 심곡2동 163-2 서경B/D 3F (우) 420-822
전화 § 032-656-4452 팩스 § 032-656-4453
http://www.chungeoram.com
E-mail § chungeoram@chungeoram.com

© 명검, 2011

ISBN 978-89-251-2434-6 04810
ISBN 978-89-251-2433-9 (세트)

1 무림출도(武林出道)

서문검로
西門劍路

FANTASTIC ORIENTAL HEROES
명검 新무협 판타지 소설

청어람

目次

1

서문검로는 재생(再生)과 복수(復讐)의 글이다.

삶에서 그릇된 것을 바로잡고 되돌리는 재생, 많은 것을 잃게 한 자들에게 정당한 응징을 가하는 복수.

우리 모두는 흘러간 시간 너머의 잘못과 내게 상처를 입히고 눈물을 흘리게 한 존재를 제대로 어찌하지 못하는 현대사회에 살고 있다.

이 현대사회는 많은 제약과 구속이 따르는 곳이다.

이를 타파하고 싶은 것은 누구나 같은 마음이라 여긴다.

잃은 것을 바로잡아 되찾고, 나쁜 자에게 합당한 대가가 따르는 것은 무협의 영원한 테마요 진리다.

때로는 냉철하게, 때로는 화끈하게, 더러 유쾌하게, 더러 비정하게…… 이렇게 다채로운 색상을 입히고 싶어 쓴 글이 서문검로다. 물론 가장 근저(根柢)에 흐르는 도도한 대맥을

견지한 글이고, 이제 독자 제현께 조심스레 보이는 글이기도 하다.

뇌전 같은 검광 가운데 드러나는 흑막.

이것이야말로 서문검로의 가장 명료한 성격이라 할 수 있을 것이다.

겸허한 마음으로 독자 제현의 평가를 기다린다.

2

작가서문을 빌어 특별히 감사드리고픈 분들이 계시다.

힘든 상황에 있던 본인을 글쟁이 노릇 제대로 하게끔 뜨거운 조언과 진실한 마음으로 도와주셨던 형님이자 선배 작가이신 박현 작가님, 매우 희한한 특성을 지닌 본인이 글을 쓰는 데 부족함이 없도록 여러모로 편의와 위로를 아끼지 않으신 형님이자 선배 작가이신 여혼 작가님, 힘들 때 함께 작업실에 기거하며 여러 수고를 감수했던 후배 진설우 작가님에게 가장 먼저 감사의 말씀을 드린다.

더불어 장르 문학 전반에 깊은 관심을 가지시고 좋은 자리에서 항상 좋은 말씀 주신 무섭지광 형님께도 특별한 감사를 드린다.

일개 부족한 글쟁이인 본인의 글을 책으로 펴내주신 청어람 출판사의 서경석 사장님 이하 심혈을 기울여 함께 글을 만들어가신 편집진에게도 감사를 드리는 바이다.

3

언제나 고룡(古龍)을 꿈꾼다.

그가 그려낸 다정검객무정검(多情劍客無情劍)의 한 자루 예리한 비도, 절대 빗나가지 않는 소이비도(小李飛刀)는 여전히 이내 글쟁이의 가슴속에서 빛나고 있다.

그걸 잊지 않으면서 언제나 고투하련다.

이제, 싸움은 시작되었다.

추운 겨울, 달구벌의 늙지 않는 동굴[不老洞]에서,

불초(不肖) 명검(名劍) 드림.

이곳은 깊은 석동이다.

어디선가 희미한 조명이 칠흑 같은 공간을 비쳤다.

종유석이 천장과 바닥, 벽을 따라 자라나 있다.

그 종유석들 틈에 한 사내가 가부좌를 틀고 있다.

사내는 어둠과 하나로 융화되어 있는 듯했다.

죽었는지 살았는지도 알 수 없다.

그러던 어느 순간, 사내의 몸이 움직였다. 그리고 윗옷을 벗기 시작했다.

드러난 상반신에는 끔찍한 상흔이 가득했다.

암석이 갈라진 듯 거친 상처들.

사내는 오른손을 들어 올렸다. 손가락 끝에서 두 치 길이의 금침(金針)이 빛을 발했다.

묵묵히 금침을 응시하던 사내의 손이 움직였다.

푹!

금침은 순식간에 사내의 정수리 백회혈 속으로 사라졌다.

그럼에도 눈 하나 꿈쩍하지 않은 사내의 손에 또 다른 금침이 쥐어져 있었다.

푹!

금침으로 전신 요혈을 꿰뚫는 그의 기이한 행동이 이어졌다.

천주혈(天柱穴), 거궐혈(巨闕穴), 명문혈(命門穴), 기해혈(氣海穴)…….

십여 개의 금침이 모조리 자취를 감추었을 때 사내의 입술이 질끈 깨물어졌다. 떨림이 파문처럼 전신으로 번져 갔다.

사내의 손이 움직이기 시작했다. 혈도를 누르고 있었던 것이다. 금침을 찌른 역순서였다.

타혈(打穴)이 끝나자 사내는 눈을 감고 호흡을 가라앉혔다. 이윽고 자리에서 일어선 사내는 윗옷을 걸쳤다.

그는 어딘가로 발걸음을 옮겼다.

석실의 가장 안쪽, 푸른 이끼가 덮인 벽면을 향해서였다.

벽면의 정중앙엔 한 노인이 박혀 있었다.

한 겹 돌을 뒤집어쓴 듯 석화된 주검이였다.

주검이 박힌 곳 주위로 거미줄 같은 균열이 가 있었다. 마치 미증유의 힘이 시신을 벽에 박아버린 듯했다.

"……."

벽에 박힌 시신을 응시하던 사내는 천천히 구배지례를 올리기 시작했다.

석화된 시신은 그의 사부였던 것이다.

사내의 발길이 석동 반대편 계단으로 향했다.

계단을 오르던 발길을 거대한 바위가 가로막았다.

잠시 바위를 어루만진 사내는 바닥의 한곳을 발로 눌렀다.

그그그긍……!

육중한 소리를 내며 위로 올라가는 바위 너머로 눈부신 햇살이 쏟아졌다. 사내의 모습이 그 햇살에 녹아들었다.

第一章
만월

서문검로

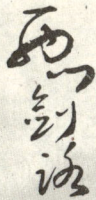

1

황혼은 잠시 타오르다 사라졌다. 그리고 달이 떠올랐다.

감탄을 자아내게 만드는 만월(滿月)이었다.

관도의 행인은 거의 사라졌다.

하지만 사내는 걸음을 멈추지 않았다.

밟히는 바닥의 촉감, 가을밤 서늘한 공기, 비추는 부드러운

달빛…….

길을 걸으며 그는 살아 있는 자신을 느끼고 있었다.

그 어두운 석동에서 삼 년 만에 다시 나왔다.

사내는 고개를 들어 만월을 올려다봤다.

달빛에 그의 면모가 여실히 드러났다.

전체적으로 부드러운 풍모였다. 이목구비는 수려했지만, 습관처럼 입가에 머문 미소와 약간은 피곤해 보이는, 눈에 드리운 옅은 웃음이 인상을 온화하게 만들어주었다.

그러나 사내의 괴이하리만치 창백한 얼굴 혈색은 부드러움 속에 예리한 면모를 은연중 암시하고 있다. 온화함과 냉철함이 한 겹 차단막을 두고 동시에 상존하는 풍모였다.

그렇게 길을 나아가던 어느 순간이었다.

두두두두!

등 뒤에서 다가온 말발굽 소리가 들려왔다.

자욱한 먼지를 일으키며 그를 스쳐 가는 두 기의 인마.

그 탓에 사내는 흙먼지를 잔뜩 뒤집어쓰고 말았다.

걸음을 멈춘 그는 멀어지는 인마를 바라보다가 씁쓸히 웃으며 먼지를 털었다.

"성질 급하군. 저렇게 말을 혹사시키면 얼마 견디지 못할 텐데……."

사내는 다시 걸음을 옮겼다, 방금 전의 일은 잠깐의 소요에 불과하다는 듯이.

하지만 다시 소요가 일어났다. 멀리 사라졌던 인마가 되돌아오고 있었던 것이다.

"워워!"

눈앞에 이른 말들이 기수의 지시에 따라 급정지했다. 애써 털어낸 먼지가 또 한 번 사내의 전신을 휘감았다.

기수는 일남일녀.

남자는 청삼청년, 여자는 채의소녀였다.

두 남녀는 잠시 눈빛을 나누더니 의심스런 표정으로 그를 바라봤다. 특히 그의 우측 어깨에 걸린 바랑 위로 삐죽이 솟은 청강검의 검파(劍把)에 주목했다.

"형씨, 실례지만 말 좀 물어보겠소."

먼저 입을 연 건 임풍옥수의 청년이었다.

그는 고개를 끄덕였다.

"물으시오."

소녀와 다시 눈빛을 나눈 청년이 물었다.

"형씨가 가던 방향으로 수상한 이들을 보지 못했소? 말을 타고 병장기를 휴대한 자들이었소."

그 말에 아, 하며 사내가 아는 체를 했다.

두 남녀는 반색하며 거듭 물었다.

"그들을 보셨소?"

"물론 봤소."

"언제쯤 보셨고 어디로 사라졌소?"

"그들은 일남일녀로 조금 전 나를 앞질러 갔다가 다시 되돌아와 묻고 있소."

잠시 침묵이 이어졌다. 그리고 호통과 함께 청년의 채찍이 날아들었다.

"무엄한 놈! 감히 헛소리를!"

청년의 채찍이 그의 뺨을 내려치려는 순간,

"문(文) 오빠, 안 돼요!"

소녀가 외치며 자신의 채찍으로 청년의 채찍을 쳐냈다.

청년이 화난 표정으로 소녀를 돌아봤다.

"방금 이놈은 우리를 농락했다! 그냥 둬선 안 돼! 누구도 청의문도를 무시할 순 없다!"

청년이 다시 채찍을 휘두르려 하자 소녀가 먼지투성이가 된 사내를 일별하며 말했다.

"결례를 저지른 건 우리예요. 저 사람 몰골을 보라구요."

힐끔 사내를 쳐다본 청년의 기색이 차츰 누그러지기 시작했다. 잠시 후 그가 마지못한 표정으로 말했다.

"뭐… 유감이오. 워낙 급한 바람에 그만 실수했소."

하지만 말과는 달리 눈가에 경멸의 빛이 감돌았다.

다시 사내를 살핀 청년이 소녀를 보며 말했다.

"가자. 빨리 놈들을 찾아내 사형께 알려야 해."

청년은 질풍처럼 말을 달려 앞으로 나아갔다. 뒤에 남은 소녀는 미안하다는 듯 말했다.

"우리는 음적(淫賊)들을 쫓고 있어요. 그래서 급한 나머지 실례를 범했던 거예요."

그녀는 소매에서 뭔가를 꺼내 사내에게 주었다.

"이걸로 새 옷을 장만하세요. 정말 죄송합니다."

사내의 손에 놓인 건 두 냥의 은전이었다.

은 한 냥이면 쌀 대여섯 가마니, 질 좋은 옷을 몇 벌 사고도 남는 돈이었다. 그런데도 두 냥이나 줬으니 그녀가 정말 미안해하고 있다는 것은 분명했다.

"과한 액수지만, 받지 않는다면 오히려 실례겠지요? 고맙소. 일이 급하다니 어서 가보시오."

사내가 쓸쓸히 웃으며 은전을 받자 소녀는 살짝 목례를 하며 말 허리를 찼다.

이히힝!

투레질을 하며 질풍처럼 달려가는 소녀의 말.

그 바람에 사내는 또다시 옷을 툭툭 털 수밖에 없었다.

"매일 이런 일만 있으면 금방 부자가 되겠군."

쓴웃음을 머금은 그의 음성이었다.

2

지난밤 내린 이슬로 노상은 축축이 젖어 있었다.

동이 터오자 사내는 약간의 피로감을 느꼈다.

이미 몇 개의 마을과 시장을 지나쳤지만 멈추지 않고 목적지를 향해 나아갔다.

아침이 되니 길 한쪽에서 말 울음소리가 요란하게 들렸다. 말을 사고파는 마장(馬場)이 있는 곳이었다.

사내는 마장으로 발길을 향했다.

많은 사람들이 모여 말을 살피거나 흥정하고 있었다.

하지만 모든 장사치가 수완이 뛰어나진 않다. 잘 파는 이가 있으면 못 파는 이 또한 있는 법.

원인은 다양하다. 낯을 심하게 가려서, 위치가 좋지 않아서,

사소한 요령이 없어서, 취급하는 물건이 좋지 않아서 등 등…….

그런데 위와 같은 예가 아니어도 이상하게 장사를 못하는 사람이 있다. 재수가 없거나 마가 씌어서 그런 것일까?

어쨌든 사내가 향한 곳도 파리만 날리는 곳이었다.

의자에 앉아 무료하게 부채질을 하고 있던 주인은 사내를 힐끔 올려다보았다.

"뭐요?"

표정이나 어조에는 귀찮다는 빛이 역력했다.

사내는 손바닥을 펼쳐 보였다. 거기에 다섯 냥의 은전이 놓여 있었다.

"이 돈으로 살 수 있는 말은 없겠소?"

주인이 한쪽을 가리켰다. 비루먹은 말 여섯 마리가 있는 마구간이었다.

"그 돈으로는 당나귀도 못 살 거요. 하지만 행색이 초라해 보여 깎아줄 테니 사든 말든 마음대로 하시오."

장사를 하고 싶지 않다는 태도였다. 그러나 사내는 담담히 웃으며 마구간으로 향했다.

말들을 쭉 살핀 그는 그중 한 마리를 지목했다.

"이놈이 좋겠소."

지목한 말은 하품이었다. 짧은 털은 윤기가 없고, 갈기도 듬성듬성해 별 볼일 없어 보였다.

"웬만하면 다른 말로 고르시지?"

주인이 비웃으며 권했지만 사내는 고개를 가로저었다.

"이 말이 제일 좋소."

"다른 말로 고르라니까."

"내가 좋다는데 뭐가 문제요?"

주인이 입을 헤벌렸다. 그 자신도 보기 드문 장사치지만, 사내 역시 보기 드문 손님이었다.

그때, 어디선가 낭랑한 웃음소리가 들려왔다.

"하하하! 누구도 사지 않고 주인까지 만류하는 말을 사겠다니, 대단한 고집이로군."

사내와 주인이 동시에 고개를 돌렸다.

건너편 마구간에서 일남일녀가 이쪽을 지켜보고 있었다.

지난밤 사내에게 먼지를 뒤집어씌웠던 그 남녀였다.

음적을 쫓는 데 실패한 그들은 말을 갈아타기 위해 마장에 들렀다가 우연히 사내를 발견했다. 그리고 주인과 실랑이하는 사내를 보고 청년이 그만 폭소를 터뜨리고 만 것이었다.

소녀는 웃진 않았지만 한심하다는 눈빛을 하고 있었다.

그러는 사이, 청년이 웃음을 멈추며 말했다.

"형씨, 그냥 다른 말을 고르시오. 지난밤에 실수를 저지른 것도 있으니 돈이 모자란다면 몇 푼 보태주겠소."

"호오?"

사내가 흥미롭다는 반응을 나타냈다.

청년은 손안의 은전을 짤랑거리며 웃었다.

"자, 은 두 냥. 와서 가져가시지."

호의는 베풀되 은연중 멸시하는 태도가 역력했다.

사내는 잠시 침묵하다가 고개를 가로저었다.

"고맙지만 사양하겠소. 내가 받을 돈이 아니니……."

그리고 뒤돌아선 사내는 다시 주인과 입씨름을 계속했다.

청년은 살짝 이맛살을 찌푸렸다.

사양한 건 그렇다 쳐도, 말을 흐린 어감이 미묘했다.

잠시 사내의 뒷모습을 응시하며 어떻게 할까 생각하던 청년은 그냥 웃어버렸다.

"검을 소지한 걸 보니 떠돌이 무인 같은데, 그래도 자존심은 있군. 이를 칭찬해 줘야 하나, 말아야 하나?"

소녀가 눈살을 찌푸리며 그러지 말라는 듯 고개를 저었다.

"쳇, 송 누이를 봐서 그냥 넘어가기로 하지. 자, 새로운 말도 구했으니 이만 여기를 떠나자."

두 남녀는 새로 교체한 말을 타고 마장을 떠났다.

잠시 후, 주인과 실랑이에서 승리한 사내 역시 비루먹은 말을 끌고 마장을 빠져나왔다.

마장을 빠져나온 사내는 안장 위에 올랐다.

그가 하품마(下品馬)를 고른 건 특별한 이유 때문이 아니었다. 돈이 많지 않았기 때문이다.

그런데 의외로 이 말은 상태가 나쁘지 않았다. 사람을 태우고도 힘든 기색이 전혀 없었다.

삼십 리 정도를 간 사내는 말에게 달리도록 해봤다.

잘 달렸다.

사내는 다행스러움을 느꼈다.

비루먹은 말이 사실은 명마더라는 얘기가 가끔 있다. 이 말
역시 그런 경우가 아닐까 생각했다.

물론 확실치 않은 게, 이렇게 잘 달리다가도 언제 갑자기 퍼
져 버릴지 모르는 일.

그래서 사내는 일단 지켜보기로 했다.

3

땅거미가 깔릴 때까지도 말은 잘 달렸다.

도중에 한 번 여물과 물을 줄 때를 제외하고는 한나절 이상
을 보통 말처럼 잘 달린 것이다.

'의외의 보물이군.'

사내는 말이 대견스럽게 느껴졌다.

관도에는 행인과 말, 마차와 수레 등이 점점 많아지고, 번화
한 마을이 나타나는 빈도도 잦아졌다.

북경대명부(北京大名府)의 영내로 들어선 것이다.

날이 어두워지자 사내는 계명진(鷄鳴鎭)에 이르렀다.

아문(衙門)을 지나자 바로 객잔이 나타났다.

만월객잔(滿月客棧).

객잔 간판을 본 사내는 자기도 모르게 하하, 웃었다. 기묘하
게도 만월은 그와 인연이 있는 것 같다.

문 앞에 앉아 있던 꼬마가 달려왔다.

"묵으실 건가요? 그럼 타고 오신 말도 맡겨주세요."

"그래 주렴."

말을 맡긴 사내는 계단을 올라 객잔 안으로 들어갔다.

객잔은 저녁 시간이라 발 디딜 틈 없이 혼잡했다.

사내는 빈자리를 살피며 서성거렸다. 그러다가 몇 폭의 병풍이 쳐진 곳으로 향했다. 한 탁자에 자리가 남은 것을 본 사내는 그곳으로 다가갔다.

하나같이 음침한 인상의 다섯 장한이 앉은 자리였다.

그들은 뭔가 얘기하다가 사내가 가까이 온 걸 보고 즉시 입을 닫았다.

장한들에게 목례를 건넨 사내가 말했다.

"잠시 합석하면 안 되겠소? 식사만 마치고 일어날 거요."

장한들은 서로 눈빛을 교환하며 대꾸가 없었다.

이들의 눈빛은 어딘가 희번덕거리는 게 영 느낌이 좋지 않았다. 그때 메기처럼 생긴 장한이 웃으며 고개를 끄덕였다.

"안 될 거 뭐 있겠소? 어서 앉으시오."

"그럼 잠시 실례하겠소."

사내가 자리에 앉자 점소이가 달려왔다.

"뭘 드릴까요?"

"국수 하나."

정말 간단한 주문이었다. 돈 없는 작자라고 판단한 점소이의 표정이 미묘하게 변했다.

"아… 예에. 국수 하나요?"

사내가 고개를 끄덕이자 점소이는 몸을 돌리며 객잔이 부서지도록 버럭 소리쳤다.

"이 손님 국수 하나!'

몇몇 손님이 웃음을 터뜨렸다.

사내는 어색하게 웃고는 탁자만 바라봤다.

눈치를 살피던 장한들도 그가 별 볼일 없다고 느꼈는지 곧 자기들끼리 먹고 마셨다.

객잔의 시끌벅적함 속에 잠시 시간이 흘렀다.

문득, 밖에서 수십 필의 말발굽 소리가 울려와 객잔의 소요를 일시 압도하다가 차츰 줄어들었다. 소리로 보아 개잔 앞에 시 밈춘 섯 같았다.

'정말 장사가 잘되는 곳이군.'

내심 혀를 내두른 사내는 점소이가 탕 소리를 내며 놓고 간 국수를 들기 시작했다.

조금 있다가 문으로 사람들이 우르르 쏟아져 들어왔다.

대부분 청삼을 입은 자들이었다. 그들 중에는 사내가 이미 두 번 만난 일남일녀도 포함돼 있었다.

'확실히 보통 인연이 아니군.'

병풍 틈새로 두 사람을 목도한 사내가 실소를 흘렸다.

만월을 보며 생각에 잠겼을 때 만난 사람들을 하필 만월객잔에서 또 만난 것이다.

"……?'

그가 혼자 웃자 동석한 장한들이 이상하다는 얼굴로 바라봤다. 그러더니 청삼인들을 발견하고는 자기들끼리 의미있는 눈짓을 나누었다.

국수를 들던 사내는 객잔이 조용해진 걸 깨달았다.

병풍 틈새로 보니 청삼인 무리 중 가장 나이가 많은 중년인이 객잔 주인에게 뭔가 양해를 구하고 있었다.

나머지 청삼인들이 병풍 주위로 다가오고 있었다.

사내는 다가오는 청삼인들과 동석한 장한들의 태도를 보고 금세 미심쩍음을 깨달았다.

'나쁜 녀석들과 동석한 것 같군. 혹시 이들이 지난밤 그 일남일녀가 쫓던 음적들이 아닐까?'

예전부터 사내의 예상은 잘 들어맞는 편이었다.

아니나 다를까.

우지끈 병풍이 부서지더니 일남일녀가 모습을 드러냈다.

다섯 장한이 탁자와 의자를 걷어차며 벌떡 일어났다.

그러나 이미 청삼인들이 사방을 에워싸고 있었다.

"하하! 두 분은 자주 뵙는구려."

국수를 엎지른 사내는 일남일녀를 보며 머쓱하게 웃었다.

청년이 코웃음을 쳤다.

"역시 그렇고 그런 작자였군. 음적들과 동석한 걸 보니 한패거리가 틀림없겠지?"

사내가 웃으며 손사래를 쳤다.

"난 그저 우연히 동석하게 된……."

"닥쳐!"

그의 말을 자른 것은 청년과 동행한 소녀였다.

"어수룩하게 가장하고 우리를 속이다니……. 어젯밤 네놈 정체를 알았다면 단칼에 베어버렸을 것이다!"

사내는 황당하기 짝이 없다는 표정을 지었다.

그 순간 청년이 한 손을 뻗었다. 그러자 청삼인 중 한 명이 화창(花槍)을 던져 주었다.

두 손으로 화창을 잡고 머리 위로 붕붕 돌린 청년이 눈을 부라리며 말했다.

"요사한 놈, 네놈의 혓바닥부터 뚫어놔야겠다."

이때 메기 얼굴의 장한이 눈알을 굴리더니 사내가 앉은 의자를 냅다 걸어찼다.

"이런……."

사내가 앞으로 꼬꾸라질 듯 튕겨났다. 그런 사내에게 메기 얼굴의 장한이 손가락질을 하며 소리쳤다.

"네놈이 악랄한 오음자(五淫者) 무리 중 한 놈이구나! 그런 주제에 감히 우리와 동석하다니!"

일남일녀를 비롯한 청삼인들은 무슨 소리냐는 표정으로 메기 얼굴의 장한을 보았다.

그들이 알기로 메기 얼굴을 포함한 다섯 장한이야말로 근래 악명이 자자한 오음자였다.

미색이 좋으면 규수든 유부녀든 가리지 않고 범해 공적으로 선포된 자들이었는데, 이번에 인근 고을에서 명망이 높은 유지의 첩을 건드리는 바람에 이 지역 유력 문파인 청의문의 분노를 사게 된 것이다.

청의문도 중에 오음자의 얼굴을 아는 자는 한 명도 없었지만 인상착의 정도는 대략 파악하고 있었다.

게다가 여기까지 추격해 올 수 있었던 결정적인 단서가 있다는 걸 오음자는 전혀 알지 못하고 있었다.

"네놈들의 거짓말은 통하지 않는다."

청삼인들 사이로 한 사람이 걸어나왔다. 객잔 주인에게 양해를 구하던 중년인이었다.

"오전에 암습으로 부상을 당한 둘째 사형이 네놈들 옷에 천리추종향을 뿌리셨다. 그렇지 않다면 우리가 어찌 여기까지 추적해 올 수 있었겠느냐?"

오음자는 아뿔싸 하는 표정을 지었다. 그러자 연이어 낭패를 당한 사내가 그 보란 듯 고개를 돌렸다.

"이제야 오해를 벗게 되겠군. 그럼 난 이만……."

"잠깐! 그대 역시 혐의를 벗을 수 없다."

중년인이 사내의 앞을 막아섰다.

"어쨌든 저들과 동석했다는 건 의심받을 만한 일이지. 더구나 검을 소지한 걸 보니 무인이 확실하군. 설령 저들과 무관하다 해도 일단 조사할 필요가……."

그 말이 끝나기도 전에 오음자가 신형을 솟구쳤다. 두 사람이 대화를 나누는 틈을 이용해 몸을 빼내려는 것이었다.

"어딜 감히!"

소녀와 나란히 서 있던 청년이 비호처럼 몸을 날렸다.

화창이 메기 얼굴을 한 일음자(一淫者)의 배를 노렸다.

"가소로운 놈."

냉소를 머금은 일음자의 발이 위로 올라갔다가 창신을 내리찍었다.

윙, 소리와 함께 창이 활처럼 굽고, 그 탄력을 이용해 일음자는 더욱 높이 솟구쳤다.

"멈춰라."

청삼중년인이 소매를 떨치자 다섯 개의 동전이 오음자를 향해 날아갔다. 한 수로 다섯 방면을 동시에 노리는 고절한 암기술이었다.

그러면서도 청삼중년인은 문도들의 주의를 일깨웠다.

"손님들이 다치지 않게 해라!"

그 말에 막 암기를 뿌리려던 청삼인들이 멈칫했다.

그때 차앙 하는 쇳소리가 울렸다. 허공에서 칼을 뽑은 오음자가 날아오는 동전을 후려쳤다. 퍽퍽 소리와 함께 대들보와 기둥에 동전들이 박혔다.

"으흭······!"

밖으로 나가려는 손님들의 아우성이 객잔을 흔들었다.

오음자는 이미 빠져나갈 방향을 염두에 두고 있었는지 벽면을 차며 빠르게 이층으로 날아올랐다.

"놈들을 전부 밑으로 던져 버려!"

이층으로 오른 일음자가 비대한 덩치의 손님을 난간 아래로 던지며 소리쳤다.

"탁자, 의자, 식기도 던져라!"

와장창! 우당당탕!

그릇과 접시가 깨지고 탁자와 의자가 부서지는 가운데 사람들이 비명을 지르며 떨어져 내렸다.

그런데,

아래층에 있던 사내가 누군가에게 걷어차였는지 바닥을 굴렀다. 사내에 의해 탁자들이 빠른 속도로 튕겨 나갔다. 빙판을 미끄러지듯 이동한 탁자들은 떨어지는 손님들을 받았다.

"어이쿠!"

콰당!

사람들의 앓는 소리와 함께 탁자가 부서졌지만 크게 다친 사람은 없었다.

사내의 구르는 속도는 갈수록 빨라졌다. 그리고 탁자들은 더 빨리, 더 많이 튕겨 나가 떨어지는 사람들을 받았다.

좌중의 눈이 휘둥그레졌다.

이를 목도한 오음자 역시 눈이 휘둥그레져 더 이상 지체할 엄두가 나지 않았다.

"가자!"

일음자의 지시에 따라 그들은 이층 창문을 부수려 했다.

그런데 바닥을 구르던 사내가 벌떡 일어나더니 앞으로 거꾸러지는 게 아닌가? 그의 두 손이 탁자를 치자 젓가락들이 화살처럼 이층으로 날아갔다.

경황 중이라 누구도 이 광경을 정확히 본 사람은 없었다. 오직 오음자만이 날카로운 기운을 느끼고 칼을 휘둘렀다.

카카캉!

강한 쇳소리와 함께 젓가락을 후려친 오음자의 칼이 휘청 굽었다. 연이어 칼을 쥔 호구가 찢어져 그들은 칼을 놓을 수밖에 없었다.

바로 그 순간, 그들이 빠져나가려던 창을 먼저 부수고 뛰어든 인영이 있었다.

차가운 빛이 번쩍이자 오음자는 순식간에 혈도를 제압당해 털썩털썩 쓰러졌다.

그들의 머리맡에는 청삼여인이 서 있었다.

면사를 쓴 그녀의 손에는 은빛 판관필 한 쌍이 쥐어져 있었다.

"아! 대사저!"

"과연 사부님 비전의 은성타혈법(銀星打穴法)!"

객잔 안은 청의문도의 우레 같은 환호로 가득했다.

그러나 정작 놀라운 타혈법으로 오음자를 제압한 면사녀의 눈빛은 그리 밝지 못했다.

그녀의 시선이 몸을 일으키는 사내 쪽으로 향했다. 면사 위로 드러난 그녀의 봉목이 이채를 띠고 있었다.

4

"…그러셨군요."

양쪽의 이야기를 모두 들은 청의면사녀는 고개를 끄덕였다.

그녀는 딴청을 피우는 사내에게 포권을 취했다.

"저는 청의문의 곡원월(曲圓月)이에요. 제자들이 귀하를 오음자와 동류로 오해한 것 같군요. 대신 사과드리겠어요."

사내는 포권으로 응대했다.

"오해받을 수밖에 없는 상황이었소. 마음에 두지 마시오."

그때 곡원월 뒤쪽에 있던 청년이 항변했다.

"대사저, 그는 여러 가지로 의심스런 자입니다. 설사 오음자와 관련이 없다 하더라도 뭐 하는 자인지 조사는 해봐야 하지 않겠습니까?"

그러자 곡원월이 냉랭한 어조로 말했다.

"문청수(文靑樹), 당신이 나설 자리가 아니에요."

순간, 청년의 안색이 핼쑥하게 변했다.

대사저는 문하 제자에게 성까지 함께 부르는 경우가 거의 없었다.

예외가 있다면 뭔가 중한 잘못을 범했을 때다.

"소제가 경망되게 나섰습니다. 죄송합니다."

문청수는 풀이 죽은 모습으로 물러났다.

잠시 그를 쏘아보던 곡원월은 시선을 사내 쪽으로 돌렸다.

"귀하의 이름을 묻는다면 실례일까요?"

사내는 선선히 대답했다.

"실례랄 것까지야. 서문 모(西門某)라고 하오."

본래 그의 이름은 아무개 '모' 할 때의 '모'가 아니라 옳을 '의'였다. 즉, 서문의(西門義)가 그의 진정한 이름이었으나 성만 밝히고 만 것이다.

"…서문 모. 그렇군요."

서문의의 말에 곡원월은 상대가 이름 밝히길 꺼린다는 걸 깨달았다.

"주변의 이목이 많군요. 밖에서 대화를 나누고 싶은데, 괜찮으시겠어요?"

"흠, 좋소."

잠시 생각하던 서문의는 고개를 끄덕였다.

객잔 후원의 풍성하게 늘어진 수양버들 아래 일남일녀가 서로 마주 보고 서 있다.

서문의와 곡원월이었다.

밖으로 나온 이후 줄곧 침묵하던 곡원월이 물었다.

"무림에서 상대의 내력을 묻는 건 금기지만, 그래도 꼭 여쭙고 싶군요. 귀하의 사승(師承)은 어찌 되나요?"

그녀의 어조에는 호기심이 묻어 있었다.

서문의는 팔짱을 낀 채 반문했다.

"이는 개인적인 질문이오?"

곡원월의 봉목에 당혹감이 스쳤다. 그녀가 미처 대답하기도 전에 서문의가 웃으며 말했다.

"농담이었소. 나쁜 뜻은 아니니 이해하시길."

그는 잠시 흠, 하며 침음하다가 말을 이었다.

"곡 소저께서 소생에게 물으셨던 바가 개인적인 질문은 아닐 거요. 그러나 소생이 쉽게 대답해 줄 수 있는 질문도 아니니……."

"역시 제가 주제넘었군요."

곡원월이 서문의의 말뜻을 이해하고 고개를 끄덕였다.

"그런 게 아니라 내게 부득이한 사정이 있어서……. 아무튼 오늘은 달도 밝고 바람도 선선하니 담소를 나누기엔 더할 나위 없이 좋은 밤이지만, 본래 남녀는 유별하니 더 하실 말씀이 없다면 소생은 이만 작별할까 하오."

그 말에 곡원월이 아쉬운 듯 한숨을 내쉬었다.

"본의 아니게 누를 끼쳤네요. 어쨌든 감사와 사과를 드리기 위해 밖으로 모셨던 거예요."

곡원월이 잠시 말을 멈췄다.

"감사는 청의문의 일로 다칠 뻔한 객잔의 손님들을 대신 구해주신 것에 대한 감사이고, 사과는 귀하를 오음자와 함께 묶어 취급한 제자들의 경솔함에 대한 사과예요."

서문의는 고개를 가로저었다.

"그건 어디까지나 요행이었소."

"…요행이라고요?"

"그렇소. 굳이 감사나 사과를 하실 필요는 없소."

곡원월은 더 이상 물어도 원하는 대답을 듣지 못하리라 생각했다.

"알겠어요. 더 말하는 건 모양새가 좋지 않겠네요."

서문의는 웃으며 포권을 취했다.

"바로 그렇소. 그럼, 유쾌한 담소는 이만 마치도록 하겠소."

곡원월도 마주 예를 취하며 말했다.

"오늘은 답례를 못했으니 후일을 기약하죠."

"인연이 있다면."

서문의는 몸을 돌려 객잔으로 향했다.

그런 그의 뒷모습을 바라보는 곡원월의 눈이 깊게 가라앉았다.

그녀는 서문의를 볼수록 소문으로 듣던 누군가가 생각났다.

과거에 강호를 위진시키던 사내.

하지만 그는 삼 년 전 불미스런 일로 유명을 달리하고 말았다고 전해진다. 그런데 왜 저 사람을 보니 그의 이야기가 자꾸 연상되는 것일까?

'서문이라는 성씨만 같을 뿐인데…… 오래전에 죽은 그와 동일인일 리가 없겠지. 그가 죽을 당시의 나이를 생각해 보면 지금 저 사람과 거의 같기는 하겠지만.'

곡원월이 이런 생각을 하고 있을 때 서문의는 객잔 안으로 사라져 보이지 않았다.

第二章
과거의 매듭

서문검로

1

휘잉…….

바람이 관도를 휩쓸었다.

서문의는 자욱한 먼지를 맞으며 혀를 차고 있었다.

결국 말이 퍼져 버리고 만 것이다.

직전까지만 해도 그렇게 잘 달리더니 어이없을 만큼 갑자기 퍼져 버렸다.

'이왕 퍼지려면 기미라도 보이던가…….'

네 활개를 펼친 채 배를 깔고 바닥에 드러누운 말을 보며 서문의는 속수무책이었다.

녀석은 드러누운 것도 모자라 한 번씩 좌우로 뒹굴기도 했다. 그런 가운데 시간만 속절없이 흘러가고…….

'관도에서 꼼짝없이 오도 가도 못하게 되어버렸군.'

이런 그의 속내를 아는지 모르는지 지나치던 행인들이 곱지 않은 시선을 보냈다.

"진짜 몰상식한 자로군. 저렇게 비루먹은 말을 얼마나 혹사시켰으면……. 에잉!"

"짐승을 학대하는 인간이 나중에는 사람도 거리낌없이 해칠 수 있다고 하던데……."

자신에게 쏟아지는 매도에 서문의는 머리가 지끈거렸다.

항변한다고 될 일도 아니고 그러고 싶지도 않았다.

퍼져 버린 저놈을 어찌해야 할지 그게 가장 큰 문제였다. 여느 사람 같으면 말을 버리고 갈 길부터 가겠지만 서문의는 그럴 수가 없었다.

어쨌거나 며칠간 그를 위해 봉사해 준 말이 아닌가?

한참이 지나서 서문의는 결국 결심했다.

"그래, 고통이나 덜어주고 양지 바른 곳에 묻어주마. 이러는 나도 마음이 편치 않다. 지난 며칠 정말 고마웠다."

검을 뽑는 서문의의 목소리에 연민이 묻어 있었다.

그런데, 바로 그때였다.

푸르륵!

갑자기 말이 투레질하며 몸을 일으켰다. 그러면서 막 검을 내려치려던 서문의의 손등을 핥았다.

서문의는 입을 벌릴 수밖에 없었다.

일반적으로 말이 쓰러진다는 건 죽어간다는 것과 마찬가지

의미였다. 그런데 검을 뽑자마자 벌떡 일어서다니?

일단 검을 다시 집어넣은 서문의는 이 문제에 대해 생각해봤다. 그러다가 어느 정도 깨달을 수 있었다.

'이놈은 자기가 쉬고 싶을 때 쉬고, 움직이고 싶을 때 움직이는 놈이로군.'

이것이야말로 저 말의 가장 명료한 특성이었다.

서문의는 먼 산을 보며 딴청을 피우고 있는 말을 한참을 노려봤다. 그러면서 어떻게 할까 망설였다.

하지만 어쩌겠는가? 말이 없으면 당장 걸어가야 하는 판국이다. 다른 말을 살 여유도 되지 않는다.

말 주제에 이해가 되지 않는 특성을 가진 놈이지만 일단은 참기로 했다.

"아쉬운 놈이 져줘야지. 하지만 그냥 져주는 건 못하겠다."

서문의의 얼굴에 기묘한 웃음이 피어났다.

저 멀리 주막에 걸린 붉은 휘장이 보였다.

서문의는 주막에서 국수만 들고 바로 떠날 생각이었다.

그는 말의 뒤통수를 힐끗 내려다봤다.

'생각할수록 배신감이 느껴지는군.'

말은 그때 이후 고분고분 잘 달렸다. 아무리 생각해도 아까 놈이 퍼진 것은 고의적인 행동이라는 생각이 들었다.

서문의가 보기에 말은 이미 한 번 배신을 저질렀다.

한 번 배신은 두 번, 세 번으로 연결될 수 있는 법. 그래서 약간의 본보기를 보여주기로 했다.

주막 앞에 이른 서문의는 훌쩍 말 등에서 뛰어내렸다. 그리고는 말뚝에 '배신자'를 묶어둔 뒤 주막 안으로 들어갔다.

"국수 하나."

그의 주문을 받은 점원이 주방으로 향했다.

이히힝―!

밖에서 배신자의 애달픈 울음소리가 들려왔다. 그러나 서문의는 회심의 미소를 띠며 무시해 버렸다.

국수가 나오자 서문의는 후루룩 마시듯 삽시간에 해치웠다.

"잘 먹었소."

돈을 지불한 그는 밖에 나와 배신자를 살폈다.

여물을 먹지 못한 놈의 눈이 심상치 않아 보였다.

이상해서 자세히 보니 두 눈이 팔자(八字)를 이루며 울상을 하고 있었다.

푸, 하고 터지려는 웃음을 간신히 누른 서문의는 입을 꾹 닫고 놈의 등에 올랐다.

골탕 먹인 게 괘씸해서 당분간은 쉬지 않고 강행군할 작정이었다. 그리고 하루나 이틀 굶겨서 놈이 어찌 나오나 지켜볼 생각이었다.

'이제 시작일 뿐이다.'

그는 내심 웃으며 놈의 허리를 박찼다.

"이럇!"

놈은 맥이 풀려 버려 울음소리도 없이 출발했다.

그날 저녁.

서문의는 연경 외곽의 어느 도박장에 있었다.

금화점(金貨店).

수배된 자들을 포함해 칼깨나 쓰는 강호의 유협이나 건달, 명문가의 자제, 유생 등 수많은 부류의 사람들이 찾는, 연경에서는 제법 유명한 마작 전문 도박장이었다.

입구 근처. 소액을 걸고 하는 자리에서 서문의는 싱글벙글 웃고 있었다. 네 명이 두는 사인장(四人莊)인데, 이미 내리 세 판을 이겨 백 냥이 넘는 은자를 딴 것이다.

이번은 보다 큰돈이 걸린 마지막 넷째 판, 승부는 거의 난 상황이었다.

탁!

서문의가 가지고 있던 패를 뒤집어 보였다.

삼원패(三元牌)였다. 때문에 본래 가지고 있던 나머지 삼원패를 합쳐 대삼원(大三元)이 완성되었다.

"하하하! 이번에도 내가 운 좋게 이겼소."

네 번 연속 이긴 서문의가 웃으며 돈을 거두어들였다.

입맛만 다시고 있던 맞은편 털보가 혀를 찼다.

"형씨는 정말 재주가 좋군. 순수한 실력만으로는 연승하기가 어려운 게 마작인데……."

우측에 있던 비단옷의 귀공자가 동의했다.

"이 형씨는 분명 천재거나 범인의 몇 배가 넘는 좋은 운을 타고났다고밖에 생각되지 않소."

좌측에 있던 주정뱅이가 술을 한 잔 들이켜더니 탄식했다.

"마작만 이십 년 즐겼지만, 저 형씨처럼 속임수를 부리지 않고 이리 잘하는 건 처음… 껙!"

서문의는 액수를 확인해 보았다.

금화점에 떼어줘야 할 스무 냥을 제외하고도 백팔십 냥을 벌었다. 그는 흐뭇한 얼굴로 일어나며 같이 둔 사람들에게 각각 열 냥씩 나누어 줬다.

"오, 이렇게나 많이?"

"요즘 개평 인심이 바닥인데 과연 형씨는 다르시군."

"하, 고맙소. 덕분에 오늘 마누라 바가지는 면하겠군."

세 사람이 사의를 표하자 서문의는 씩 웃으며 말했다.

"도박에 개평은 필수요."

"호! 정말 멋진 말씀이군."

반색하는 세 사람에게 서문의는 작별을 고했다.

"잃을 때가 있으면 딸 때도 있는 법. 힘들 내시길."

서문의는 싱글벙글 웃으며 밤거리를 거닐었다.

그는 두둑한 전낭을 손으로 던졌다 받았다 했다. 뒤에서는 다 죽어가는 얼굴을 한 말이 힘없이 끌려오고 있었다.

서문의는 어느 삼층 건물 앞에서 걸음을 멈췄다.

안락다루(安樂茶樓).

이곳은 유명한 찻집으로, 앞서 금화점과 마찬가지로 연경의 명물 중 하나였다.

서문의는 내걸린 청등을 보며 생각했다.

'내일 그곳을 찾기 전에 정보부터 사야겠군.'

다루의 앞뜰로 들어서는 그를 푸른 등이 반겨주었다.

2

다음날 밤.

연경 성내 남문대가(南門大街) 한쪽에 있는 저택 담장을 넘는 그림자가 있었다. 복면을 쓰고 착 붙은 옷을 입은 훤칠한 사내였다.

납작 엎드려 담을 넘은 사내는 재빨리 그늘을 따라 이동해 가산 뒤에 숨었다. 그리고는 미동도 하지 않았다.

사방은 쥐 죽은 듯 고요했다.

그렇게 시간이 흐르기를 얼마간.

둥! 둥! 둥!

자정을 알리는 경부(更夫)의 북소리가 멀어져 갔다.

갑자기 사내가 숨은 가산 너머로부터 세 사람이 불쑥 일어섰다. 그들은 감산도(砍山刀)를 소지하고 있었다.

그들과 가산 하나를 사이에 두고 엎드린 사내의 두 눈이 웃고 있었다.

'침입자가 있다면 저들이 숨은 위치상의 사각 때문에 배후에서 암습을 당했겠지. 단순해도 효과적인 방비책이군.'

매복자들이 서로를 보며 고개를 끄덕였다.

"오늘 밤도 조용하군. 교대하러 가지."

그들은 민첩한 걸음으로 그늘을 따라 이동했다.

그들이 완전히 사라지고 나자 사내는 가산 위로 살짝 고개를 내밀었다.

그의 시선이 앞쪽 영벽(影壁) 좌우 지붕으로 향했다.

'도객이 각각 하나.'

다음으로 영벽 뒤편 양쪽 회랑을 보았다.

'검객 일곱.'

이어서 웅장하게 드러난 대청 지붕을 바라봤다.

'내가고수 다섯에 암기 명인이 하나……. 절묘한 배합이로군.'

이외 여러 곳에 매복한 고수가 서른 명이 넘었다.

몰랐다면 골치가 아팠겠지만, 이미 파악한 이상 큰 위협은 되지 않을 것이다.

가산 뒤에 숨은 복면사내는 바로 서문의였다.

그는 어젯밤 안락다관에서 소식을 파는 자에게 이 저택 주인의 상세한 정보를 얻었다.

그의 가족 사항이나 건강, 식성, 평소의 버릇, 동선, 저택의 방비까지 모두 알아냈다.

물론 오십 냥이 넘는 은자가 나가긴 했지만.

'매복자들은 자정마다 한 번씩 교체된다고 했지.'

잠시 방비가 허술한 지금이 기회였다.

앞에 작은 운교(雲橋)가 있고, 그 아래로는 한 길 정도의 물이 흐른다. 잠입 경로는 바로 거기였다.

서문의는 지면과 거의 직각을 이룰 만큼 상체를 숙였다.

운교에 이르는 잔디밭에는 그늘이 져 있었다.

그늘을 타고 운교까지 이동한 그는 조용히 입수했다. 그리고 은밀히 유영을 시작했다.

촤악……!

물가로 나온 서문의는 즉시 옷을 벗었다.

반들반들한 윤기가 흐르고 몸에 착 붙는 방수포(防水布)를 벗어 원래의 복장을 드러낸 그는 다시 움직였다.

저택 복도에 늘어선 기둥들 사이로 그림자처럼 움직인 뒤 정원으로 통하는 문 옆 담장에 바싹 붙었다.

그리고 가을꽃이 만발한 정원으로 스며들어 몸을 낮추었다.

정원은 후원(後院)과 연결되어 있었다.

후원으로 통하는 작은 문틈으로 동정을 살핀 서문의는 본채 건물 벽에 등을 붙이고 미끄러지듯 이동했다.

그는 이 저택의 구조를 잘 알고 있었다. 초행이 아니었기 때문이다.

과거의 그는 지금처럼 월장이 아닌 당당한 형제로서 이곳을 찾았다. 하지만 지금은 어떤가?

서문의는 갑자기 과거와 지금의 상전벽해 같은 차이를 느끼며 씁쓸한 눈빛을 했다.

하지만 그것도 잠시, 그의 눈빛은 원래대로 돌아갔다.

서문의는 한 전각의 불이 밝혀진 창문을 응시했다.

한 사람의 그림자가 방 안에서 서성이고 있었다.

조용히 다가간 서문의는 창을 두드렸다.

똑똑.

방 안의 그림자가 서성거림을 멈췄지만 대답은 없었다.

대신 창문이 열렸다.

방 안의 금의공자는 밖에 아무도 없자 잠시 눈을 굴리며 생각하다가 창문을 닫았다.

창을 연 사이 밖에 있던 자가 문을 통해 방으로 들어왔다는 것쯤은 뒤돌아보지 않아도 알 수 있었다.

과연 몸을 돌리자 방문 앞에 우뚝 선 복면인이 보였다.

금의공자는 놀라지 않았다. 잠시 복면을 쓴 서문의를 살피던 그가 담담히 물었다.

"누구신가? 돈이 필요하다면 낮에 찾아오실 일이지 왜 그런 부끄러운 모습으로 내 앞에 나타났는가?"

서문의는 대답하지 않고 형형한 눈빛으로 그를 응시했다.

그 눈빛을 마주 보며 금의공자가 고개를 갸웃했다.

"이상해. 어쩐지 매우 익숙한 눈빛인데……."

잠시 침묵하던 금의공자가 말을 이었다.

"여기까지 별 탈 없이 잠입한 걸 보면 재주가 뛰어나다는 말. 그런 자가 돈 따위를 노리고 온 건 아닐 텐데…… 얼굴 좀

보여줄 수 있겠나?'

은연중 그의 음성이 떨리고 있었다.

서문의는 탄식을 토했다. 그 한숨 소리를 들은 금의공자가 눈가를 파르르 떨었다.

서문의는 천천히 복면을 벗고 얼굴을 드러냈다. 그 순간, 금의공자의 눈가에서 시작된 떨림은 얼굴을 지나 몸 전체로 확산되었다.

"세, 셋째 형님… 어떻게……."

"오랜만일세, 여섯째 아우."

자기도 모르게 한 걸음 물러난 금의공자가 뭔가를 찾으려는 듯 급히 움직이려다 멈칫했다.

그 뜻을 이해한 서문의가 말했다.

"싸우러 온 게 아닐세. 병기를 찾을 필요는 없네."

금의공자의 이마에 굵은 땀이 맺히기 시작했다.

서문의가 오늘 그를 찾은 것은 과거의 매듭에 대한 단서를 찾기 위함이었다.

하지만 옛날 결의형제가 이토록 두려워하는 모습을 보니 연민을 금할 수 없었다.

"오랜만에 만난 형제인데 차 한 잔 대접하지 그러나?'

서문의는 부드럽게 얘기했다. 하지만 의제가 두 손을 떨고 있는 것을 보고 자신의 실태를 깨달았다.

"아닐세. 내가 하지."

방에는 차를 마시는 데 필요한 모든 게 갖춰져 있었다.

서문의는 탁자를 의제가 있는 창가로 옮기고 차와 함께 두 사람이 앉을 의자를 대령했다.

찻잔 뚜껑을 열며 서문의가 말했다.

"들면서 편하게 얘기하세."

잠시 망설이던 금의공자, 금옥공자(金玉公子) 육종금(陸宗金)은 찻잔을 집으려 했다. 하지만 떨리는 손 때문에 찻잔과 접시가 부딪쳐 연신 달그락거리는 소리가 났다.

서문의는 뜨거운 차를 후후 불며 마셨다. 그에 비해 육종금은 겨우 한 모금을 마실 뿐이었다.

서문의는 찻잔을 놓고 묵묵히 탁자를 바라봤다.

육종금은 그런 서문의를 뚫어지도록 응시했다.

숨 막히는 침묵이 둘 사이를 감쌌다. 마침내 그 침묵을 견디지 못한 육종금이 말했다.

"셋째 형님은 분명 삼 년 전에 죽었는데……."

서문의는 탁자에 시선을 고정한 채 대답했다.

"죽었다라……. 그렇지. 분명 과거의 나는 죽었네. 오늘 이렇게 나타난 것은 묻고 싶은 게 있어서네."

"역시… 형님은 배신당한 것 때문에 원귀가 되어 소제(小弟)를 해치러 오셨군요."

"진정하게. 결코 아우를 해치러 온 게 아닐세."

"그럼 왜 오셨단 말이오?"

서문의가 눈을 들어 육종금을 직시했다.

"삼 년 전 그 사건에 대해 묻고 싶어서 왔네."

육종금의 얼굴이 새파랗게 질렸다.

"그것만 알려준다면 그냥 돌아가겠네. 그리고 다시는 아우님을 찾아오지 않겠다고 약속하지."

"묻지 마시오. 형님이 던지는 어떤 질문도 내겐 괴로울 수밖에 없소."

서문의는 이해한다는 듯 고개를 끄덕였다. 하지만 이내 날카롭게 변한 눈빛으로 말했다.

"삼 년 동안 나는 줄곧 한 가지만을 생각해 왔네. 삼 년 전 그때, 대체 무슨 일이 있었기에 가장 믿었던 이들이 내 등에 배신의 칼을 꽂았을까 하는 생각 말일세. 입장을 바꿔 아우가 나였더라도 의혹을 품기는 마찬가지였을 것이네."

육종금은 발작적으로 외쳤다.

"나는 모르오! 모른단 말이오!"

서문의는 천천히 고개를 가로저었다.

"나는 자네를 위시한 형제들이 결코 자의로 그런 행동을 한 게 아니라는 것쯤은 대략 짐작하고 있네. 단지 내가 원하는 건 그 사건이 어떤 연유로, 누구에 의해 일어났는가 하는 것일세."

다시 침묵이 흘렀다.

한참 후, 육종금이 물었다.

"꼭 그 사건의 진상을 알아야 하오?"

"반드시! 그 사건으로 인해 나는 많은 걸 잃었고 내 사부님마저 운명하시고 말았네. 그러니 꼭 알아야겠네."

차츰 육종금은 안정을 되찾았다. 그의 눈빛엔 뭔가 큰 결심을 한 듯 비장한 기색이 떠오르고 있었다.

"좋소, 지금부터 소제가 상세히 알려 드리겠소."

육종금의 얼굴에 담담한 미소가 서렸다.

서문의는 뭔가 이상함을 느끼고 자리에서 벌떡 일어섰다.

"아우님! 안 돼!"

하지만 그가 미처 말리기도 전에,

"형님! 미안하오!"

육종금이 우수로 자신의 천령개(天靈蓋)를 내리찍었다.

퍽!

선혈이 튀었다.

"아……"

서문의는 말을 잇지 못하고 그대로 굳어버렸다.

의제의 몸이 의자에서부터 스르륵 미끄러지고 있었다.

망연자실한 서문의는 탁자를 부서져라 움켜쥐었다.

"왜… 왜 자네 스스로 목숨을 끊는단 말인가?"

방 안에 피비린내가 진동했다.

잠시 멍하니 서 있던 서문의는 쓰러진 의제에게 다가가려 했다. 바로 그때 바깥에서 인기척이 들려왔다.

천장을 우러러보며 땅이 꺼질 듯 한숨을 토한 서문의는 소리없이 어둠 속으로 사라졌다.

"당주님, 손님이 오셨나요? 그럼 소녀가… 아악!"

육종금의 끔찍한 몰골을 발견한 시녀가 비명을 질렀다.

서문의가 빠져나간 창문으로 서늘한 바람이 들어와 피비린내를 흩어버렸다.

3

　서문의는 성 밖의 작은 주점에서 술을 마시고 있었다.

　요 며칠간 서문의는 혼란에 빠져 있었다.

　그렇게 줄곧 술을 마시며 과연 자신의 행동이 정당했는지 곱씹어봤다.

　눈앞에서 의제가 자진한 것이 아직까지 믿어지지가 않았다.

　자신이 의제를 죽인 것 같은 생각에 몹시도 괴로웠다.

　—영취당(瑛聚堂)의 젊은 당주가 자기 방에서 머리가 부서져 죽었다는 소식 들었지?

　—참 안됐어. 그 사람, 이재(理財)도 뛰어났고 무림에서도 명성을 떨치던 영웅협사라고 하던데…….

　—많은 사람들이 조문 왔는데, 그중 과거 그와 인연이 있던 소림사의 대사도 계셨다더군. 그 대사가 조사한 결과 영취당주는 자기 스스로 머리를 부수고 죽었다고 했다네.

　—엉? 세상 부러울 것 없는 그런 사람이 자살은 왜 해? 더구나 자기 머리를 부수는 방법으로 말이지.

　—얼핏 듣기로 몇 년 전, 그가 뭔가 큰 실수를 저지르고 몹시 괴로워했다고 하네, 매일 불면증에 시달리면서.

지난 며칠간 여러 주점을 떠돌며 들은 소문이었다.

어느덧 충격이 가실 무렵, 그는 의제가 자진한 이유에 대해 깨달을 수 있었다. 바로 죄책감과 두려움이었다.

형제를 배신해 죽게 만들었다는 죄책감, 죽은 줄 알았던 그 형제가 다시 눈앞에 나타났다는 두려움…….

그리고 연결되는 한 가지 사실.

의제의 배신이 스스로의 의지가 아닌, 결코 거부하지 못할 힘이 작용한 결과라고 봐야 한다는 점.

결의형제마저 배신할 그런 거대한 힘.

서문의는 긴 탄식을 토하며 술잔을 내려놓았다.

언제까지고 술만 마시고 있을 수는 없다, 그런다고 죽은 사람이 돌아오는 것도 아니기에.

이제 일어나야 할 시간이었다. 그에게는 반드시 풀어야 할 과거의 매듭이 있다.

서문의는 술값을 치르고 주점을 나섰다.

밖으로 나온 순간, 그의 눈빛은 완전히 달라졌다. 새롭게 목표를 정하고 나아가야 하기 때문이다.

서문의는 마구간에서 말을 되찾아 관도를 거닐었다.

'과거 지인들에게 신중히 접근해야겠군. 여섯째 아우와 같은 일이 생기는 건 두 번 다시 보고 싶지 않다.'

서문의는 하늘을 바라보며 긴 한숨을 내쉬었다.

第三章
안개

서문검로

1

서문의는 험한 산길을 나아가고 있었다.

이 산길은 연경에서 보정부(保定府)로 통하는 가장 빠른 지름길이었다.

왼쪽으로는 수백 길 낭떠러지, 오른쪽으로는 깎아지른 절벽.

산허리를 두른 운무가 머리 위에서 넘실거렸다.

서문의는 낭떠러지를 내려다보며 말에게 주의를 줬다.

"조심해. 실축해서 떨어지면 나야 살겠지만 넌 아마……."

이히힝—!

말은 웃기지 말라는 듯 앞발을 치켜들었다.

서문의는 아연해서 급히 말을 진정시켰다.

"워워! 떨어질라!"

다행히 놈도 곧 진정하고 다시 걸음을 떼었다.

서문의는 진땀이 났다. 그리고 화도 났다.

진짜 놈의 뒤통수를 냅다 후려치고 싶었다. 하지만 폭력은 문제 해결의 좋은 방법은 결코 아니었다.

서문의는 억지로 화를 억눌렀다.

그는 히죽 웃으며 말의 귓등을 쓰다듬었다.

"그놈, 귀가 참 탐스럽구나."

놈의 귀를 비틀어 뜯고 싶은 강렬한 충동도 억눌렀다.

어느덧 산길은 좁아지고, 노면의 요철도 심해졌다.

과거 서문의는 이 길로 여러 번 오간 적이 있었다. 그때는 이렇게 상태가 심하지 않았다.

'한바탕 산사태가 휩쓴 모양이군.'

길은 두 사람이 어깨를 밀착하기도 힘든 폭으로 좁아졌다.

"힘들지? 조금만 더 가면 된다. 옳지! 잘한다."

그렇게 말을 살살 구슬리며 얼마간 더 나아갔을 때,

"고얀지고! 어르신의 앞길을 막다니! 썩 비키지 못할까!"

노인의 호통이 우측으로 꺾어진 모퉁이 쪽에서 들려왔다.

"미쳤나? 사돈 남 말 하고 자빠졌네!"

이어서 노인에게 응수하는 고함 소리도 들려왔다.

그 응수에 동조하는 여러 사람의 목소리도 들려왔다. 제법 많은 사람이 있는 것 같았다.

'이 좁은 길에서 무슨 일들이지?'

의아함을 느낀 서문의는 모퉁이를 돌았다.

열 명의 흑의대한이 일렬로 늘어서 오도 가도 못하고 있는 게 보였다. 그들 행렬의 선두와 후미를 앞뒤에서 가로막는 두 노인 때문이었다.

앞쪽의 노인은 청의, 뒤쪽의 노인은 홍의를 걸쳤다.

청의노인은 등을 보이고 있어 용모를 확인할 수 없었고, 저만치 흑의대한들 뒤로 보이는 홍의노인은 계피학발(鷄皮鶴髮)의 그럴듯한 풍모를 하고 있었다.

'서로 몸을 옆으로 틀면 지나갈 수 있을 텐데?'

영문을 알 수 없어 서문의는 잠시 지켜보기로 했다.

청의노인이 질책했다.

"이놈들이 무례하구나! 정녕 따끔한 훈계를 줘야겠느냐?!"

행렬의 선두에 있던 대한이 눈을 부라리며 응수했다.

"우리가 네놈들과 마주쳤을 때 몸을 옆으로 하여 지나가자고 말하지 않았느냐! 그런데 네놈은 우리 앞을 막고 저놈은 몸을 날려 우리 뒤를 막았지? 그래놓고 길을 비키라니!"

서문의는 대략 어떤 상황인지 짐작했지만, 그래도 일단 판단을 유보했다.

그때 뒤에 있던 홍의노인이 껄껄 웃었다.

"하하하하!"

그 웃음은 기가 충만하여 절벽 곳곳에 메아리쳤다.

'공력이 심후한 노인네로군.'

내심 감탄한 두 노인의 정체가 궁금해졌다.

'청의와 홍의를 나눠 입은 괴팍한 노인들이라? 강호상에 이와 비슷한 자들이 열 명은 넘는데……'

그때 웃음을 멈춘 홍의노인이 엄숙하게 말했다.

"모든 곳에 내가 있고 내가 없으면 공간의 제약도 없는 게 아니겠느냐? 너와 나의 구분도 없고 땅과 허공의 차이도 없으니 어디에 있든 마찬가지니라. 너희는 안심하고 허공에 발을 디뎌도 괜찮을 것이다."

행렬의 후미에 있던 자가 기가 막혀 웃었다.

"하하하, 미쳤군! 네놈부터 먼저 저 아래로 발을 내디뎌 봐라! 그러고도 떨어져 죽지 않으면 우리가 따라 하마!"

홍의노인은 길게 탄식했다.

"너희가 믿지 않는데 노부가 왜 쓸데없는 짓을 할까?"

"뭣이?"

"노망 난 놈이로군!"

대한들이 일제히 삿대질하며 욕을 퍼붓기 시작했다.

"모두 조용!"

행렬 다섯 번째에 있던 검은 안대의 대한이 호통 쳤다.

그는 앞뒤를 번갈아보며 말했다.

"두 분은 기행을 일삼는 선배 고인인 것 같소. 그러나 우리를 만만하게 보지 마시오."

그가 눈짓하자 흑의대한들이 일제히 칼을 뽑았다.

"길만 비켜주면 문제 삼지 않겠소. 우리 흑문회(黑門會)는 모르고 저지른 실수에는 관대하니까."

흑문회란 말에 서문의는 이맛살을 찌푸렸다.

'어린애가 실수로 찻잔을 엎지르니 자기 옷 버렸다고 단칼에 베어 죽였다는 그놈이 괴수로 있는 곳이군.'

그런 생각을 하고 있을 때, 청의노인이 반색하며 물었다.

"흑문회? 그게 정말이냐?"

의외라 할 반응에 검은 안대가 즉시 반문했다.

"두 분은 흑문회와 인연이 있으시오?"

홍의노인이 단호히 고개를 저었다.

"인연은 뭔 썩어빠질 인연! 그런 거 없다."

"흥! 그럼 길이나 비키시지."

"아! 지금 생각하니 인연이 있군. 너희를 죽일 인연이다."

"하하하! 이런 미친 늙은 놈들이……."

검은 안대가 대소를 터뜨렸다. 그때 두 노인이 움직였다.

순식간에 두 노인은 이미 선두와 후미에 있는 대한들의 면전에 이르렀다.

두 대한은 깜짝 놀라 노인들에게 칼을 휘둘렀다.

윙!

매서운 도풍이 일었다.

두 노인은 동시에 좌수를 뻗어 도신을 후려쳤다.

캉!

칼들은 부러지고 곧이어 청의노인은 선두의 흑의대한에게, 홍의노인은 후미의 흑의대한에게 일장씩을 내뻗었다.

일진광풍과 함께 펑, 소리가 나며 선두와 후미의 두 대한이 뒤로 튕겨났다.

퍽!

그 바람에 뒤쪽의 대한들이 그들과 부딪쳤다. 그리고 부딪친 대한들 역시 자기 뒤에 있던 이들과 충돌했다.

"조심해!"

마치 잇닿은 나무토막이 쓰러지듯 흑의대한의 행렬이 우르르 쓰러졌다. 마지막으로 정중앙에 있던 검은 안대와 그 옆에 있던 삐쩍 마른 흑의대한이 서로 부딪쳤다.

"으악……!"

둘은 중심을 잃고 낭떠러지로 떨어졌다. 그들은 손을 허우적거려 다른 동료의 다리를 붙잡았다.

"헉!"

그 때문에 함께 떨어지게 된 대한들 역시 다른 대한들의 다리를 잡고 늘어졌다. 당연히 그들 모두가 동료의 손에 의해 줄줄이 떨어져 내렸다.

결국 본의는 아니었지만 함께 떨어져 죽는 물귀신 작전이 되고 말았다.

"아악!"

"크아악—!"

참혹한 비명이 잇달아 메아리를 울렸다.

"……!"

순식간에 벌어진 참변에 서문의는 혀를 내둘렀다.

'열 명이 저렇게 황천길 동무가 되는 방법도 있었군.'

서문의는 다가오는 두 노인을 보고 표정을 고쳤다.

두 노인은 정사지간의 기인들이었다.

무림에는 선악이나 희로가 애매한 자들이 적지 않았다. 이들은 마음이 자주 변하며 언행도 일치하지 않아 언제 무슨 일을 벌일지 모르기에 위험한 자들이라 할 수 있었다.

가까이 이른 두 노인이 이 장 거리에서 멈췄다.

그들은 서문의를 보며 히죽 웃었다, 이놈은 또 어떻게 요리할까 궁리하듯이.

"흑문회 놈들은 비록 죽어 마땅하긴 하지만, 그래도 너무 심하다고 생각진 않소?"

서문의가 이맛살을 찌푸리며 말하자 두 노인은 어럽쇼, 하는 표정을 지었다.

"호! 그래도 쥐꼬리만큼 사리 분별은 있군."

청의노인이 고개를 끄덕이며 말했다.

"하지만 애석하군. 놈들은 죽어도 싼 놈들이었네."

홍의노인이 혀를 차며 말했다.

"놈들은 보정부에서 착한 이를 죽이고 재물을 빼앗았네."

"자네는 우리가 좀 심하다고 생각하는 것 같은데……."

"그놈들에게 죽은 사람들도 그렇게 생각할까?"

"우리가 비록 제멋대로지만 옳고 그름은 알고 있네."

"우린 의협심으로 나선 걸세. 악을 응징하는 건 하늘의 뜻이지만 하늘이 늘 의로운 것만은 아니니까."

"그래서 '하늘을 대신해 도를 행한다[替天行道]'고 하지."

여기까지는 나무랄 데 없이 당당한 말이었다. 하지만 늘 그렇듯 사람 일이란 나중이 문제다.

"그러니 훈계할 생각은 말게. 아니, 벌써 했나?"

"고약한지고. 마음에 들지 않는군."

"그럼 이제 놈을 어떡한다?"

"뭐, 손 좀 봐줘야지."

"어떤 방법으로?"

"그놈들처럼."

"옳거니!"

그들의 대화를 듣던 서문의는 혀를 내둘렀다.

두 노인은 말이 빠를 뿐만 아니라 자신들끼리 질문을 던지고 대답하는 방식이었다.

이런 방식이면 타협해 볼 여지조차 없는 것이다.

'정말 위험한 노인들이군.'

서문의는 정신 바짝 차려야겠다고 생각했다. 그때, 홍의노인이 몸을 날려 서문의를 타넘었다. 그리고 청의노인이 허리에 손을 얹으며 말했다.

"부디 원망하지 말게. 자네는 목격자니 그냥 둘 수 없네. 살인멸구는 강호에서 흔한 일이지."

홍의노인이 수염을 어루만지며 탄식했다.

"애석하군, 애석해. 또 하나의 중생이 괜한 일에 휘말려 염라대왕을 뵙겠군. 잘 가시게."

서문의는 급히 말했다.

"잠깐! 노인장들은 누구요?"

두 노인이 동시에 대소했다.

"하하하! 상수이괴(湘水二怪)라고 들어봤나?!"

"하하하! 우리가 바로 그분들일세!"

말을 마치자마자 그들은 신형을 솟구쳤다.

"노부가 일괴 용불평(龍不評)일세."

"노부가 이괴 조일환(趙日煥)일세."

허공에서 재주를 넘으며 동시에 외친 말이었다.

'변덕이 죽 끓듯 한다는 그 영감들이군.'

서문의는 등에 멘 바랑에서 검을 빼냈다.

지척까지 이른 상수이괴가 앞뒤에서 서문의의 양어깨를 잡
아채려 했다. 마치 솔개가 병아리를 낚아채듯 낭떠러지 아래
로 던져 버릴 모양이었다.

하지만 서문의의 우수가 환영처럼 움직여 상수이괴의 손을
검갑으로 쳐냈다.

퍽퍽!

버드나무 가지처럼 유려한 움직임이었고, 찰나지간 전후의
공격을 동시에 봉쇄한 빠른 초식이었다.

"응?!"

"헛?!"

짤막한 경호성이 터지며 상수이괴가 뒤로 튕겨났다.

본래 서 있던 위치에 내려선 그들은 놀란 눈으로 서문의를

바라봤다.

서문의는 한숨을 흘리며 설득조로 말했다.

"갈 길도 바쁘거니와 아까 그놈들처럼 떨어져서 죽기도 싫소. 이만큼 하셨으면 봐주시오."

검갑에 얻어맞아 저려오는 손목을 쥐고 있던 상수이괴의 눈이 반짝 빛났다.

용불평이 엄지손가락을 세우며 말했다.

"나름대로 한 수를 가지고 있는 친구였군. 하지만 방금 그것은 어디까지나 우연이었을 뿐이다."

조일환도 가상하다는 듯 말했다.

"제법이지만 공력이 천의무봉(天衣無縫)을 달리는 어르신들에게는 공자님 앞에서 문자 쓰는 격이지."

그들은 엄숙한 낯빛을 하며 재차 몸을 날리려 했다.

바로 그 순간!

스룽……!

매서운 검명이 울렸다.

한줄기 검기가 서릿발처럼 사방으로 뻗어 나갔다.

서문의의 눈빛도 달라져 있었다.

냉전(冷電)처럼 차갑고 예리한 안광이 어려 있었다.

"……!"

상수이괴는 모든 움직임을 멈췄다.

그들은 서문의가 뽑은 청강검을 뚫어져라 쳐다봤다.

서문의는 검을 중천(中天)으로 향하고 미동도 하지 않았다.

정적이 주위를 휘감았다. 짧고도 긴 침묵의 대치였다.

어느 순간, 일괴 용불평이 굳은 얼굴을 풀며 말했다.

"커험험! 뭐, 우리와 별로 유감은 없는 친구니까……."

이괴 조일환도 웃으며 고개를 끄덕였다.

"하하, 고양이도 쥐를 잡을 때는 궁지에 몰지 않는 법."

그들은 눈치를 보며 제각각 뒤로 슬슬 물러나기 시작했다.

홀연, 조일환이 의아한 듯 불쑥 말했다.

"일괴! 어디 가는 건가? 우리 목적지는 보정부일세!"

무슨 말이냐는 듯 용불평이 응수했다.

"이괴! 무슨 소린가? 우리 목적지는 대명부야!"

"헛소리 말게! 그쪽은 보정부 방향이야!"

"사돈 남 말 하는군! 거기야말로 대명부 방향이야!"

"어……?!"

"어……?!"

둘은 동시에 당황했다.

그들의 사고 회로가 실타래처럼 엉켰다. 이들의 특성상 지금처럼 혼란을 느끼면 오래 버티지 못한다.

둘은 홍당무처럼 붉어진 얼굴로 달아났다.

"이괴! 우리 산 밑에서 다시 만나세!"

"좋네! 그런데 산 밑 어디?!"

"내려가서 처음 나타나는 마을에서 보세!"

"처음 나타나는 마을! 좋네!"

상수이괴는 순식간에 사라져 버렸다.

비로소 서문의는 청감검을 거두었다.

그는 조금 전 상수이괴의 마지막 대화를 떠올렸다.

'내려가서 처음 나타나는 마을? 지금 저들은 가는 방향도 각자 다르지 않나?'

생각할수록 어이가 없었다.

'밑에는 마을이 열 곳도 넘는데 두 명이 처음 당도할 마을이 일치하리란 보장이 있을까? 일괴가 동쪽 마을로 가고 이괴가 서쪽 마을로 가면, 며칠을 지나도 나타나지 않을 한 명을 기다리느라 오도 가도 못하는 게 아닌가?'

서문의는 실소를 금치 못했다.

하지만 이내 정색했다. 밑으로 떨어져 죽은 흑문회 놈들의 참혹한 비명을 생각하니 웃을 수가 없었다.

아득한 낭떠러지를 보며 서문의는 진저리를 쳤다.

그러다가 문득 묘한 불안감이 들었다.

저 노인들을 앞으로 자주 볼지도 모른다는 불안감. 본래부터 그의 예감은 적중도가 꽤 높았다.

질겁한 서문의는 말을 출발시켰다.

"이제 가자. 조심해서 살살…… 알겠지?"

말은 다시 산길을 나아가기 시작했다.

2

겨우 산길을 통과하자 이미 해질녘이었다.

산 밑의 작은 시진에 들른 서문의는 마장을 찾았다. 그리고 인부를 찾아 말의 편자를 교체해 달라고 부탁했다.

인부는 솜씨도 좋게 금세 편자를 교체했다.

이힝!

새로 낀 편자가 맘에 드는지 말은 기세 좋게 울어댔다.

마장을 나선 서문의는 놈을 천천히 걷도록 했다.

지금 그가 지나는 곳은 시장이었다.

야채와 고기, 옷감과 생선에서 전해지는 냄새, 무거운 등짐을 지고 걷는 사내와 댕기머리를 하고 술래잡기를 하는 계집애들, 담소하며 술 마시다 일어나 멱살을 잡은 사내들과 처마 아래 둘러앉아 얘기를 나누는 노인네들.

'좋군. 이런 게 바로 사람 사는 풍경이지.'

서문의는 모처럼 편안한 미소를 지었다.

시장의 풍경과 분위기가 그의 마음을 도취시킨 것이다.

물론 그런 모습들만이 전부가 아니란 것은 안다.

소박한 일상의 풍경 뒤에는 어쩔 수 없는 현실의 그늘이 존재한다는 것도.

하지만 그 역시 나름대로 좋은 것이다.

그런 그늘이 있기에 아주 작은 햇살이 더욱 소중하다는 것을 인간은 알 수 있으니까.

서문의는 본래부터 번잡한 거리를 좋아했다. 물론 그 자신의 삶이 번잡해지는 것은 원치 않았지만 거리의 번잡함만큼은 좋았다. 생명력을 느낄 수 있기 때문이다.

청등홍등 아래를 걷는 온갖 사람들의 물결 속에 섞여 있는 것도 좋았고, 버드나무 늘어진 강변에서 젊은 남녀들이 밀어를 나누는 걸 보는 것도 나쁘지 않았다.

이 시장은 도회지나 명소처럼 깔끔하거나 고상하지는 않지만, 그가 충분히 소탈한 즐거움을 얻을 수 있는 곳이었다.

그래서 말을 천천히 가도록 한 것이다, 오래도록 이 기묘한 즐거움을 느낄 수 있도록.

시장이 끝나는 곳에서부터 분위기는 달라졌다.

시장과 몇 장의 간격을 두고 자리한 번화가는 오늘 저녁도 불야성이었다.

'그때보다 훨씬 발전했군.'

그는 이곳이 초행이 아니었다.

이곳은 봉황집(鳳凰集)이라는 곳으로, 과거 무수히 드나들던 고을이다. 그때도 한창 번화하기 시작하던 고을이었는데, 이제는 경사의 어느 구역이라 해도 손색없을 정도였다.

서문의는 한쪽에 넓게 자리한 객잔 앞에서 멈췄다.

시환객잔(施歡客棧).

서문의는 만족하며 웃었다. 별로 달라지지 않아 보였다.

"얌전히만 있으면 맛난 여물로 보답하마."

놈에게 속삭인 그는 마중 나온 일꾼에게 말을 맡기고 객잔으로 올라갔다.

"어서 오십시오!"

수건을 어깨에 걸친 점소이는 아는 얼굴이 아니었다.

"계산이 틀리잖아? 다시 해봐라."

회계대 앞에서 서동에게 채근하는 장궤는 예전 그 얼굴이
맞지만 서문의를 알아보지는 못했다.

'뭐, 다행이군. 당장은 얼굴을 몰라보는 게 좋으니.'

약간 시원섭섭함을 느끼며 서문의는 이층으로 올라갔다.

이층 역시 손님으로 꽉 차 있었다. 얼핏 보니 자리란 자리는
다 찬 것 같았다.

그런데 때마침 손님 둘이 일어나 자리가 났다. 서문의가 좋
아하는 창가 쪽이었다.

먼저 탁자로 간 점소이가 숟잔이며 그릇을 정리하고는 서문
의가 앉자 물어왔다.

"뭘로 대령시킬까요?"

"황주 하나, 닭 국물로 만든 국수 하나, 만두 한 접시, 맵게
삶은 돼지고기 반 근."

"잠시만 기다려 주십시오."

서문의는 턱을 괴고 거리를 내려다봤다.

창을 통해 거리 곳곳을 살핀 그는 내심 감탄했다.

'이렇게 번성한 건 역시 정무련 덕인가?'

이 거리로 이어진 관도를 따라 반나절만 가면 정무련이 자
리한 용화강(龍華岡)이 나온다.

정무련은 십이 년 전 전대고인들과 현 정파무림의 명숙들이
의기투합해 건립한 단체였다.

공도를 추구하고 필요한 곳에 도움의 손을 내민다는 대의로
일어선 단체이니만큼 정파무림에 있어 그 영향력이 막강하다
할 수 있었다.

소림, 화산, 곤륜, 청성, 공동, 점창, 아미, 궁가개방 등 칠파
일방은 비록 정무련에 속하지는 않았지만 직간접적으로 밀접
한 연대를 가지고 있었다.

오늘날 정무련이 자리한 용화강은 하나의 성시처럼 발전해
가고 있었다. 그 영향력이 반나절 거리 떨어진 이곳까지 번성
하게 만든 것이었다.

그런데,

"하하하!"

갑자기 서문의의 등 뒤에서 왁자한 웃음소리가 들려왔다.

상념에서 깨어난 서문의는 소리가 들려온 쪽을 바라봤다.

이층 정중앙 넓은 자리에 커다란 탁자가 있었다. 거기에 녹
록치 않은 기세를 가진 십여 명의 사내가 병기를 탁자에 올려
놓은 채 마음껏 먹고 마시며 떠들고 있었다.

어떤 이는 앞섶을 풀어헤쳐 남자다움을 과시하고 있었고,
어떤 이는 술을 단지째 마시며 주량을 자랑했다.

그 모습을 지켜본 서문의는 살짝 미소를 지었다.

'그리운 느낌이군. 저 모습이야말로 강호의 일상이지.'

약간의 오만함과 호탕함을 덕목으로 아는 이들.

평소엔 다른 이들에게 약간의 결례를 범하지만 옳지 못한
일을 보면 이해관계를 떠나 돕는 의(義)와 협(俠).

이것이야말로 무인의 본위라 할 수 있다.

이를 잘 이해하고 있는 서문의였기에, 강호 호객들이 조금 떠드는 것을 시끄럽다고 여기지 않았다.

"여기 대령했습니다."

그때 점소이가 술과 음식을 가져왔다.

모처럼 풍성한 식탁. 서문의는 흡족하게 젓가락을 놀렸다. 그가 절반쯤 먹고 있을 때 갑자기 이층이 쥐 죽은 듯 조용해졌다.

고개를 돌리니 백의 무복을 입은 두 대한이 이층으로 올라오고 있었다.

뒷짐을 지고 느긋하게 계단을 오르고 있었지만, 번뜩이는 눈빛에 얼음장 같은 기운을 장내로 퍼뜨리는 자들이었다.

계단 어귀에 떡 버티고 선 그들은 장내를 휘둘러보았다.

손님들이 옆 사람에게 속닥거렸다.

"정무련의 순행단(巡行團) 나리들이군."

"저 티끌 하나 없는 무복 좀 봐. 근사한걸."

거의가 호감 어린 반응이었다.

그런 찬사를 즐기며 좌중을 둘러보던 백의인들의 시선이 호기롭고 먹고 마시는 사내들에게 고정되었다. 백의인들은 의미심장한 눈빛을 나누더니 사내들에게 다가갔다.

눈이 왕방울 같은 사내가 뭐냐는 듯 그들을 쳐다봤다.

백의인들 중 젊은 쪽이 물었다.

"이 가게를 너희들이 세냈느냐?"

그 말에 어리둥절한 표정으로 서로를 마주 본 사내들 중 왜소하지만 차돌처럼 단단한 인상을 가진 자가 반문했다.

"무슨 헛소리냐?"

"이 가게를 너희가 세냈느냐고 물었다."

고목처럼 키가 큰 사내가 탁자를 쾅 내려쳤다.

"네놈들이 지금 시비를 걸러 온 거냐?!"

중년의 백의인이 냉소하며 대답했다.

"촌놈들이군. 봉황집은 정무련의 관할 구역이다. 그런데 네 놈들이 함부로 병기를 탁자에 올려놓질 않나, 고함을 질러 주위에 불쾌감을 주지 않나, 태도가 방자하기 짝이 없기에 이 가게를 세냈느냐고 물은 것이다."

그 말에 구레나룻의 사내가 의자를 박차고 일어났다.

"네놈들이 감히 훈계할 자격이 있느냐?"

백의청년이 피식 웃으며 말했다.

"좋게 말할 때 꺼져라. 그러면 한 번은 용서해 주마."

왕방울 눈의 사내가 백의청년을 손가락질하며 외쳤다.

"설령 우리가 네놈들 말대로 떠들었다 치자! 우리가 손님을 쳤느냐, 아니면 술값을 떼먹었느냐? 이곳 주인도 우리에게 뭐라 하지 않았다. 어디서 감히 시비냐, 시비가?!"

"훗. 스스로 명줄을 재촉하는군. 쓴맛 좀 봬주마."

말이 끝나는 순간, 백의청년이 환영처럼 움직이며 왕방울 사내의 따귀를 연이어 올려붙였다.

짜자작!

매서운 격타음과 함께 왕방울 사내의 입술이 터져 나갔다.

순간, 사내들이 일제히 일어서며 탁자 위의 병기를 잡았다.

"형제가 맞았다!"

"그냥 두지 마라!"

발길질에 의해 우당탕 탁자가 쓰러졌다. 뒤이어 백의청년의 좌우에서 사내들이 칼을 휘둘렀다. 그러나 백의청년이 양손을 뻗어 칼을 쳐버리고 퍽퍽, 연이어 한 발씩 걷어차자 두 사내가 동시에 튕겨 나갔다.

공교롭게도 그중 한 명이 서문의가 있는 탁자로 날아왔다.

사내가 탁자에 부딪치려는 찰나, 서문의가 좌수로 사내의 등을 받치고 우수로 탁자를 살짝 건드렸다.

탁자의 접시가 떨어지며 안주로 놓인 콩이 와르르 쏟아졌다. 콩은 이상하리만큼 빠르게 굴러가 막 한 사내의 얼굴로 주먹을 내지르는 백의청년 발밑에 이르렀다.

"엇?!"

자기도 모르게 콩을 밟은 백의청년이 당황한 소리를 내며 뒤로 벌렁 나자빠지고 말았다.

일순, 사내들은 어찌 된 영문인지 어리둥절해했다.

그때, 뒤쪽에 있던 백의중년인의 눈에 살기가 번쩍였다.

차창!

그가 양 소매를 교차했다 빼자 쇳소리가 울리며 손에 십여 개의 유엽전이 쥐어져 있었다.

그가 출수하려는 순간, 어디선가 뿌연 술 두 줄기가 날아와 손가락 사이에 끼워진 유엽전을 때렸다.

팅팅, 연이은 소리가 터지며 십여 개의 유엽전이 모두 튕겨 났다. 뿐만 아니라 백의중년인의 두 어깨를 탈골시켜 버렸다.

"윽!"

그 힘에 밀려 백의중년인의 몸이 계단으로 추락했다.

우당탕탕!

그는 계단을 구르며 머리를 찧었는지 일층 바닥에서 쭉 뻗어버렸다.

'술을 암기처럼 쓰다니 대단한 공력이군.'

서문의는 시선을 맞은편으로 돌렸다. 막 자리에서 일어나는 금의여인이 보였다.

그녀는 걸음을 떼려다 서문의에게 시선을 던졌다.

'저 여인이 한 수 거들었군.'

서문의는 일종의 감탄 비슷한 느낌을 받았다.

그때, 백의청년을 짓밟아 묵사발로 만든 사내들 중 한 명이 동료들을 말리며 이야기했다.

"이만하면 됐소. 빨리 떠납시다. 아무리 그래도 여긴 정무련의 관할 구역이니까."

그들은 백의청년에게 침을 뱉고는 우르르 계단을 내려갔다. 가장 마지막에 내려가던 사내가 서문의를 보며 웃었다.

"고맙소! 인연이 있으면 술 한잔합시다!"

탁자에 부딪쳐 크게 다칠 뻔한 자신을 도와준 데 대한 사의(謝意)였다. 서문의는 미소로 화답했다.

시선을 돌려 거리를 내려다보니 사내들이 부랴부랴 말에 오르는 것이 보였다. 다들 얼굴이 상기된 것이 한바탕 벌어진 활극에 신이 난 것 같았다.

그 모습에 껄껄 웃음을 터뜨리려던 서문의가 잠시 멈칫했다. 막 객잔 옆을 지나는 세 사람을 보았기 때문이다.

말에 탄 화의중년인.

그는 봄바람 같은 웃음을 머금고 멀리 시선을 두고 있었다.

청수한 이목구비와 깨끗이 정리한 수염에서는 흔히 볼 수 없는 기품이 느껴졌다.

그의 우측에는 공명등(孔明燈)을 들고 등에 검을 멘 황의청년이 걷고 있었다. 좌측에도 등을 들고 등에 칼을 멘 녹의청년이 동행했다.

하나는 말을 타고 둘은 도보인데도 그들의 발맞춤은 그야말로 완벽하리만큼 일치했다.

그때, 화의중년인이 서문의가 있는 쪽으로 고개를 돌렸다.

서문의는 고개를 숙여 술을 마시는 척했다. 화의중년인은 눈을 빛내며 서문의를 바라봤다. 그는 이상하다는 얼굴로 일시 고개를 갸웃거렸다. 하지만 이내 피식 웃고는 다시 시선을 앞쪽으로 향했다.

화의중년인 일행은 금세 객잔을 지나 홍등가가 자리한 쪽으로 멀어졌다.

'......!'

서문의의 칼날 같은 시선이 멀어지는 화의중년의 등에서 떨어지지 않았다. 그리고 어느 순간 술잔을 쥔 그의 손에서 이글 거리는 열기가 뿜어졌다.

푸스스······.

재가 된 술잔이 바람에 흩날렸다.

삼매진화(三昧眞火)로 술잔을 태워 버린 것이다.

그럼에도 여전히 서문의의 눈길은 어둠 속으로 사라지는 화 의중년인의 뒷모습을 쫓고 있었다.

지금 그가 쫓는 것은 화의중년인일 뿐만 아니라, 그 자신의 단단히 결박돼 풀리지 않는 과거의 매듭이기도 했다.

그는 금의여인이 있던 곳으로 고개를 돌렸다. 하지만 그녀 의 모습도 이미 사라진 뒤였다.

서문의는 즉시 자리에서 일어나 창밖으로 몸을 날렸다.

그가 앉았던 탁자에는 은 한 냥이 놓여 있었다.

4

희미하던 달빛이 구름에 묻혔다.

마지막 달빛이 길가 한쪽에 자리한 토지신묘를 잠깐 비추다 사라졌다.

묘당 뒤로는 숲이 펼쳐져 있었고, 맞은편 물가에는 풍성하 게 늘어진 버드나무가 있었다.

그 아래 한 사람이 접선을 펄럭이며 등을 보인 채 서 있었 다. 어느 순간, 봉황집으로 이어지는 길 저쪽에서 두 개의 등불이 나타났다.

다가오던 등불은 버드나무 앞에서 멈췄다.

도착한 자들은 시환객잔을 지나친 화의중년인 일행이었다.

접선을 부치던 사람이 돌아섰다.

반짝이는 눈매의 청수한 초로인이었다.

초로인이 먼저 포권하며 말했다.

"가주, 반년 만에 뵙는군요. 정말 고생하셨소."

화의중년인도 포권으로 답례하며 대답했다.

"문상(文上)의 중임에 비한다면 아주 작은 수고일 뿐이오."

인사를 나누자 초로인이 눈짓하며 말했다.

"그럼 잠시 거닐면서 얘기합시다."

초로인과 화의중년인이 나란히 걸었다. 버드나무로부터 멀어지자 초로인이 말했다.

"골치를 썩이던 백검회(百劍會)의 천절검로(天絶劍老)가 이번에 죽어서 정말 다행이오."

화의중년인이 고개를 끄덕였다.

"비록 희생은 있었지만, 천절검로의 존재감을 생각한다면 싸게 먹힌 셈이지요."

"강남수로맹(江南水路盟)과의 협약도 잘 되었다 들었소. 가주의 협상력은 과연 뛰어나시오."

"그것도 문상께서 일러주신 책략을 적절히 사용했을 뿐입니다. 초조하게 만드니 절로 넘어오더군요."

"과찬이오. 그런데 신녀궁(神女宮)의 앙탈이 심하구려. 이미 가주께서 보낸 서신을 받고 향후의 대비책은 마련하고 있지만, 아무래도 강력한 경고를 줘야만 할 것 같소."

"강력한 경고라면……. 누구냐?!"

화의중년인이 갑자기 싸늘한 호통을 질렀다.

이에 응수하듯 숲 속에서 여인의 코웃음이 들려왔다.

"흥!"

접선을 탁 소리 나게 접은 초로인이 말했다.

"죽여라."

그의 명령은 즉시 이행되었다.

하늘에서 떨어졌는지, 아니면 땅에서 솟았는지 알 수 없다.

하지만 그들은 순식간에 나타났고, 나타나는 순간 이미 검을 뽑고 있었다.

차차창—!

싸늘한 검명이 이어지는 가운데, 수십 명의 은의검수가 몸을 날렸다.

그들은 몸을 날린 순간부터 허공에서 절묘한 위치와 간격을 유지하며 진세를 형성했다.

숲 속에 뛰어들었을 때는 이미 완전한 검진을 발동해 신랄하면서도 정교한 살검을 전개하기 시작했다.

쉬익! 카카캉!

어두운 숲 속에서 번뜩이는 검광과 쇳소리가 교차했다. 검광의 점멸만으로도 얼마나 빠른 싸움인지 알 수 있었다.

하지만 싸움은 길게 가지 않았다.

퍼퍽!

수박 쪼개지는 듯한 소리가 두 번 울리고 여인의 차가운 음성이 들려왔다.

"이건 경고니 허튼수작일랑 마세요! 항상 지켜보고 있으니까!"

여인의 음성이 급격히 멀어지고 있었다. 말이 끝났을 때는 이미 오십여 장쯤 되는 거리였다.

초로인과 화의중년인이 싸움이 있었던 숲 속으로 들어갔다.

두 명의 은의검수가 머리가 부서져 죽어 있었다.

그들의 시신을 지켜보며 뭔가 골똘히 생각하던 화의중년인이 입을 열었다.

"은검당(銀劍堂)의 은의검수 정도면 최소 일류가 넘는 실력인데, 이토록 쉽게 당하다니……."

무표정한 얼굴로 고개를 끄덕인 초로인이 은의검수들을 노려보며 싸늘히 말했다.

"아직 더 배워야겠구나. 물러가라."

은의검수들은 동료의 시신을 들고 즉시 사라졌다.

"필경 신녀궁에서 심어둔 간세의 짓이겠지요?"

화의중년인이 굳은 눈빛으로 물었다.

"그 계집들이 아니면 누구겠소? 여기서 만나는 이유도 여러 곳에 심어둔 간세들이 워낙 많기 때문이 아니겠소. 밖에서도 이런 상황인데 과연 런 내에서는……."

한동안 침묵이 이어졌다.

이윽고 초로인이 숲 밖으로 걸음을 옮기기 시작했다. 하지만 화의중년인이 깊은 생각에 잠긴 듯 눈매를 좁히며 서 있자 그를 돌아보며 물었다.

"무슨 걱정이라도 있으신지?"

"글쎄요……."

화의중년인은 조금 전 머리가 부서져 죽은 시신을 생각하고 있었다. 뭔가가 떠오르려 하고 있었다.

과거의 어떤 사건과 자꾸 연결되려는 그 뭔가가…….

"……!"

돌연, 그의 두 눈썹이 격하게 꿈틀거렸다. 흐릿한 그 뭔가의 실체가 생각 끝에 고리로 이어진 것이다.

삼 년 전의 그 사건.

하지만 이내 그는 불신과 회의를 느껴야만 했다. 그 사건은 관련자 모두가 이미 망각 속으로 봉인해 둔 상태였다.

'하지만…….'

그에게는 일종의 감(感)이란 게 있었다. 평생에 걸쳐 그런 감에 의해 위기를 넘기고 이득을 취한 전례가 많았다.

지금도 마찬가지였다.

한 가지를 보고 흐릿하게 떠오른 생각이 추론을 통해 형상화되고, 그것은 다시 분석으로 구체화되었다.

은의검수들의 부서진 머리를 보고 연상된 것은 근래 똑같은 방법으로 죽은 누군가였다.

그 누군가를 연상하자, 무의식중에 또 다른 누군가가 떠올랐다. 그와 동시에 잊어버렸던 일 한 가지가 마음에 걸렸다.

'시환객잔을 지날 때 느꼈던 굉장히 익숙한 시선.'

봉황집을 지나면서 그는 분명 느꼈다, 누군가의 강렬한 시선이 줄곧 자신을 쫓고 있다는 것을.

그리고 고개를 돌렸을 때 어떤 사내와 아주 잠깐 시선이 교차되었다. 찰나지간 스쳐 간 사내의 눈빛.

한참 생각하던 그의 얼굴이 서서히 굳어지기 시작했다.

'설마……? 그는 이미 죽었는데? 하지만 이 꺼림칙함은 대체 뭐란 말인가?'

그때 잠자코 있던 초로인이 입을 열었다.

"일단 나머지 얘기를 합시다. 아까 이야기하던 신녀궁 말인데……."

하지만 그 말이 끝나기도 전이었다.

뭔가를 결심한 듯 화의중년인이 그 말을 끊었다.

"말씀 중에 죄송하오만, 당장 문상께 알려야 할 게 있소."

초로인은 의아한 듯 침묵하다가 이내 고개를 끄덕였다.

"급한 문제라면 그래야죠. 말씀해 보시오."

"연경 영취당주가 최근 죽은 건 알고 계실 거요."

"음, 비극이었소. 그런데 그걸 왜……?"

"그는 스스로 천령개를 부수었다고 하오. 그런데 방금 살해된 은의검수를 보니 그 생각이 나오."

초로인은 실소했다.

"그러셨구려. 하지만 그 두 가지가 무슨 연관이 있소?"

"그는 우리와 사이가 적조했지만 한때 깊은 유대 관계를 가지고 있던 사람이오. 근래 영취당의 사업은 확장돼 그에게는 최고의 시기였지. 더구나 그는 젊지 않소? 그런 그가 이유없이 자결한다는 게 말이 되느냐는 거요."

듣고 있던 초로인이 침음하며 동감을 표했다.

"그도 그렇군. 하지만 사람은 사소한 이유만으로도 목숨을 버리는 경우가 있소. 개인적으로도 알아봤지만 요 몇 년 동안 그는 불면증에 시달렸다고 하더군. 이해가 좀 가지 않긴 하지만, 그래도 자살할 이유가 없지는 않으니……."

초로인은 홀연 이상한 것을 느꼈는지 말을 흐렸다.

"눈치채셨군. 그렇소. 그가 왜 불면증에 시달렸을까? 이것은 매우 중요하오. 그 불면증의 근원은? 뭔가에 대한 가책이나 수치심, 두려움이 아니었을까? 그에게 가책과 두려움을 느끼게 한 그것은 무엇이었을까? 이것이 핵심이오."

다시 침묵이 흘렀다. 얼어붙듯 싸늘한 침묵.

초로인의 입이 열린 것은 제법 시간이 흘러서였다.

"그렇다면 가주의 말은 삼 년 전 그 사건……?"

"그렇소! 그게 아니라면 영취당주는 불면증 따위에 시달리다가 자결할 만큼 나약한 사람이 절대 아니오."

"영취당주가 죽은 자의 환영이라도 보았단 말이오? 아니면 그자가 다시 살아나기라도 했다는 말이오?"

"지금부터 드리는 말을 잘 들어주시오. 만에 하나라는 가능성도 염두에 두는 게 좋을 것 같소."

초로인은 미동도 않고 얘기를 들었다.

"조금 전 내가 봉황집의 시환객잔을 지나치던 중……."

이야기가 진행될수록 초로인의 얼굴은 심각함을 넘어 점점 딱딱하게 굳어갔다.

그런 그들 주위로 짙은 밤안개가 일렁거렸다.

그들로부터 십여 장 떨어진 숲 속.

한 사람이 어둠의 일부인 양 꼼짝 않고 서 있었다.

그의 머리와 옷은 밤이슬로 흠뻑 젖어 있었다. 눈빛은 자욱한 안개가 낀 듯했다.

이윽고, 얘기를 끝낸 초로인 등이 사라지자 그때서야 그림자가 뒤돌아섰다. 그때 잠시 구름을 벗어난 달빛이 그의 얼굴을 비췄다. 서문의였다.

한참 달을 응시하던 그가 입을 열었다.

"그렇군. 지금까지는 심증에 불과했지만 이제 확실해졌군. 정무련(正武聯)."

어느덧, 그의 눈에 가득했던 안개는 사라져 있었다.

한참을 생각에 골몰하던 서문의는 이내 한줄기 바람이 되어 모습을 감췄다.

5

깊은 밤.

문상은 어딘가로 향했다. 처소에도 들르지 않고 행차한 발걸음이었다. 그곳은 칙칙한 녹색으로 뒤덮인 전각이었다.

유령처럼 흐릿한 불빛이 문상을 맞이했다.

그곳의 안쪽 대청에서 문상은 한 사람을 만났다. 그리고 제법 길고 상세한 설명을 했다.

마지막으로 그는 강조했다.

"만약 사실이라면 그는 멀리 가지 못했을 터. 지금 즉시 일에 착수해 주시오. 설령 그의 행적이 분명해진다고 해도 손을 써서는 안 되오. 당분간은 말이오. 또 확실해지기 전까지는 나를 통해서만 정보를 나누기로 합시다. 그에 대한 보답은 철저히 하겠소. 물론 이 모든 것은 그의 생존이 사실일 경우에 상정된 거요. 힘들겠지만 일이 일이니만큼 수고 좀 해주시길 부탁드리오."

잠시 후, 탁한 음성이 대답해왔다.

"…알겠소. 확실히 큰일이긴 하니까."

그제야 굳은 얼굴을 풀며 미소를 지은 문상이 정중히 포권으로 사의를 표하며 몸을 돌렸다.

"서문의. 지옥에서 돌아왔단 말인가? 설마……."

문상이 나가자 대청 안쪽 어두운 곳에 있던 높은 등받이 의자 너머로부터 의혹에 찬 음성이 들려왔다.

"하지만 그래도 꺼진 불도 다시 보는 게 나쁘진 않지."

딱!

손가락을 경쾌하게 튕기는 소리가 났다.

아무도 없는 것 같던 대청의 흐릿한 불빛 아래 세 사람이 나타났다. 그림자 속에 몸을 숨기고 있었던 걸까?

"대령했습니다."

의자 뒤에 부복한 셋은 머리를 조아렸다.

"얘기는 들었겠지?"

"예."

"가장 뛰어난 백 명을 동원해라. 봉황집에서부터 시작하도록. 새벽 전까지 모든 걸 알아내라. 그때까지 기다리지."

"존명."

셋은 즉시 물러갔다.

끼익.

의자가 앞뒤로 흔들리기 시작했다. 그렇게 한참 시간이 흘러가 새벽 무렵이 되어 보고가 들어왔다.

"…역시 사실이었군."

수하의 보고를 들은 의자의 그가 침중하게 말했다.

즉시 명이 하달되었다.

"지금부터 은밀하게 추적해라. 그의 행적과 동태, 모든 걸 파악해서 수시로 보고해라. 따로 명을 내리기 전까지는 절대 손을 쓰지 말도록."

수하들이 물러가자 그는 의자에서 일어났다.

그리고 문상에게 보고할 서신을 작성하기 시작했다.

같은 시간, 그리 멀지 않은 곳.

어느 누군가도 급히 서신을 작성하고 있었다. 섬세한 필체로 빠르게 글을 써 내려가는 붓. 그 붓을 잡고 있는 건 섬섬옥수였다.

지급(至急).

복마전(伏魔殿)에서 제삼신녀(第三神女) 날수신탐(辣手神探) 양채환(楊彩煥) 보고.

금일 백리세가(百里世家)의 가주가 외유에서 돌아와 문상과 밀담을 가짐. 염탐 결과 몇몇 중요 사실 알아냄.

백검회주 천절검로는 백리 가주에게 살해됨. 소견으로는 본 궁이 직접 움직이기보다 백검회를 비롯한 여러 문파에 이 사실을 은밀히 흘리는 게 좋을 듯함.

백리 가주는 장강수로맹과 모종의 협약을 체결. 본격적으로 강남에 마수를 뻗치려는 계획의 일환이 확실시.

문상이 본 궁에게 경고의 의미로 암수를 뻗칠 계획을 꾸미고 있음. 이에 대한 방비를 늦추지 마시길. 소녀의 활동 역시 앞으로 한층 위험해질 것으로 예상. 최대한 신중히 움직이겠다는 말씀 드림.

다시 연락드리겠음.

양채환은 서신을 접어 봉투에 넣었다. 그리고 한쪽으로 고개를 돌렸다.

"이리 오너라."

뭔가가 날아왔다.

제비[燕]였다. 섬뜩할 만큼 핏빛을 띤 제비. 특이하게도 제비의 머리에는 작고 뾰족한 돌기들이 솟아 있었다.

혈리연(血利燕).

하룻밤에 천 리를 넘게 날며 맹금과 구렁이 따위를 잡아먹는다는 영물이다. 신묘한 영성(靈性)을 가지고 있어 사람의 말을 이해하며, 심중의 의도마저 꿰뚫어 보는 능력을 지니고 있다. 신녀궁은 이 영금(靈禽)을 전서구로 이용했다.

"고생스럽겠지만 부탁한다."

양채환은 봉투를 작게 접어 혈리연의 목에 걸린 정교한 주머니에 넣었다. 단추를 끼우자 주머니가 완벽히 봉합되었다.

찍!

짧게 한 번 운 혈리연은 열린 창밖으로 날아갔다. 찰나지간 혈리연은 어두운 야천 속으로 사라져 버렸다.

서늘한 눈으로 혈리연이 사라진 밤하늘을 응시하던 양채환은 이윽고 창문을 닫았다.

조용하지만 무언가가 급박하게 흘러가고 있는 밤이었다.

第四章
이별

서문검로

1

이곳은 작고 평범한 촌락이었다.

서문의는 모옥이 보이는 길가 고목 아래 서 있었다.

담장 대신 이어진 울타리 너머로 마당의 정경이 보였다.

꼬꼬.

닭들이 부지런히 모이를 주워 먹고 있었다.

모이를 주고 있던 여인의 수척한 얼굴에 미소가 어렸다.

"많이 먹고 알도 많이 낳아주렴."

조용히 말한 그녀는 모옥으로 들어갔다.

석상처럼 서 있던 서문의는 문득 한숨을 흘렸다.

"…그녀 역시 많이 변했군."

그는 이미 아침부터 여기서 모옥을 줄곧 지켜봤다.

지금 서문의는 망설이고 있었다.

이 모옥에 과거의 지인이 살고 있다는 정보를 어렵사리 접하고 찾아왔다. 모옥은 비록 정갈했지만 초라함까지 감출 수는 없었다. 기억하기로 그는 형편이 좋다면 절대 이렇게 살아갈 사람이 아니었다.

그렇게 고민하고 있을 때,

모옥의 사립문이 열리며 두 사람이 나타났다.

의자처럼 개조한 상차(箱車)에 한 남자가 앉아 있고, 그 상차를 모이 주던 여인이 밀며 마당으로 나왔다.

상차에 앉은 남자가 서문의를 똑바로 바라봤다.

"⋯⋯!"

서문의의 눈가가 흠칫 떨렸다.

남자의 눈빛은 이상할 정도로 평온했다. 심지어 흐리멍덩하게 보이기까지 했다.

남자의 눈이 위로 향했다. 까칠한 그의 입술이 열렸다.

"가을 공기가 좋군. 하지만 길진 못하겠지."

뒤에 선 여인이 미소하며 남자의 머리를 다듬어주었다.

서문의는 이상야릇한 표정으로 남자를 응시했다. 조금 전 남자는 자신을 전혀 보지 못한 듯했다.

'설마⋯⋯?'

서문의는 자신의 생각이 틀렸기를 바랐다.

그때,

"귀한 분이 근처에 계신 듯하군."

남자가 서문의가 있는 곳을 바라보며 말했다. 그러면서 옅은 미소와 함께 목례를 보내왔다.

여인은 서문의를 보고 딱딱하게 굳어버렸다. 귀신이라도 본 듯한 모습이었다. 그럴 수밖에. 과거 서문의와 의남매를 맺은 사이였으니까.

급기야 그녀는 몸을 떨며 쓰러질 듯 휘청거렸다.

"왜 그러지? 어디 불편하오?"

남자가 이상하다는 듯 여인을 돌아다보며 물었다.

가슴을 잡고 숨을 몰아쉬던 여인이 애써 웃었다.

"발을 잘못 디뎌서 그래요."

고개를 갸웃한 남자는 서문의 쪽을 다시 바라봤다.

"귀한 손님이 오면 하다못해 마른 떡에 물이라도 대접하는 게 시골 인심이오. 잠깐 쉬었다 가지 않겠소?"

남자의 어조는 매우 친절하고 정중했다.

서문의는 그만 장탄식을 토하고 말았다. 짐작이 맞았다. 남자는 앞을 볼 수 없는 맹인이었던 것이다.

그렇지 않다면 삼 년 전 자신이 배신했던 친구를 알아보지 못할 리 없다.

서문의는 상차에 앉은 옛 친구의 다리를 응시했다. 새처럼 가늘고 힘없는 다리였다. 다리조차 불구가 된 것이다.

'아아, 어쩌다가……'

서문의는 애석함을 금치 못했다.

상차에 앉은 옛 친구 만리신풍(萬里迅風) 장철(張喆).

한때 무림제일의 이목을 지닌 쾌남아였다. 그리고 강호를 통틀어 다섯 손가락 안에 드는 경공의 대가였다.

그런 남자가 눈이 멀고 걷지도 못하는 폐인이 되었다니…….

서문의의 놀람을 느꼈는지 장철이 미소하며 말했다.

"비록 몸은 폐인이나 정신만은 맑소. 그래서 손님께서 거기 계신 걸 느낌으로 알았던 거요."

확실히 장철의 예리한 감각만은 살아 있는 것 같았다.

망연히 서 있던 서문의는 마침내 걸음을 뗴었다.

마당으로 들어선 서문의는 입술을 달싹였다.

[오랜만이군, 예매(藥妹).]

여인의 귓가에 전음이 들려왔다. 그녀의 얼굴이 더욱 창백해졌다. 어깨를 떠는 그녀에게 다시 전음이 들렸다.

[걱정하지 않아도 돼요. 해를 끼치러 온 게 아니니까. 그냥… 한번 보고 가려고.]

전음을 끝낸 서문의는 안심하라는 듯 미소를 지었다. 하지만 씁쓸한 미소였다.

여인, 옥잠화(玉簪花) 소예(邵藥)는 입술을 질끈 깨물며 고개를 끄덕였다. 하지만 몸의 떨림은 멈추지 않았다.

몇 년 전 죽은 사람이 대낮에 나타난 것이다. 그녀는 까무러치고 싶었지만 불행인지 다행인지 그럴 수가 없었다.

장철이 이 사실을 알면 안 된다. 손님이 서문의라는 걸 알게 되면 심장마비에 걸릴 게 확실하기 때문에.

서문의는 상차 바로 앞에서 걸음을 멈췄다.

그의 시선은 장철의 미소 띤 얼굴에 고정되어 있었다.

소예는 그런 서문의를 뚫어져라 바라봤다. 혹시라도 그의 검이 남편의 목을 뎅겅 자르지나 않을까 싶어서.

잠시 후 서문의가 입을 열었다.

"청해주셔서 감사하오."

기묘하게 변조된 음성이었다.

그가 정체를 알리기 원치 않는다는 걸 짐작한 소예는 조금 안심했다. 하지만 충격은 여전했다.

"회북에서 오셨소?"

서문의의 말씨를 듣고 장철이 물었다.

"거기가 고향이오. 소싯적 십 년 정도 산 적 있소."

장철의 얼굴을 살피며 서문의가 대답했다.

만족스럽게 고개를 끄덕인 장철은 아내에게 말했다.

"손님께서 앉을 자리를 준비하시오. 음식과 물도."

그러나 소예는 꼼짝도 하지 않았다. 장철이 한숨지었다.

"손님을 청했는데 저리 세워둘 참이오?"

그제야 소예는 머뭇거리며 안으로 들어갔다.

"집사람이 나 때문에 고생이 많아서… 가끔 정신을 놓는 경우가 있소이다."

양해를 구한 장철은 고개를 들고 숨을 한껏 들이켰다.

그는 기분 좋게 웃으며 물었다.

"가을, 좋은 계절이지 않소?"

"정말 멋진 시기요."

장철은 다시 고개를 끄덕이며 하늘로 눈을 향했다.

"내가 장님이라 하늘색이 어떤지도 알 수 없구려."

서문의도 눈을 들었다. 가을 하늘이 탁 트여 있었다.

"높고 푸르오. 바다색보다 조금 옅은 푸른색이군."

서문의의 말을 음미하듯 장철은 눈을 감았다.

"바다색보다 조금 옅은 푸른색이라……."

서문의의 말을 되뇌며 장철은 감탄했다.

"훌륭한 표현이오. 오래도록 잊고 있던 하늘의 푸름이 자연스레 연상되는구려."

두 남자는 하늘로 눈길을 주고 있었다.

잠시 후 소예가 작은 탁자와 의자를 가지고 나왔다.

서늘한 날씨임에도 그녀의 얼굴은 땀으로 젖어 있었다.

지금 극심한 두려움을 느끼고 있는 것이다.

"잠시만 기다려 주세요."

떨리는 음성으로 말한 소예는 다시 안으로 들어갔다.

장철이 손짓으로 자리를 권했다. 서문의는 자리에 앉았다.

잠시 동안 침묵이 흐르자 장철이 은근한 어조로 말했다.

"손님께선 보통 분이 아니 듯싶소."

"보통이 아니라면?"

"몸가짐이 태산 같으면서도 민첩하오. 그리고 뭐랄까, 일종의 강력한 존재감이 전해지오."

장철은 빙그레 웃으며 말을 이었다.

"나는 기척과 느낌만으로도 여러 가지를 알 수 있소."

서문의는 내심 야릇한 감탄을 느꼈다. 역시 폐인이 되고서도 장철의 기민함은 여전했다.

"대단치 않은 기예 몇 가지 지닌 떠돌이에 불과하오."

서문의가 대답하자 장철은 고개를 저었다.

"너무 겸손하시오. 손님을 뵈니 왠지 낯설지 않은 느낌이 드는구려."

장철의 친절한 미소가 어둡게 변해갔다.

"마치… 마치 과거에 알던 누군가를 연상케 하오."

장철은 침통한 얼굴로 입을 닫았다.

뼈아픈 후회와 절망이 느껴지는 얼굴이었다. 관자놀이에 힘줄이 곤두서고 뺨이 부르르 경련을 일으켰다. 마음에 큰 고통을 품고 살지 않았다면 결코 보일 수 없는 얼굴.

그런 얼굴과는 달리 눈은 그저 공허하기만 했다.

그런 장철을 바라보던 서문의는 내심 탄식했다.

'이미 지옥에서 살고 있군. 마음이 죽어버렸어.'

묻고 싶은 말이 넘쳐흘렀다. 하지만 이미 마음이 죽어버린 자에게 무엇을 물을 것인가? 서문의는 주먹을 콱 움켜쥐었다.

그는 눈을 감은 채 말했다.

"나쁜 것보다 좋은 것만 기억하시오."

참으로 많은 용기와 인내가 필요한 말이었다, 물론 서문의의 입장에서. 말을 하고 난 다음에도 그는 갈등했다.

정말 이대로 손님인 척하다 그냥 돌아갈 것인지, 아니면 정체를 드러내 장철을 더 큰 지옥으로 끌어들일 것인지.

하지만 이내 그는 고개를 가로저었다.

며칠 전 의제가 자신을 보고 자결하지 않았던가? 그래서 앞으로는 과거 지인들에게 신중히 접근해야겠다고 다짐한 바 있다. 지금 장철은 폐인이 되어 쇠약해졌다. 비록 예민한 감각만은 그대로라고 하나 이미 그 스스로 지옥에 빠져 마음이 죽어 버린 사람이었다.

서문의가 정체를 드러낸다면 장철이 받는 충격은 엄청날 것이다. 과연 그가 이를 견뎌낼 수 있겠는가? 서문의는 아니라고 확신했다.

'내가 이번에 나온 것은 복수에 앞서 과거의 결박된 매듭을 풀기 위함이 가장 크다. 그를 보니 이미 충분히 불행하군. 내가 군이 그의 여생을 끝낼 필요가 있을까?'

서문의가 눈을 뜨자 장철이 물끄러미 그를 바라보고 있었다.

'보이지도 않는 눈으로 왜 그리 쳐다보나, 이 친구야.'

내심 말을 건넨 서문의는 씁쓸히 웃었다.

"손님은 깊은 근심을 안고 계시는구려."

장철이 고개를 갸웃거리며 말했다.

"주인장에게 근심이 있듯 내게도 근심은 있소. 사람은 누구나 말 못할 근심거리를 품고 있는 거요."

서문의의 대답을 음미하듯 장철은 침묵했다. 그러다 고개를 주억거리며 미소하더니 물었다.

"그럴 때 손님은 어떻게 근심을 해소하시오?"

"근심의 뿌리를 바로잡아야지요."

"그 근심의 뿌리가 도저히 바로잡을 수 없는 것이라면?"

물음을 던진 장철의 얼굴은 진지했다.

잠시 침묵한 서문의는 장철의 눈을 직시하며 대답했다.

"나는 모르겠소. 단지 죽음은 문제 해결 방법이 아니라는 건 확실하오."

이번에는 장철이 침묵했다. 침묵하면서 그는 얼굴을 떨기 시작했다. 얼굴의 떨림은 몸 전체로 확산되어 갔다.

그가 이러는 이유를 서문의는 잘 알고 있었다. 장철은 죽음을 생각하고 있었다, 자신의 고통을 벗기 위해.

이를 헤아린 서문의는 장철의 심령에 강력한 주문을 건 것이다, 어리석게 죽을 생각 따윈 하지 말라고.

그때,

"여보! 무슨 일이죠?"

장철의 모습을 본 소예가 급히 달려나왔다.

소반을 탁자에 놓고 장철을 살피던 그녀는 얼굴이 새파랗게 질렸다. 서문의를 쳐다보는 그녀의 눈에 원망과 두려움의 빛이 가득 찼다.

"안심하시오. 나는 부군에게 살아가길 권유했소."

"손님의 말이 맞소. 당신은 걱정할 것 없소."

서문의의 말에 소예가 미처 대답하기도 전에 장철이 먼저 대답했다. 시력을 잃은 그의 눈에 눈물이 흘렀다.

소반에는 마른 떡과 물 두 그릇이 놓여 있었다.

"우리 집 떡은 매우 맛있소. 드셔보시오."

떡 한 조각을 집은 장철이 직접 껍질을 벗겨서 내밀었다.

"그보다 먼저 대답해 주시오. 살아가시겠소?"

떡을 보며 서문의가 물었다.

"살겠소. 나는 살아갈 거요. 그러니 어서 드시길."

장철은 눈물을 흘리면서도 웃는 얼굴로 대답했다.

서문의의 얼굴에도 웃음이 나타났다. 이번에야말로 진정한 웃음이었다.

"잘 들겠소."

서문의는 시간을 들여 떡을 먹었다. 먹는 데도 많은 정성을 들였던 것이다. 부스러기 하나 흘리지 않고 떡을 모두 먹은 그는 물까지 마시고 난 다음에야 일어났다.

"정말 맛있었소. 대접 잘 받고 가오."

어느덧 소예의 눈에도 눈물이 가득 차올랐다.

그녀의 입술이 움직였다. 입 모양을 보지 않아도 서문의는 무슨 말인지 알 수 있었다. 그녀의 얼굴이 말하고 있었다.

─고마워요. 정말 고마워요.

서문의는 손을 흔들어 만류하며 전음으로 대답했다.

[이게 최선이겠지. 감사할 필요는 없어.]

소예는 말없이 고개를 끄덕였다.

"그럼, 건강하시길."

"손님도 건강하시길 바라오."

작별 인사를 마친 서문의는 몸을 돌렸다.

소예가 장철에게 간곡하게 말했다.

"여보, 귀한 손님이니 골목까지만 배웅해 드릴게요."

"어서 배웅해 드리도록 하시오."

소예는 급히 서문의를 뒤따라 나갔다.

2

서문의는 팔짱을 끼고 창가에 서 있었다.

객잔의 지붕 처마 아래로 달이 보였다.

밤은 깊었지만 서문의는 잠들지 않고 줄곧 달을 응시했다.

그러면서 낮의 일을 생각했다.

서문의는 탄식을 뿜었다.

"그가 언제 저렇게 되었지?"

"이 년 전이에요. 정무련에 들렀다가 그만……."

배웅하러 나왔던 소예는 울적하게 대답했다.

"정무련?"

서문의가 얼굴을 차갑게 굳히며 걸음을 멈추었다.

"그럼 누구의 소행인지 알고 있나?"

"저도 몰라요."

"모른다고?"

"정무련에서 보낸 마차에 실려 온 이후 남편은 그에 대해 단한 마디도 하지 않았어요. 처음에는 엄청난 충격 때문에 그런다고 생각했지만, 이 년이 지난 지금까지도 아무런 말이 없지요."

서문의는 할 말을 잃고 우두커니 서 있었다.

"서문 오라버니, 이건 제 착각일지도 모르지만……."

소예가 조심스레 말했다.

"남편은 자신이 당한 일을 자업자득이라 생각하고 순응해버린 것 같아요. 체념한 거죠. 종종 한밤중에 그는 악몽을 꾸곤 해요. 모두 자기 잘못이라고, 서문 오라버니에게 미안하다고……. 그런 잠꼬대를 몇 번이나 들었는지 몰라요."

그저 깊은 한숨을 뿜은 서문의는 하늘을 보았다.

"삼 년 전 오라버니가 돌아가셨다는 소식은 너무 큰 충격이었어요. 대체 그 일은 어찌 된 거죠?"

서문의는 고개를 저으며 대답하지 않았다. 입술을 질끈 깨문 소예가 머리를 깊이 조아렸다.

"오늘 정말 고마워요. 어쨌든 오라버니는 원한을 큰 은혜로 갚은 셈이니……. 전 지금도 어찌해야 할지 갈피를 못 잡겠네요. 어떡하죠? 어떻게 하면 이를……."

서문의가 그녀의 말을 가로막았다.

"달리 할 말은 없군. 그저 잘살기만을 바랄 뿐이야. 장 형의 고통을 감싸 안으며 살다 보면 그게 더 큰 행복으로 돌아올 날도 있겠지. 힘들겠지만 노력해 보도록 해."

"예, 오라버니……."

결국 소예는 뜨거운 눈물을 쏟고 말았다.

"이왕에 배신했다면 잘들 살 것이지 왜……."

생각의 끝에서 서문의는 씁쓸히 중얼거렸다.

그러면서 그는 또 한 가지 야릇한 생각이 들었다.

어쩌면 배신에 동참한 옛 친구들 대부분이 좋지 못한 상황
에 처했을지도 모른다는 것이었다.

글쎄, 어떨까?

3

오늘 밤도 달은 밝았다.

길을 지나던 어느 취객이 달을 올려다보며 웃었다.

"달도 좋네. 꼭 우리 마누라 얼굴 같은데?"

취객은 히죽거리며 교차로를 가로질러 사라져 갔다.

그가 스쳐 간 교차로 한쪽에는 작은 주점이 있었다.

싼 술과 음식을 파는 곳이었다. 비록 허름한 가게지만 교차
로에 자리한 만큼 장사가 제법 잘됐다.

그 주점의 가장 안쪽.

희미한 등불 아래 앉은 자삼인(紫衫人)이 보였다.

바로 서문의였다.

쪼륵.

그는 새로 장만한 장삼과 같은 색을 띤 자색의 잔에 백주를 채웠다.

자색, 이 색상은 본래 존귀한 색상이라 한다. 그래서 자색의 옷 역시 그에 어울리는 사람만이 입을 수 있었다.

당연히 무림에서도 자색 옷을 입은 사람은 극히 드물다.

그래서였을까? 뒤이어 들어온 세 명의 다른 손님은 자삼을 입은 서문의와 두어 칸 떨어진 곳에 앉았다. 그리고 속닥거리며 이따금 서문의를 힐끔거렸다.

서문의는 술잔을 들며 손님들에게 빙긋 웃어 보였다. 찔끔한 손님들이 급히 눈을 돌렸다.

이윽고, 백주를 다 비운 서문의는 자리에서 일어났다. 셈을 치른 그는 밝은 달빛을 받으며 밖으로 나왔다.

주점 앞 기둥에 그의 말이 매어져 있었다.

얌전하게 있는 말을 보며 서문의는 웃었다.

"매일 이랬으면 좋겠군. 그러면 서로 편할 텐데 말이다."

그가 쓰다듬자 놈은 가볍게 투레질을 했다. 서문의는 놈을 끌고 걷기 시작했다.

거리 양쪽에 고래 등 같은 저택이 즐비했고, 그 저택의 대문 앞에는 버드나무가 늘어져 있었다.

쏴아…….

바람이 불자 버드나무의 풍성한 줄기가 일렁거렸다. 대문과 담장 너머 보이는 전각의 창문에는 부드러운 불빛이 비쳤다.

뭐라 말할 수 없이 아늑한 풍경들이었다.

"언젠가 세월이 지나면 나도 이런 곳에 집을 짓고 다시 옛날 그때처럼……."

달밤의 흥취에 웃으며 중얼거리던 서문의는 갑자기 말꼬리를 흐렸다. 자신이 중얼거린 그 말, 다시 옛날 그때처럼…….

마치 과거의 어떤 일을 생각하는 것처럼 서문의의 눈빛이 일시 아득해졌다.

촤악!

산수가 그려진 자색의 접선이 펼쳐졌다.

소동파(蘇東坡)의 적벽부(赤壁賦) 한 구절이 적힌 이 접선은, 경사의 콧대 높은 명인에게 서문의가 직접 부탁해 만든 것이었다.

신년을 맞아 결의형제가 모인 오늘, 서문의는 이 접선을 그들에게 처음 선보인 것이다.

"호! 자색의 비단 재질에 고명한 솜씨가 드러난 수묵화, 거기에 소동파의 적벽부라? 과연 우리 셋째 아우님의 품격에 어울리는군."

"셋째 형님이 이 접선을 만들기 위해 은 삼백 냥을 소소생(素笑生)에게 바쳤다는 소문 들었소. 하긴 우리 셋째 형님이 아니라면 누구도 감히 시도하지 못할 배포지. 하하하!"

원탁에 둘러앉아 웃으며 말하는 여섯 사람.

인중지룡의 풍모를 지닌 젊은 영웅협사들이었다.

서문의는 접선을 펼쳐 든 채 덩실덩실 춤을 추었다.

여섯 사내가 박장대소했다.

서문의는 이내 춤을 멈추고 머쓱하게 웃었다.

"오늘 우리 형제가 청운장(靑雲莊)에 모두 모였으니 여흥이 없어서야 되겠소? 하여 주인 입장에서 염치불구하고 한바탕 놀아본 거요. 그리고……."

그는 의미심장하게 여섯 사내를 둘러보며 말을 이었다.

"이제 한 분의 미녀를 형제들께 소개시켜 주기 위해 분위기를 고조시킨 것이오."

"오?"

여섯 사내가 서로를 마주 보았다.

서문의는 등을 돌려 병풍 쪽을 바라보며 말했다.

"홍운, 이제 나와도 좋소."

그의 말이 끝나자 한 여인이 병풍을 돌아 나왔다.

여섯 사내의 얼굴에 놀람이 스쳐 갔다. 여인은 정말 빼어난 미태의 소유자였다.

물기를 머금은 눈과 입술, 백설처럼 희디흰 피부, 흑단 같은 머릿결과 궁장으로 감싼 늘씬한 몸매…….

여섯 사내가 분분히 자리에서 일어나 예를 취했다. 여인도 다소곳이 목례로 화답했다.

그때 짙은 눈썹에 부리부리한 눈매를 지닌 서른 남짓의 사내가 서문의에게 물었다.

"서문 삼제, 저분 소저는 뉘신가?"

서문의는 옆에 선 여인을 보고 다시 사내를 보며 빙그레 웃고는 대답했다.

"소제의 정혼녀 이홍운(李紅雲)입니다."

여인이 살짝 수줍음 띤 얼굴로 서문의가 내민 손을 잡았다.

탐스러운 꽃가지를 취하는 듯한 손길이었다.

어느새, 서문의의 걸음은 멈춰져 있었다.

옛 기억을 떠올리던 그의 눈빛은 깊게 가라앉아 있었다.

손만 뻗으면 바로 잡을 수 있을 것 같은 그날의 정경이 눈앞에서 천천히 사라져 가고 있었다.

쏴아아!

서늘한 밤바람이 불어왔다. 먼지와 낙엽이 서문의의 주변을 이리저리 맴돌다 허공으로 흩어졌다.

잠시 후, 서문의는 말을 이끌며 걸음을 떼었다. 그의 어깨 뒤로 작은 중얼거림이 바람을 타고 흩어졌다.

"돌아갈 수 없어. 이미 지나간 일이야……."

바람은 다시 잠잠해졌다.

4

서문의는 어느 거대한 문루 앞에 서 있었다.

문루 너머에는 한밤중인데도 불야성을 이룬 번화가가 펼쳐져 있다. 그 번화가가 장원의 일부라면 믿을 수 있겠는가?

이 장원에는 점포와 민가가 뒤섞인 저잣거리가 있고, 심지어 번듯한 관청까지 있었다.

증축에 증축을 거듭해 어느덧 반경 이십 리에 약간 못 미치는 거대한 규모가 된 장원.

세상에 이런 장원은 단 하나밖에 없다.

서문의는 눈을 들어 문루에 걸린 동판을 바라봤다.

석가장(石家莊).

이곳이 석가장이었다.

한 사람이 이런 장원을 소유하고 있다면 과연 믿을 수 있을까?

하지만 석가장주가 존재한다는 것은 분명한 사실이다.

쿠르릉!

서문의 옆으로 수레가 지나갔다. 물품을 가득 실은 수레였다. 석가장은 한밤중에도 쉬지 않고 움직였다. 들어오고 나가는 사람과 물건이 끊이지 않았다.

'바로 이곳이라고 했지?'

서문의는 어렵사리 들은 소식을 떠올리며 문루를 넘었다.

맨 처음 그 소식을 들었을 때, 그는 한참 동안 아무 말도 못하고 술만 기울였다. 그러다 씁쓸하게 웃어버렸다.

그는 과거의 인연을 찾아서 여기에 온 것이다.

하지만 석가장까지 오면서도 그는 줄곧 갈등했다.

그녀에게는 이미 다른 하늘이 있고, 그렇기에 서문의와 그녀는 완전히 다른 세상에 속한 상태였다.

서문의는 품어왔던 갈등을 다시 돌이켜 보았다.

이 방문이 현재 남남이 된 자신과 그녀 서로에게 좋은 영향을 줄 수 있을까 하는 것을 말이다.

어느 순간,

"후후후……."

서문의가 낮은 웃음을 흘렸다.

그는 이미 마음에서 그녀에 대한 미련은 지워 버렸다.

석가장을 찾은 이유는, 먼발치에서라도 과거 정혼녀였던 그녀를 마지막으로 한번 보기 위함이었다.

얽혀 버린 과거의 매듭을 풀어가기 위한 강호 출도였다. 이에는 당연히 옛 사랑에 대한 것도 포함돼 있었다.

매듭을 푸는 방식은 다양하다.

재회거나 아니면 영원한 이별이거나……. 서문의는 이별을 위해 여기에 온 것이다.

불빛에 비친 술은 알록달록한 빛을 띠었다.

방금 탁자 옆을 지나친 사람의 그림자도 술잔 속에서 일렁이다 사라졌다.

문득, 술에 비친 자신을 바라보던 서문의가 웃었다.

"이봐, 자네답지 않게 왜 그러지?"

그가 중얼거리자 술잔 속의 자신도 똑같은 입모양을 취했다.

누군가 계단을 내려가는 발소리가 건조하게 울려왔다.

손님이 일어난 탁자를 치우며 그릇이 내는 소리도 들렸다.

그런 객잔의 수많은 소음 가운데서 서문의는 술에 비친 자신에게 낮은 소리로 말했다.

"그냥 한번 보러 온 건데 그런 표정을 지을 것까지야…….
서문의, 그렇지?"

창밖에서 불어온 바람이 술에 파문을 일으켰다. 자신을 마주 보던 술잔 속 그의 얼굴이 일그러졌다.

"흠. 그런 얼굴 보기 싫군."

빙긋 웃으며 말한 그가 술을 단숨에 비워 버렸다.

한밤중 객잔에서 보내는 시간은 그렇게 흘러가고 있었다.

"……."

갑자기 서문의의 눈빛이 예리해졌다.

그는 창밖으로 시선을 향했다. 조금 전 고개를 돌렸을 때와 별반 달라진 게 없는 석가장의 밤거리.

하지만 평온했던 거리의 이곳저곳에서 돌연 예기가 느껴졌다.

서문의는 거리를 관찰했다.

"오늘도 장사는 망쳤군. 일찍 잘까?"

전당포 처마 아래서 어묵을 팔던 로차(爐車)를 정리하며 불퉁하게 중얼대는 초췌한 중년인.

"술맛도 더럽게 없네. 다시 팔아주나 봐라!"

곤봉 양쪽 끝에 두부를 담은 바구니를 저울추처럼 달고 어깨에 진 채 투덜거리며 객잔을 나서는 남루한 청년.

"하하하! 요 귀여운 것."

서문의가 있는 객잔 이층 건너편 청루의 창가에 앉아 작은 고양이를 쓰다듬는 비단옷의 뚱보.

이외 지붕, 좌판, 난간, 계단, 골목, 모퉁이에서 느껴지는 날카로운 기세가 십여 개에 이르렀다.

'완벽한 천라지망이군.'

서문의는 그들이 정체를 숨긴 절정의 고수라는 걸 단번에 알아보았다. 이런 자들이 갑자기 정체를 드러낸 것은 두 가지 경우를 상정해 볼 수 있다.

하나는 누군가를 공격하기 위해서고, 나머지 하나는 뭔가를 감시하기 위함이다.

잠시 상황을 살핀 서문의는 그들의 목적이 후자라고 결론 내렸다. 천천히 지나가는 한 대의 수레 때문이었다.

그 수레에는 세 사람이 타고 있었다.

부부로 보이는 흑의를 입은 젊은 남자와 꽃무늬로 가득한 배자를 걸친 여인, 그리고 그 여인의 품에 안긴 한 살가량의 사내아이.

수레를 모는 마부는 방금 중년인과 청년, 뚱보와 재빨리 시선을 나누고는 고개를 끄덕였다. 서로 웃음을 짓는 걸로 보아 익히 아는 사이 같았다.

즉, 그들은 수레를 암중으로 호위하고 있는 것이다. 따라서 수레에 탄 부부와 사내아이는 매우 중요한 사람이란 의미이다.

하지만 서문의에게 그런 것은 중요하지 않았다. 그는 수레 안에 있는 여인을 뚫어져라 바라봤다.

고운 얼굴에 은은한 홍조가 어린 젊은 여자.

옥차(玉釵)로 단장한 까만 머리 몇 가닥이 백설 같은 이마로 흘러내리고, 은밀한 신비를 간직한 눈빛은 바라보면 빨려들 듯한 깊은 샘을 연상케 했다.

서문의의 입술이 달싹여지려다 멈추었다.

"……!"

그는 입을 꾹 닫고 그냥 바라볼 수밖에 없었다.

그냥 멀리서 바라보는 것. 그것만이 유일하게 허용된 자신과 그녀 사이에 넘을 수 없는 세상의 한계요, 벽이었다.

이제 수레는 객잔을 지나쳐 멀어져 가고 있었다.

암중으로 수레를 호위하던 자들도 자취를 감추었다.

하지만 멀어지는 수레를 쫓는 서문의의 시선은 거두어질 줄 몰랐다. 한참이 지나자 수레는 그의 시야를 벗어나 어딘가로 사라져 버렸다.

이윽고 서문의의 시선이 손에 쥔 술잔으로 향했다.

술잔 안의 또 다른 그 자신 역시 그를 바라보고 있었다.

서로를 바라보던 어느 순간,

"후후후……."

그와 술잔의 자신이 함께 쓰라린 미소를 지었다.

서문의는 술잔을 들고 자리에서 일어났다. 그는 수레가 사라져 간 방향을 향해 술잔을 높이 들었다. 그리고 말했다.

"축복을 비는 술잔이오. 부디 행복하기를……."

서문의는 염원을 담아 말하고는 잔을 비웠다.

탁!

술잔을 놓는 소리가 무겁게 탁자를 울렸다.

한참 동안 창밖의 어둠을 하염없이 바라보던 서문의는 몸을 돌렸다.

계단으로 향하며, 그는 아주 작은 음성을 흘렸다.

"안녕."

이것이 옛 정혼녀에 대한 그의 이별이었다.

삶에서는 어쩔 수 없이 이별을 고해야만 하는 때가 있다.

그럴 때 필요한 것은 오직 한 가지, 얼마만큼 깨끗하고 유감없이 이별하느냐가 아닐까?

5

이튿날.

서문의는 제남부(濟南府)로 이어진 관도를 달리고 있었다.

지난 며칠은 그에게 있어 마음의 홍역을 치른 날들이었다. 의제가 자결하고, 폐인이 된 친구를 방문했으며, 남의 여자가 된 옛 정혼녀를 목격했다.

지난 밤도 뜬눈으로 지샌 참이었다. 하지만 서문의는 금세 번민을 털어버렸다. 번민한다 한들 해결될 수 있는 문제가 아니었다. 그래서 쓰린 속을 달래며 앞으로 계속 나아가기로 한 것이다.

어쩌면 이런 성격이야말로 그의 가장 큰 강점 중 하나일지도 모르겠다.

콰두두두ー!

그가 탄 말은 산보라도 하는 듯 가볍게 땅을 차며 달려갔다. 감탄할 정도의 쾌속 질주였다.

은근히 놀란 서문의가 웃으며 말을 걸었다.

"너 갑자기 어쩐 일이냐? 아침에 나 몰래 산삼이라도 캐 먹었느냐? 불같은 기운이 넘치는데?"

놈은 그 물음에 답하지 않고 달리는 데 열중했다.

"호⋯⋯."

머쓱해진 서문의는 탄사를 흘리고 입을 닫았다.

어느 사이 마을이 나타났다.

용이 굽이치듯 큰 개천이 반월형으로 마을을 감싸 휘도는 풍경이 장관이었다.

회룡촌(回龍村).

마을 이름을 알리는 석비였다.

"마을 이름 한번 멋지군."

석비를 본 서문의가 빙긋 웃으며 말했다.

금방 마을로 진입한 서문의는 길가 한쪽에 주막이 자리한 걸 보고 놈을 멈추게 하려고 했다.

"워! 밥은 먹고 가자."

하지만 놈의 질주는 멈추지 않았다. 순식간에 주막이 옆을 스쳐 지나더니 뒤로 멀어졌다.

고개를 돌려 주막을 바라본 서문의는 눈이 휘둥그레져 놈의 뒤통수를 내려다봤다. 놈의 달리는 속도는 줄기는 고사하고 오히려 한층 배가되었다.

당황한 서문의가 급히 고삐를 잡아채며 외쳤다.

"이봐! 그만 멈추라고!"

놈의 머리가 고삐를 잡아챈 왼쪽으로 기우뚱했다. 당연히 놈의 질주도 왼쪽으로 비스듬히 틀어졌다.

서문의의 눈앞에 커다란 물레방아가 도는 방앗간이 급격히 확대되어 왔다.

"아……!"

외마디 탄식을 뿜은 서문의는 몸을 솟구쳤다. 그는 방앗간의 지붕에 올랐다. 하지만 놈은 활짝 열린 방앗간 문을 향해 그대로 돌진했다.

우당탕! 콰당……!

방앗간 안에서 날벼락 터지는 소리가 났다.

"으악! 이게 뭐야!"

사람의 비명도 함께 들렸다.

아연한 얼굴로 지붕에 서 있던 서문의는 이마를 쳤다.

"혹시나 믿은 내가 바보였다."

그는 다시 머리가 아파오기 시작했다.

서문의는 놈을 끌고 묵묵히 주막으로 향했다.

뒤쪽 방앗간은 걸쭉한 욕설로 시끄러웠다. 물론 그와 놈을 향한 욕이었다.

방앗간에 대여섯 냥을 물어주고 나온 참이었다. 그리고 지나친 길을 되짚어 돌아가고 있었다.

비록 서문의가 부처의 마음을 품기로 했다고는 하나, 이쯤 되니 악마의 마음이 고개를 들려 했다.

겨우 주막에 당도한 그는 고삐를 말뚝에 매며 말했다.

"그래, 너 오늘 밥은……."

서문의와 놈의 눈이 마주쳤다. 입술을 몇 번 달싹이던 그는 깊게 심호흡하며 부드럽게 말했다.

"…특별히 맛난 여물로 주마."

서문의는 자신의 인내심을 시험해 보기로 결심했다.

놈에게 응징보다 더욱 따뜻한 보살핌을 베풀기로 했다.

한편으로 불쌍한 놈이라고 생각하니 미움도 눈 녹듯 사라졌다. 그래, 어차피 호생지덕(好生之德)인 것이다.

사람이 화가 나면 폭식할 가능성이 많아진다.

지금의 서문의가 그러했다.

한 그릇이면 충분할 국수를 두 그릇이나 해치웠다. 덕분에 손님들로 북적이는 주막 안에서 꺼억 하는 트림을 참느라 진땀이 다 났다.

다행스럽게도 체통을 지킨 그는 주막을 나섰다. 놈을 보니 여물을 배불리 먹고 당장 출발할 기세였다.

서문의는 바짝 굳어진 자신의 얼굴을 주물거려 미소 짓는 표정으로 바꾸었다.

"오늘 씩씩한 너를 보니 내가 힘이 다 나는구나."

놈에게 덕담도 잊지 않으며 서문의는 고삐를 풀었다.

"자, 이제 어쩐다?"

서문의는 중얼거리며 말을 바라봤다.

"네가 한번 가르쳐 줄래, 어디부터 들러야 할지?"

축생이 말을 할 수 있을 리 없다. 자신이 물어놓고도 서문의는 어이가 없어 고개를 저었다.

그는 잠시 어느 곳부터 먼저 들릴까 고심했다.

그때, 주막 앞에서 멈추는 수십 인의 행렬이 있었다.

몇 개의 깃발과 다섯 대의 수레, 십여 기의 인마, 서른 명의 홍의인으로 이루어진 행렬이었다.

서문의는 슬쩍 몸을 돌려 고삐가 잘 풀리지 않는 척하며 행렬을 살폈다.

'표행(鏢行)이군. 어느 표국이지?'

그는 말을 탄 녹포대한이 들고 있는 깃발을 살폈다.

녹색 깃발에는 매가 날개를 펼친 위용을 묘사한 자수가 새겨져 있었다. 정중앙에 둥근 금테가 있고, 비응이라는 두 글자가 새겨진 게 보였다.

'비응표국(飛鷹鏢局). 한때 산동로(山東路)를 독점하다시피 했던 곳이지.'

서문의는 삼 년 동안의 강호 정세가 어떠했는지 거의 모르

다시피 하고 있었다. 삼 년 동안 그는 어두운 석동 안에서 생사고투를 벌이고 있었던 것이다.

입동 이후 삼 년이나 지난 지금은 어떠한지 알 수 없었다.

무림의 각 문파나 방회, 각지의 인물들과 세력의 현황이 특히 아쉬웠다. 그래서 서문의는 기회가 있을 때마다 적극적으로 소식과 정보를 얻으려 했다.

그가 이런 생각을 하고 있을 때, 표행의 선두에 있던 그 녹의대한이 깃발을 옆 사람에게 맡기고 말에서 내렸다.

"잠시 표행을 쉰다. 필요한 걸 보충하고 손볼 건 고쳐라. 저녁을 먹고 출발할 테니 그때까지 휴식을 취해도 좋다."

"예!"

표사들이 일제히 대답하고는 분주히 움직였다. 잠시 그 모습을 지켜보던 녹의대한은 말에서 내린 자들과 동행해 주막으로 들어섰다. 그들은 모두 표두 급이었다.

그들이 대화를 나누며 서문의를 스쳐 갔다.

"…이번에 태산일기(泰山一奇) 무 노인이 암습을 당한 것은 실로 뜻밖이오."

"그렇지. 강호에서 무 노인이라면 적어도 공도를 추구하고 행사가 깨끗한 명사로 알려져 있지 않나? 그런 사람이 갑자기 암습당해 죽어갈 판이니 애석한 일이지."

서문의가 갑자기 돌아서며 물었다.

"무조백(武照帛)이 암습당했다는 말이 사실이오?"

표두들은 걸음을 멈추며 어리둥절한 기색을 띠었다.

조금 지나서야 녹의대한이 대답했다.

"벌써 이레 정도 전에 벌어진 일이오. 자신의 처소에서 암습을 받았소. 생명이 경각에 달렸다고 하더군. 그렇잖아도 연로한데 치명상을 입었으니…… 무 노인과 아는 분이오?"

서문의는 탄식하며 말했다.

"한때 인연이 있던 무명소졸이오. 갑자기 이런 소문을 들으니 충격적이라……."

녹의대한도 이해한다는 듯 고개를 끄덕이며 한숨 쉬었다.

"그러셨구려. 흠, 듣건대 무 노인의 상태가 위중하다고 하오. 지금 가보지 않으면 다시 뵙기 힘들지도 모르겠소."

"…그렇소? 어쨌든 정말 감사하오."

사의를 표한 서문의는 황급히 말을 타고 떠나갔다.

6

서문의가 태산에 당도했을 때는 벌써 시월 하순.

밤이면 입에서 하얀 김이 보일 만큼 날씨가 싸늘해졌다. 세상을 물들였던 단풍도 지고, 수북한 낙엽들이 바람에 이리저리 뒹구는 늦가을이 온 것이다.

두두두두—!

서문의는 태산 중턱의 거친 산길을 말을 타고 달렸다.

이미 깊은 밤이었다. 늦가을 산중의 밤공기는 매우 찼다.

검은 도롱이를 목까지 감싼 서문의는 산길을 달리면서 아까

산밑 포호산장(咆虎山莊)에 들렀던 일을 떠올렸다.

"…그래서 이렇게 찾아뵈었소."

"음, 알겠습니다. 우리 산장에서도 얼마 전 무 어르신께 들렀다 왔습니다. 상태가 매우 걱정되는데, 그나마 어르신을 수발하는 제자가 있어 불행 중 다행이라 할 수 있겠더군요. 산장으로 모시려고 했지만, 어른신도 극구 사양하시고 제자 분 역시 자기가 모시겠다고 하였지요."

"제자가 생기셨나 보군요. 그런데, 그를 암습한 흉수(兇手)에 대해 알려진 것은 없소?"

"우리 산장을 위시해 근방의 강호 인사들이 알아봤지만 전혀 가닥이 잡히지 않습니다. 이로 미루어, 처음부터 철저하게 준비해서 무 어르신을 암습한 게 틀림없습니다."

"불시에 찾아왔는데도 친절하게 알려주셔서 감사하오."

서문의는 전방을 노려보며 눈을 빛냈다.

'흉수……'

자신도 믿었던 자들이 흉수로 돌변해 큰 화를 입었다.

삼 년 만의 강호 출도에는 그들이 왜 흉수로 변모해야만 했었는가, 또 그 배후에는 과연 무엇이 도사리고 있었는가를 추적하기 위해서였다.

그는 어떤 경우에도 이를 포기하지 않을 것이다. 그렇기 때문에 서문의는 더욱 싸늘한 분노를 느껴야만 했다.

'홍수!'

서문의는 지그시 이를 깨물었다.

쿠쿠쿠!

앞쪽에서 세찬 물소리가 들려왔다. 계류(溪流)였다.

저 계류 너머에 바로 옛 친구 무조백의 거처가 있다. 서문의는 말의 옆구리를 박찼다.

"넘어라!"

그의 외침에 부응이라도 하듯 말은 길게 울며 삼 장 넓이의 세찬 계류를 뛰어넘었다.

第五章
미우나 고우나 사람은 옛사람

서문검로

1

　무조백은 침상에 누워 있었다.

　방은 약탕에서 흘러나온 냄새로 가득했다.

　열린 창으로 서늘한 바람이 들어와 무조백의 백발을 어루만
져 주었다. 무겁게 감긴 눈가에 음영이 드리워져 있었다.

　어느 순간, 무조백은 갑자기 눈을 떴다. 그리고 문을 열며
들어서는 한 사람에게 고개를 돌렸다. 들어온 사람은 서문의
였다.

　"……!"

　두 사람의 마주친 눈이 일순 강렬한 빛을 뿜는 듯했다.

　그들은 서로를 바라보며 미동도 하지 않았다.

　그러기를 얼마간, 누가 먼저라고 할 것도 없이 그들은 동시

에 웃음을 띠었다.

무조백이 운을 뗴었다.

"서문 대협, 노부가 지금 죽은 거요? 내 눈에 서문 대협이 보이는구려. 여기가 천당이요, 지옥이오?"

서문의가 말을 이어받았다.

"여기는 현세이니 안심하시오. 난 엄연히 살아 있고, 무 노백도 죽지 않았소."

그 말에 무조백은 길게 탄식하며 얘기했다.

"그날 이후 모든 사람이 서문 대협을 죽은 자로 취급했지만, 노부는 그렇게 생각하지 않았소. 과연……. 노부가 이렇게 죽어가는 순간에 대협을 다시 만났구려."

물끄러미 서문의를 바라보던 그는 문가에서 주춤거리고 있는 홍안의 소년을 불렀다.

"걱정할 필요없다. 이리 와서 인사드려라. 저분, 서문 대협이야말로 노부에게 최고의 친구라 할 수 있다. 대협이 너를 어여삐 보아준다면, 장차 네게 큰 도움이 될 것이다."

홍안소년은 안으로 들어와 정중한 읍례를 올렸다.

"말학 완령옥(阮玲玉), 서문 대협께 인사드립니다."

새된 음성에 남자에게는 흔치 않은 이름.

서문의는 빙그레 웃으며 포권했다.

"서문의라고 하오. 완 공자는 금년 연치가 어찌 되시오?"

완령옥은 차분한 태도로 대답했다.

"올해 열아홉입니다."

"그렇군. 나와 완 공자의 나이 차는 불과 몇 년이니 말씀을 편하게 하시오."

완령옥은 재빨리 한 걸음 물러나 정색했다.

"어찌 그럴 수 있습니까?"

서문의는 더 얘기하려고 하다가 이내 웃으며 침묵했다. 그러자 무조백이 쓴웃음을 지었다.

"내 제자를 곤란하게 만드는군. 그대와 노부가 망년지우인데, 내 제자가 그대와 말을 편하게 한다면 이 늙은이는 뭐가 되겠소?"

서문의는 고개를 저으며 대답했다.

"노백이 소생과 나이를 떠난 친구인데 노백의 제자라고 소생과 그리 지내지 말라는 법이 있겠소?"

무조백은 일시 멍해졌다가 이내 통쾌한 듯 웃었다.

"하하하! 듣고 보니 그도 과연 그렇군."

눈치 빠르게 완령옥이 말했다.

"사부님, 서문 대협, 차를 내오도록 하겠습니다."

"아니다. 차 말고 술을 내오도록 해라."

서문의와 완령옥은 모두 깜짝 놀랐다.

조금 지나서야 서문의가 정색하며 말했다.

"술은 안 되오. 좋은 약을 섭취하고 충분한 휴식을 취해 건강을 회복하셔야 하오."

"글쎄, 이게 약이나 휴식으로 해결될 일일까? 아마 그렇진 않을걸. 노부는 이미 죽음을 각오하고 있소."

"그렇지 않소. 소생은 노백이 나을 때까지 여기 함께 머물 생각이오. 소생이 익힌 전단신공(專旦神功)이라면……."

"내 보기에 서문 대협은 깊은 내상을 가지고 있소. 아마 어떤 극단의 방법으로 그걸 억누르고 있을 뿐일 거요."

서문의는 침묵했다. 그러면서 내심 감탄해 마지않았다.

물끄러미 응시하던 무조백의 입가에 미소가 피어났다.

"많은 것이 변한 것 같소만, 답하기 어려운 문제를 침묵으로 대신하는 모습만은 예전과 전혀 다름이 없는 것 같소."

무조백은 허공으로 눈길을 던지며 말을 이었다.

"노부에게 주어진 시간은 이제 얼마 없소. 그 시간을 대협과 술을 마시는 데 쓰고 싶소. 그래야만… 대협에게 중요한 얘기를 드릴 용기가 나기 때문이오."

무조백의 시선은 다시 서문의에게 향했다. 그 시선에는 강렬한 염원이 가득 찼다.

어느 순간, 서문의가 완령옥에게 말했다.

"완 공자, 술을 가져오시오."

2

계류가 내려다보이는 바위에 조촐한 술상이 차려졌다.

술은 금존청(金尊淸), 안주는 간작두부환자(干炸豆腐丸子).

거기에 구채탕(韭菜湯)이 곁들어졌다.

서문의와 무조백은 마주 앉아 술을 주고받았다. 그들 옆에

서 완령옥이 시중을 들었다.

쿠쿠쿠……!

계류의 거센 물살이 새하얀 포말을 뿜으며 물안개를 퍼뜨렸다. 가슴속까지 시원해지는 느낌이었다.

계류를 바라보던 무조백이 입을 열었다.

"정말 심지가 정화되는 느낌 아니오? 온갖 더럽고 삿된 것을 전부 씻어가 버리는 듯하군."

함께 계류를 보던 서문의가 고개를 끄덕였다.

"동감이오. 심지어 과거를 물처럼 흘려보낸다는 말도 있잖소. 흐르는 물은 여러 가지로 이점이 있는 것 같소."

두 사람은 계류에서 눈을 떼지 않고 다시 침묵했다. 얼마간 시간이 지난 후, 무조백이 말했다.

"하지만 씻어내거나 흘려보낼 수 없는 것도 있지."

"정답이오."

대답과 함께 서문의가 시선을 돌려 무조백을 직시했다. 무조백도 서문의를 바라봤다.

서로 눈을 바라보는 가운데 서문의가 말했다.

"이제부터 노백께 몇 가지 사실에 대해 듣도록 하겠소."

서문의와 무조백은 동시에 술잔을 놓았다.

무조백은 회상하듯 아련한 눈빛으로 말을 시작했다.

"대협은 열여덟에 출사하여 약관이 되기 전 칠파일방의 장문인을 모두 만났고, 마교종사와도 독대했던 분이오. 출사 이후 오 년 동안 구백 번이 넘는 싸움을 겪었지만 단 한 번도 지지 않았고, 그런 만큼 본의 아닌 희생을 유발한 경우도 많았소. 하지만 양심에 부끄러운 행위는 없었고, 그래서 검에 피가 마를 날이 드물었지만 강호에서 떳떳하게 고개 들 수 있었다고 생각하오."

무조백은 확인을 구하듯 서문의를 바라봤다.

서문의는 머쓱한 표정으로 미소를 지었다. 그러자 무조백이 고개를 돌려 완령옥에게 질책하듯 얘기했다.

"서문 대협은 너보다 적은 연치에 혁혁한 공로를 세웠다. 세월은 빠르고 사람의 명에는 한계가 있으니 장차 후회하지 않으려면 젊어서 부단히 노력해야 할 것이다."

완령옥의 얼굴이 붉어졌다. 무조백은 다시 서문의를 보며 그리운 듯 말했다.

"그해 가을, 노부가 망혼루(亡魂樓)의 혈사 때문에 그곳을 방문했을 때 대협을 처음 만났소. 그날 대협의 당당했던 신위는 아직도 잊히지 않소."

"당시 소생의 배후를 노린 망혼음마(亡魂陰魔)의 살수를 노백이 막아주지 않았더라면, 그날 소생은 망혼루를 벗어나지 못했을 겁니다."

무조백이 씁쓸히 웃으며 말을 이었다.

"그날 이후 서문 대협과 노부는 흉금을 터놓은 친구가 되었소. 만금을 주고도 바꿀 수 없는 우정이었지. 비록 노부가 나이 때문에 주책을 부릴 수 없어 대협과 결의형제까지는 맺지 못했지만 말이오."

"한때 명협칠공자(名俠七公子)라 불렸던 우리 결의형제에 끼지는 않으셨지만, 노백이 소생의 제일 가까운 친구였다는 건 변함없는 사실이오."

말을 마친 서문의의 눈빛이 일순 예리하게 변했다.

"그렇기 때문에 소생은 더욱 이해할 수 없소. 그런 노백께서 어찌 소생을 노린 배신의 행렬에 동참하셨는지를……. 물론 소생은 노백께 충분한 이유가 있었으리라 생각하오."

무조백은 땅이 꺼지도록 한숨을 흘리며 술잔을 기울였다.

쪼륵.

비워진 그의 잔을 서문의가 채워주었다. 그리고 그 자신도 술을 비웠다. 이번에는 무조백이 따라주었다.

정작 두 사람은 한동안 말이 없는데, 옆에 선 완령옥은 긴장감에 등골이 서늘해져 왔다.

무조백의 입은 한참 만에 열렸다.

"삶에서 가장 무서운 것은, 오늘의 이해득실로 인해 어제까지 좋았던 관계가 파괴당하는 거요."

서문의는 조용히 그의 말을 경청했다.

"대협은 과거 오 년 동안 의협심으로 강호를 위진시키고, 그야말로 철면무사(鐵面無私)로 공도를 실행하는 데 있어 조금의 사심도 없었으니 진정한 협객이라 할 수 있소. 하지만… 서문 형의 그와 같은 행사에 겉으론 웃지만 속으론 이를 갈고 있던 자들 역시 분명히 존재했소."

무조백은 스스로 잔을 채우며 말을 이어갔다.

"그들은 계산 끝에 서문 형을 제거하는 쪽으로 방향을 굳혔소. 그리고 가장 먼저 대협의 친인들에게 암수를 뻗쳤소. 회유와 압력, 그리고 이마저 통하지 않으면 노골적인 협박을 가했지. 자신과 사문, 혈친, 가업의 안위에 대해 항거키도 어려운 힘이 협조와 멸문의 양자택일을 강요한다면, 대다수는 전자를 택할 거요. 그것은 노부도 마찬가지였소."

무조백은 길게 숨을 들이켜며 고개를 들었다.

"이것이 노부가 말해줄 수 있는 전부요. 대협은 누구보다 총명하니 뭔가를 짐작할 수 있으리라 생각하오."

서문의는 눈을 감고 팔짱을 낀 모습으로 생각에 골몰했다.

이따금씩 무조백의 간헐적인 기침 소리만 들려왔다.

한참이 지나서야 서문의가 눈을 떴다.

"오늘 많은 것을 알게 됐소. 노백에게 감사하오."

말을 마친 그는 천천히 자리에서 일어났다.

어느새 무조백의 혈색은 파리하게 변해 있었다.

침상에 있을 때보다 더욱 심한 병색이 얼굴에 완연했다.

서문의와 무조백 사이에 잠시 침묵이 흘렀다.

무조백이 천천히 눈을 감으며 말했다.

"자, 이제 서문 대협이 복수할 시간이오."

고개를 끄덕인 서문의가 바랑에서 검을 뽑았다.

스릉!

달빛이 비친 검신에 싸늘한 광채가 물결처럼 흘렀다.

무조백은 눈을 감고 있었지만, 옆에 선 완령옥의 몸이 떨리고 있다는 걸 알고 있었다.

"옥아, 절대 나서지 말거라. 이 스승이 과거 망년지우를 배신한 대가를 치르는 자리다. 내가 죽거든 더 이상 쓸쓸한 산골에 있지 말고 넓은 세상으로 나가 살도록 해라."

완령옥은 그저 입술이 피가 나도록 깨물 수밖에 없었다.

"…예."

서문의가 검을 치켜들었다. 그는 무표정하게 무조백을 내려다보다가 벼락처럼 검을 내려쳤다.

쉬익!

전광석화보다 빠른 검광이 번쩍였다.

"……!"

돌연 무조백이 눈썹을 격하게 떨다가 눈을 떴다.

눈앞에서 막 새파란 검이 이동해 검갑 속으로 모습을 감추었다. 이어 서문의의 바랑 안으로 거두어졌다.

무표정했던 서문의의 얼굴에 미소가 서렸다.

"무 노백, 일흔여덟 번째 생신을 축하드리오."

서문의가 빙그레 웃으며 포권을 취했다. 망연한 눈길로 그를 바라보던 무조백의 눈시울이 붉게 달아올랐다.

예리한 검기에 의해 너덜너덜해진 양쪽 소매가 보였다.

소매의 검흔을 확인하던 무조백의 눈이 크게 흔들렸다.

'모두… 일흔여덟 가닥……!'

그렇다. 단 일검으로 칠십팔변(七十八變)을 일으킨 것이다.

"축하주를 올리겠소.

그와 자신의 잔에 술을 따른 서문의가 두 손으로 잔을 잡고 얼굴 앞에 들어 보였다.

"아……! 아아!"

눈시울이 붉어진 무조백은 격동 어린 탄성을 흘렸다. 하지만 이내 그도 벌떡 일어나 두 손으로 잔을 잡았다.

"고맙소!"

둘은 동시에 술을 들이켰다. 그들은 마주 보고 대소했다.

"하하하하!"

더 이상 다른 이유, 다른 말은 필요없었다.

단 일검과 두 잔의 술, 마주 보는 웃음이면 모든 것을 이해할 수 있었다.

무조백은 후련한 듯이 말했다.

"노부가 아직까지 죽지 않은 이유를 알겠소. 오직 이 순간을 위해 마지막 숨을 붙잡고 있었던……. 컥!"

무조백은 갑자기 피를 한 사발이나 토했다.

옆에 있던 완령옥이 무조백을 부축했다. 서문의도 함께 부축하며 무조백을 의자에 앉혔다.

가쁜 숨을 몰아쉬던 무조백이 힘들게 말했다.

"만마표국(萬馬 局)… 거기로 가보길……. 그 사람… 자신의 실수에 대해… 몹시 후회하고 있었……."

그 말을 끝으로 무조백의 고개가 푹 꺾였다. 탁자에 처박히려는 그의 고개를 서문의의 어깨가 대신 받았다.

"사부님……."

완령옥은 말을 다 잇지 못했다. 그는 옷매무새를 고치며 무릎을 꿇고 엎드렸다.

"노백······."

서문의는 무조백을 안고 계류의 물안개를 응시했다.

피어나는 물안개처럼 지금 그의 두 눈에도 뿌연 습막이 서린 듯했다.

3

봉분이 계류가 내려다보이는 곳에 생겨났다.

전날 무조백이 숨을 거뒀던 바로 그 자리였다.

봉분의 묘비에는 열네 자가 새겨져 있었다.

협의지자 태산일기 무공조백지묘(俠義之者泰山一奇武公照帛之墓).

봉분 앞에 서 있던 서문의는 천천히 고개를 돌렸다.

수척해진 모습의 완령옥이 옆에 있었다.

슬퍼하면서도 꿋꿋함을 잃지 않는 그 모습을 보며 서문의는 생각했다.

'나이에 걸맞지 않게 침착하군.'

지난 며칠간 서문의는 완령옥을 도와 장례를 잘 치를 수 있도록 해줬다. 그러면서 저 소년에 대해 알게 된 몇 가지.

외유내강이면서 섬세한 면이 있다는 것, 같은 또래의 소년
들에 비해 상당히 생각이 깊다는 점이었다.

서문의는 봉분으로 시선을 돌리며 말했다.

"은사께서 암습자에 대해 남긴 말씀은 없었소?"

완령옥은 조용히 대답했다.

"제가 보기에 사부님은 암습자가 누군지 알고 계셨던 것 같
습니다. 하지만 끝내 한마디도 하지 않으셨지요."

그는 잠시 망설이다 말했다.

"사부님이 그걸 말씀하지 않은 것은, 서문 대협에 대한 속죄
라고 생각하셨던 것 같습니다."

서문의는 탄식하며 고개를 저었다.

"하지만 흉수가 누군지 알 수 없게 되었으니……."

그는 며칠 동안 나름대로 조사를 했다.

무조백이 입은 내상과 그의 몸에 난 흔적 등등을 조합해 흉
수의 무공 내력을 파악하려 했던 것이다.

하지만 실패했다. 겨우 알아낸 것이라고는 가슴에 난 장인
을 통해 흉수가 외문(外門)의 강맹한 배산장법을 사용했다는
사실 뿐이었다.

배산장법이 절륜한 외문 공부이긴 하나, 천하에 이를 익힌
자는 한두 명이 아니었다. 문제는 어떤 종류의 내공이냐 하는
것인데, 가슴의 장인을 제외하고는 아무런 징후도 없어 결국
흉수의 무공 연원을 파악하지 못했다.

짹짹!

봉분 옆의 밤나무 가지에 새 두 마리가 앉아 있었다.

그걸 본 서문의가 중얼거렸다.

"적어도 무 노백의 말벗은 되어주겠군."

완령옥은 진심으로 동의했다.

"정말 그랬으면 좋겠습니다."

다음날.

서문의는 완령옥과 함께 산을 내려왔다.

이미 포호산장에 부탁해 무조백의 무덤과 거처를 잘 보살피겠다는 약속을 얻어냈다.

그리고 완령옥이 탈 말 한 필도 그곳에서 구할 수 있었다.

태산을 내려온 서문의가 지나가듯 물었다.

"이제 어디로 갈 생각이오?"

완령옥은 잠시 생각하다가 대답했다.

"숭산(嵩山) 밑에 본가가 있습니다. 거기부터 들러야겠지만 제겐 사부님의 목숨 빚이 있습니다. 우선 다양한 경륜을 쌓고 싶습니다. 군자의 복수는 십 년도 늦지 않으니까요."

서문의는 말없이 고개를 끄덕였다.

입술을 질끈 깨물며 생각하던 완령옥이 말했다.

"서문 대협은 은사의 망년지우일 뿐만 아니라 과거 강호를 위진시킨 분입니다. 그래서 드리는 말씀입니다만……."

서문의는 이어질 말을 잠자코 기다렸다.

"크게 폐가 되지 않는다면 당분간 동행하며 많이 배우고 싶습니다. 은사께서도 돌아가시던 날 그걸 은연중 바라셨으니까요. 대협께 의향을 묻고 싶습니다."

잠시 생각한 서문의가 미소를 띠며 대답했다.

"폐랄 게 무어 있소? 나 역시 완 공자와 허심탄회하게 사귀고 싶던 참이오. 다만 나는 이번에 삼 년 만의 강호 출도를 통해 반드시 끝맺음을 지어야 할 일이 있소. 한마디로 위험한 여정이오. 그래도 괜찮겠소?"

"아닙니다. 오히려 제게는 강호의 일을 경험할 수 있는 천금 같은 기회입니다. 잘 부탁드리겠습니다. 최대한 대협께 폐가 가지 않도록 하겠습니다."

"그럼 좋소."

두 사람은 관도로 진입해 아스라한 태산을 돌아봤다.

잠시 뒤 그들은 말머리를 나란히 하고 길을 떠났다.

"완 공자, 일단 제남에 들릅시다. 거기서 은사를 해친 흉수에 대한 단서를 얻을 수 있을지도 모르오."

"그렇다면 정말 환영할 일입니다."

둘은 이렇게 제남으로 향했다.

4

밤늦은 시각.

서문의와 완령옥은 제남의 서성대가(西城大街)를 지나고 있었다.

심야임에도 거리는 혼잡했다.

서문의는 흡족한 얼굴이었지만, 완령옥은 이리저리 부딪치는 사람들 때문에 미간을 찌푸리고 있었다.

한쪽에 걸린 간판을 일별한 서문의가 말했다.

"저기 가서 차 한잔합시다."

둘은 태자관이라는 다관으로 향했다.

태자관도 손님들이 우글거렸다.

간신히 탁자를 차지한 두 사람은 차와 과자를 주문했다.

차와 과자가 나오자 두 사람은 애기를 나누며 시간을 보냈다.

애기 중 서문의는 뭔가 생각하다가 벌떡 일어났다.

"그럼 공자는 여기서 삼시만 기다리시오."

"함께 가시는 게 낫지 않겠습니까? 제 은사의 흉수를 탐문하는 일인데……."

서문의는 쓴웃음을 흘리며 고개를 저었다.

"아니오. 공자의 말씀은 타당하지만 지금 만나러 갈 사람은 성격이 매우 이상해서 그게 좀……. 어쨌든 나 혼자 다녀오는 게 좋겠소."

완령옥은 선선히 고개를 끄덕였다.

"예, 그렇게 하십시오."

이에 서문의는 다관을 나와 빠른 걸음으로 사라져 갔다. 그리고 혼자 남은 완령옥은 조용히 차를 들었다.

어느 순간 그는 거리 한쪽이 무척 소란스러워지는 것을 느끼곤 고개를 돌렸다.

태자관 건너편의 어느 전당포였다. 그곳에 많은 사람들이
모여 웅성거리는 가운데 고함소리와 뭔가 부서지는 소리 등이
어우러지고 있었다.

"뭐지?"

완령옥은 자리에서 일어났다.

다관을 나섰던 서문의는 지금 어느 골목의 저택 후문 앞에
있었다.

그는 지금 누군가와 마주 보고 대화를 나누는 중이었다.

"…그가 실종되다니 정말 뜻밖이오."

서문의가 탄식하자 유생 차림을 한 수려한 미목의 젊은이가
한숨을 쉬며 고개를 주억거렸다.

"스승님이 그렇게 갑자기 사라지실 줄은 저희도 전혀 예상
치 못했습니다."

"흠."

서문의는 난감한 표정으로 침음성을 흘렸다.

그는 정보를 얻기 위해 여기에 왔다. 강북무림 제일의 지
자(智者)라고 소문난 신뇌자(神腦子)에게 무조백을 해친 흉수
에 대한 것을 탐문하기 위함이었다.

신뇌자는 본신의 공력은 이류 수준이지만, 강호의 여러 풍
문에 정통하고 무학에 대한 방대한 지식을 갖고 있었다.

때문에 배산장법에 어떤 내공을 운용해야 금종조(金鍾)를

극성으로 익힌 무조백을 장인만 남긴 상태로 초주겸 시킬 수 있는가를 물어보려 한 것이었다.

하지만 그가 반년 전 홀연 종적도 없이 사라졌을 줄이야.

유생 차림의 젊은이는 신뇌자의 제자 중 한 사람이었는데, 스승이 갑자기 실종되어 사문의 꼴이 말이 아니라고 했다.

"그럼 은사를 찾는 일은 어찌 되고 있소?"

"개방에 부탁했습니다. 어쨌든 강호에서 소식이 가장 빠른 곳이 개방이니까요."

"그렇구려. 정말 걱정되시겠소."

서문의는 입맛이 썼다. 그런 한편 깊은 의구심을 느끼지 않을 수 없었다.

'이것 참 공교롭군. 무슨 음모가 아닐지……'

그는 염두를 굴렸지만 지금 당장은 어찌할 도리가 없었다.

"정말 안타까운 일이오. 비록 재주는 일천하지만 나도 기회가 닿는 대로 은사의 행방을 탐문해 보겠소."

서문의는 인사를 나누고 저택을 떠났다.

태자관에 돌아온 서문의는 어리둥절했다.

손님의 절반이 창문과 난간 근처에 몰려 웅성대고 있었다. 더구나 완령옥도 보이지 않았다.

서문의는 옆자리의 손님에게 물어보았다.

"혹시 여기 있던 홍안소년이 어디로 갔는지 보셨소?"

손님은 무료했는지 반색하며 대꾸했다.

"아, 그 소년! 아까 길 건너편에서 소란이 일자 거기로 간 것 같소만?"

서문의가 미처 감사를 표하기도 전에,

"어이쿠!"

사람들이 몰려 있던 곳에서 한 사람이 비명을 지르며 데굴데굴 굴러 나왔다.

머리며 의복이 먼지투성이라 외관은 알아보기 어렵지만 힘깨나 쓸 것 같은 허우대의 장한이었다.

퍼퍼퍽!

연이은 격타음과 함께 서너 명이 사람들 머리 위를 날아 길 한가운데로 나가떨어졌다.

그리고 매서운 호통이 터져 나왔다.

"누구냐?! 누군데 우리 금안조(金眼組)의 일을 방해하는 거냐! 금안조의 홍 삼야(洪三爺)로 말할 것 같으면 제남의 통판(通判)도 함부로 대하지 못하는 분……."

당찬 음성이 앞선 호통을 가로막았다.

"금안조? 돈에 환장해 눈깔이 금색으로 물들었나 보군."

서문의는 그 음성이 완령옥과 같다고 생각하여 급히 그쪽으로 다가갔다.

"그 말이 네놈의 유언이 될 것이다! 없애 버려!"

살기 띤 명령을 내려지자 즉각 싸늘한 광채가 번쩍였다.

서문의가 사람들 틈으로 불쑥 고개를 내밀었을 때, 눈앞에서 한 자루의 자금도(紫金刀)가 지나갔다.

쇄액!

예리한 소리를 내며 허공을 가르는 건 파풍도(破風刀).

붕!

일 장 바깥까지 거센 바람을 일으키는 건 안령도(雁翎刀).

이렇게 세 종류 칼을 쓰는 도객들이 활극을 벌이고 있었다.

그 상대는 서문의의 짐작대로 완령옥이었다.

서문의는 벌어진 입을 급히 다물며 생각했다.

'또 무슨 일이야?'

그는 다시 머리가 아파올 것 같다는 예감이 들었다.

완령옥은 세 자루 칼을 훑어보더니 코웃음을 쳤다.

"병기를 함부로 뽑는 걸 보니 흑도배군."

그 말이 끝나자마자 파풍도가 완옥령의 목을 노려왔다.

완령옥의 오른발이 바람을 가르며 파풍도의 넓은 옆면을 밑에서부터 걷어찼다. 쨍 소리와 함께 파풍도가 팔랑개비처럼 휘돌며 허공으로 솟구쳤다.

완령옥은 좌수를 뻗어 파풍도객의 우측 겨드랑이를 밀고, 우수로 그의 어깨부터 팔목까지 당기듯 훑어버렸다.

우지직!

파풍도객의 우측 팔은 즉각 너덜너덜해졌다.

"악!"

그가 나뒹구는 순간, 완령옥의 좌우에서 안령도와 자금도가 날아들었다. 싸늘한 도풍이 회오리치듯 장내를 휩쓸었다.

그 순간, 완령옥의 신형이 갑자기 솟구치며 물구나무를 섰

다. 그리고 팽이처럼 휘돌면서 양발을 옆으로 뻗어 안령도객
과 자금도객의 얼굴을 걷어찼다.

퍽퍽!

두 도객이 피를 토하는 순간, 허공으로 날아올랐다가 다시
하강한 파풍도를 우수로 잡은 완령옥이 번쩍번쩍 두 번의 칼
질을 했다. 썩 하는 소름 끼치는 소리가 나더니 두 도객의 팔
이 어깻죽지부터 날아갔다.

"으아악!"

팔에서 피분수가 뿜어지자 두 도객은 혼비백산했다.

"흥!"

사뿐히 착지한 완령옥은 자신의 발치 아래서 나뒹구는 그들
을 내려다보며 코웃음 쳤다.

한쪽에서 허리에 양손을 떡 얹고 있던 곰보장한은 안색이
흙빛이 되어 주춤주춤 물러섰다.

"감히 금안조를 상대로 피를……! 두고 보자!"

그는 몸을 돌려 급히 달아났다.

구경꾼들도 모두 안색이 변했다.

"크, 큰일 났다!"

"…우린 그만 가지."

언제 흥미롭게 구경했냐는 듯 모두가 우르르 흩어졌다.

서문의는 언제부턴가 표정이 굳어 있었다. 그는 우두커니
서서 완령옥을 뚫어지게 바라봤다. 파풍도를 던져 버리고 걸
음을 옮기던 완령옥은 서문의가 심상치 않은 눈빛으로 자신을

보고 있자 멈칫했다.

"돌아오시길 기다리고 있었습니다."

그가 반갑게 말했는데도 서문의는 대꾸도 하지 않았다.

완령옥은 그가 기분이 편치 않다는 걸 눈치챘다. 하지만 뭐라 말할 기회도 주지 않고 서문의가 몸을 돌려 성큼성큼 멀어져 갔다.

"서문 대협!"

완령옥은 급히 서문의를 쫓아갔다.

5

짝! 짝! 짝!

따귀를 올려붙이는 소리가 대청 안에 울려 퍼졌다.

"멍청한 자식! 네놈에게는 밥도 아깝다!"

대머리에 흉측한 문신을 한 중년인이 욕을 퍼부으며 곰보장한의 따귀를 갈기는 소리였다. 이미 서른 번이나 맞은 곰보장한의 얼굴은 말이 아니었다.

"나가서 뒈져 버려!"

폭갈과 함께 발길질이 날아들었다.

퍽!

곰보장한이 숨 막힌 신음을 토하며 나뒹굴었다.

그러고도 분이 안 풀린 듯 독두문신(禿頭文身)은 도부창검이 진열된 병가로 달려가 도끼를 잡았다.

"홍 삼야! 안 됩니다!"

"조주! 진정하시죠!"

좌중이 우르르 달려들어 독두문신을 뜯어말렸다. 한동안 씩씩거리고 있던 독두문신이 장한들을 와락 떠밀었다.

어이쿠, 소리가 연달아 터지며 십여 명이 나가떨어졌다.

독두문신은 그다지 큰 몸도 아니었는데, 혼자서 열 명의 힘을 쓸 수 있는 역사($力士$)였다.

"수금하라고 보냈더니 누군지도 모르는 상대에게 세 놈은 팔병신이 되고 다섯 놈은 인사불성이 되어 돌아왔다!"

독두문신은 곰보장한을 손가락질하며 물었다.

"수하들을 저 꼴로 만든 놈을 분명 기억하고 있겠지?!"

"예, 예!"

급히 일어선 곰보장한이 어쩔 줄 모르고 대답했다.

"앞장서라! 내가 나서마! 새벽 전에 그놈을 찾지 못하면 네 놈의 해골을 쪼개 술잔으로 삼겠다는 걸 명심해라!"

독두문신의 살기등등한 으름장이었다.

같은 시각.

서문의는 작은 객잔에서 설교를 늘어놓고 있었다.

"…그래서 너무 지나쳤다는 거요. 완 공자는 명망 높은 무노백의 진전을 이어받은 몸이거늘, 어찌 그런 무뢰배들을 상대로 잔인한 수단을 펼쳤단 말이오?"

그 앞에서 완령옥은 입을 꾹 다물고 있었다.

"강호는 위험하오. 섣부른 개입은 금물이며 만일 나서고자 한다면 일의 자초지종과 돕고자 하는, 대립하고자 하는 상대에 대해 알고 있어야만 후환을 줄일 수 있소. 그런데……."

침묵하던 완령옥이 갑자기 말했다.

"서문 대협! 실망이에요!"

서문의가 뜨악한 표정으로 완령옥을 바라봤다.

"과거 대협은 협명으로 강호를 위진시킨 분이십니다. 당시 대협께서는 도움이 필요한 순간에 일의 경중과 후환까지 미리 재단해 가며 남을 도우셨는지요? 설마 그러했다고는 생각지 않습니다."

아닌 게 아니라 맞는 말이었다.

서문의는 내심 혀를 내두르면서도 딱히 할 말이 없었다.

"놈들은 고리대금으로 백성의 피를 빨아먹는 거머리 같은 놈들입니다. 제가 나선 것도 놈들이 전당포 주인 내외에게 차마 입에 담지 못할 짓거리를 자행하려고 했기 때문이에요. 대협의 말처럼 그때 제가 앞뒤를 미리 따지고 결과부터 생각했더라면 그 부부는 무슨 일을 당했을지 모릅니다. 누구보다 대협께서 잘 알고 계시지 않나요?"

서문의는 난처해졌다.

그가 완령옥에게 훈계를 한 건 나름대로 자신의 과거 경험을 바탕으로 한 깨달음 때문이었다.

무엇보다 친구인 무 노백의 유일한 제자라 아끼는 마음이 컸고, 한낱 무뢰배들을 상대로 지나친 수단을 쓴 것에 우려하는 마음이 든 때문이었다.

하지만 완령옥이 순수한 마음에서 비롯된 정론을 펼치자 그만 할 말이 없어져 버린 것이다.

"……."

서문의는 술잔을 긁다가 천장을 올려다보고, 다시 창밖을 바라보며 결국 어색하게 웃고 말았다.

"물론 의로운 일에는 조건이 필요하지 않다고 생각하오. 다만, 손을 씀에 있어서는 일의 정도를 보아 조절하는 게 보다 낫지 않겠느냐는 뜻이오."

그는 완령옥과 자신의 잔에 차를 따르며 말을 이었다.

"협은 넓은 의미에서 호방한 마음 하나로 남을 돕는 거요. 저잣거리의 시정잡배나 도둑, 심지어 흑도나 사파, 마도의 무리에게도 나름의 협은 있소. 협은 반드시 정의나 도덕을 따르는 것도 아니오. 옳다고 생각하는 바대로 움직여 돕는 것이 협이오. 하지만……."

그는 차를 한 모금 마시고 유연한 어조로 말했다.

"협을 행할 때는 그 행위의 결과와 자신에게 닥칠 운명에 대해서 책임져야만 하오. 나는 협 하나만을 믿고 일어나 결국 남을 해치고 자신마저 망친 결과를 많이 봐왔소. 정도를 지나치면 아무리 좋은 의도였더라도 본질을 흐리게 되는 거요. 나는 공자가 중심을 지켜 장차 큰 인물이 되기를 바라고 있소."

완령옥은 눈을 내리깔고 생각에 골몰했다.

그런 모습을 바라보며 서문의는 다시 감탄했다.

'정말 나이답지 않군. 저 나이 때의 나보다 오히려 더 조숙한 것 같군.'

그는 좋은 말로 완령옥의 기분을 풀어줄까 생각했다.

하지만 그때였다.

"바로 저놈입니다!"

창밖에서 낯선 목소리가 들려왔다.

서문의와 완령옥이 함께 내다보니 아까 도주했던 곰보장한이 완령옥을 가리키고 있었다.

그의 뒤로 열 명도 넘는 장한들이 버티고 있었다.

통일되지 않은 난잡한 복색에 하나같이 주색에 찌든 모습들이었다.

"흑도의 방회치고는 기강부터 엉망이군."

서문의는 혀를 끌끌 찼다.

곰보장한을 밀치며 독두문신이 나와 자신을 소개했다.

"나는 독두대력신(禿頭大力神) 홍방(洪方)이다. 내 수하들을 다룬 솜씨로 보아 무명소졸은 아닐 텐데, 이름을 밝혀라."

제법 형식을 갖춘 말이었다.

완령옥이 일어서려는 것을 서문의가 붙잡아 앉혔다.

"내가 처리하겠소."

서문의는 의자를 가지고 나가 객잔 문 어귀에 걸터앉았다.

"나는 일검진천하유아독존(一劍震天下唯我獨尊) 뇌진룡(雷震龍)일세. 밤이 깊었으니 어서 싸우고 자러 가세."

홍방을 위시한 금안조 패거리가 모두 입을 벌렸다.

광오한 별호에 엄청난 이름, 안하무인의 도발…….

황당무계한 허세란 것은 알고 있지만 그 정도가 너무 지나쳤다.

홍방의 송충이 같이 짙은 눈썹이 곤두섰다.

"미친! 뼈를 모조리 추려주마! 끄야아압—!"

그가 돌진해 왔다. 천 근 바위가 쇄도하는 듯 세찬 돌풍이 불었다. 그리고 홍방의 근육으로 꿈틀대는 우람한 두 어깨와 팔뚝이 의자에 앉은 서문의와 정통으로 맞부딪쳤다.

콰앙!

벼락 치는 소리가 들렸다.

의자에 앉은 서문의와 그에게 돌진한 홍방 두 사람 모두 석상처럼 굳어 있었다.

뒤에 있던 홍방의 졸개들은 어리둥절했다.

"홍 삼야가 왜 저러지?"

"글쎄? 홍 삼야의 신력이라면……. 어?!"

수군거리던 졸개들의 눈이 휘둥그레졌다.

"우우!"

홍방이 괴이한 소리를 내며 몸을 떨고 있지 않은가?

"무, 무슨 사술을 썼기에……."

홍방이 넋 나간 듯 말하자 서문의가 혀를 찼다.

"쯧쯧, 사술은 무슨 사술? 다 자네의 힘이 부족해서 그런 걸 가지고. 다시 한 번 힘껏 밀어보게."

"으……!"

홍방은 질겁한 듯 후다닥 뒤로 물러섰다.

"예사 놈이 아니다! 모두 병기를 뽑아라!"

홍방의 명에 졸개들이 일제히 병기를 뽑아 들었다.

홍방의 손에도 졸개가 건네준 철부가 쥐어졌다.

서문의는 고개를 절레절레 저으며 양손을 들어 보였다.

"쓸모없는 쇠붙이 따위는 가위질로 끊어주는 게 좋겠네."

양쪽 식지와 중지를 마치 가위질처럼 벌렸다 닫았다 해 보인 그가 돌연 의자를 박차고 나왔다.

홍방이 눈이 휘둥그레져 다급히 외쳤다.

"쳐라!"

그러면서 어느덧 면전에 이른 서문의를 향해 철부를 찍어갔다. 싸늘한 돌풍이 휘몰아쳤다.

깡!

경쾌한 쇳소리가 울렸다. 그리고,

깡깡깡깡깡─!

번쩍이는 병기들의 광채 사이로 바람 같은 그림자가 이동하며 연이어 쇳소리를 울려냈다.

그로부터 잠시 후 양단된 병기들이 발치에 뒹구는 가운데, 절반만 남은 병기를 잡고 굳어버린 금안조 패거리들 틈으로 서문의가 휘적휘적 걸어나왔다.

"동이 트면 몸이 풀릴 걸세. 모두들 밤새워 자신의 삶을 잘 생각해 보도록 하게. 갱생하면 더욱 좋고."

그렇게 말한 서문의는 의자를 들고 객잔으로 들어갔다.

창가로 돌아온 그는 자리에 앉으며 중얼거렸다.

"흑도인생(黑道人生)도 아무나 하는 게 아니지."

맞은편의 완령옥은 금안조 패거리를 쳐다봤다.

모두 혈도를 짚였는지 뻣뻣이 굳어 있는 금안조 패거리.

서문의를 향한 완령옥의 시선은 놀람과 감탄, 뭔지 알 수 없는 신비한 감정으로 반짝였다.

第六章
한밤중의 백골

서문검로

1

우르르! 쏴아!

하늘은 급기야 뇌성과 함께 비를 뿌렸다.

번쩍이는 섬전이 어두운 하늘에 하얀 빛의 균열을 만들었다
가 사라져 갔다.

이미 행적이 끊어진 관도 동쪽으로부터 두 필의 말이 달려
왔다. 검은 도롱이를 걸친 젊은 사내와 아직 약관도 되지 않은
용모의 소년이 탄 말이었다.

두 기수는 서문의와 완령옥이었다.

"몇 리만 가면 버려진 도관이 있소. 불편하더라도 오늘은 거
기서 유숙합시다."

"예."

그들은 서쪽으로 뻗은 관도를 빠르게 달려갔다.

관도 옆 야트막한 동산에 도관이 있었다.

이미 버려진 지 오래인 도관은 곳곳에 금이 가고 지붕마저 뚫려 비 오는 오늘 밤에는 특히 흉물처럼 보였다.

번쩍!

뇌전이 스치자 처마 아래와 기둥 사이로 거미줄이 보였다.

먼지가 수북한 대청에는 태상노군의 거대한 목상이 있어 으스스한 분위기를 한층 더했다.

그런 대청 앞뜰로 말을 끌고 들어서는 두 사람.

"정말 마른하늘에 날벼락이라더니……."

서문의는 투덜대며 대청 넓은 지붕 아래에 이르렀다. 완령옥도 흠뻑 젖은 얼굴을 소매로 문지르며 얼굴을 찌푸렸다.

"잠시 기다리시오."

그 말과 함께 서문의가 어딘가로 사라졌다.

혼자 남은 완령옥은 도관을 살펴보았다.

뇌우가 치는 밤, 버려진 이 도관의 분위기는 무덤처럼 음침했다.

잠시 후 서문의가 나타나 만족스럽다는 듯 말했다.

"임시로 마구간 역할을 할 만한 곳이 있군, 또 잠시만."

그는 두 필의 말을 끌고 다시 사라졌다.

완령옥은 대청으로 들어갔다.

온 사방이 거미줄과 먼지로 엉망진창이었다.

거기다 한 무더기씩 쌓인 쥐똥.

완령옥은 가볍게 한숨을 쉬며 어둠 속에 우뚝 선 태상노군의 목상을 올려다보았다. 백발, 백미, 백염의 인자한 얼굴이었지만, 왠지 무섭다는 느낌을 주고 있었다.

그때,

휙!

바람 소리와 함께 검은 인영이 옆으로 날아들었다.

"누구냐!"

완령옥은 외침을 발하며 동시에 우수를 뻗었다.

그의 소매에서부터 형성된 세찬 기류가 내뻗은 장력에 더해져 매서운 힘을 발휘했다.

"아! 나요."

뒤에서 서문의의 음성이 들렸다.

'어느새 뒤로!'

완령옥은 적잖게 놀라며 몸을 돌렸다. 등 뒤에 서문의가 양 옆구리에 짚단을 각각 두 개씩 끼고 서 있었다.

"갑자기 들이닥쳐 놀라게 했나보오."

서문의가 웃자 완령옥은 얼굴을 붉히며 사과했다.

"경솔했던 점, 사과드립니다."

"오히려 칭찬하고 싶소. 기습을 당했다고 상정한다면, 방금 완 공자의 대응은 훌륭하다고 할 수 있소."

서문의는 고개를 주억거리며 얘기하다가 대청의 거미줄과 먼지, 쥐똥 등을 발견하고는 눈살을 찌푸렸다.

"저 옆으로 몇 칸 갑시다. 말들이 있는 곳과도 가깝고 대청보다 상태가 한결 낫소."

둘은 대청 옆문을 통해 몇 칸의 건물을 지났다.

당도하고 보니 과거 주방으로 쓰던 곳 같았다. 대청보다 많이 좁지만, 그래도 덜 지저분하고 비바람 걱정은 하지 않아도 될 만한 상태였다.

마침 벽에 낡은 화로도 놓여 있었다.

서문의는 지푸라기와 곳곳에 뒹구는 나뭇조각을 화로에 넣고 화섭자를 이용해 불을 붙였다.

이어 그는 양 옆구리에 낀 짚단을 풀어 헤쳤다.

"이렇게 짚만 펼치면… 제법 그럴듯한 잠자리가 되오."

정말 그럴듯한 임시 침낭이 금방 생겨났다.

지켜보던 완령옥은 감탄한 듯 말했다.

"서문 대협은 다방면으로 견식이 많으시군요."

서문의는 쑥스럽게 웃었다.

"여러 곳을 다니다 보면 누구나 다 익힐 수 있는 요령이오."

이후 둘은 건량으로 대충 허기를 채운 후 자리에 누웠다.

그런데 잠시 망설이는 듯하던 완령옥이 조심스럽게 말해왔다.

"저… 저기……."

"말씀하시오."

"…제가 좀 예민한지라, 잘 때는 항상 혼자서 잡니다. 행여 불쾌하게 여기진 말아 주시길."

서문의는 어리둥절했지만 이내 미소하며 대답했다.

"무엇보다 스스로가 편해야 하오. 괘념치 마시오."

완령옥은 살짝 얼굴을 붉히며 목례를 하더니 자신의 잠자리
를 옆으로 멀찍이 옮겼다.

서문의는 내심 고개를 갸웃했다.

'거참, 부끄러움이 많아서 그런가? 어떤 때는 정인군자로
보이는데 이럴 땐 꼭……. 흠.'

그는 이내 의아함을 지우고 자리에 누웠다.

침묵 속에 뇌우 소리만이 가득했다.

서문의는 두 팔로 머리를 베고 천장을 응시하고 있었다. 수
많은 생각이 밀물처럼 다가왔다가 썰물처럼 사라져 갔다.

이윽고 그는 잠을 청하기 위해 옆으로 돌아누웠다.

'음?'

눈을 감던 그는 금방 다시 떴다. 분명 뭔가를 스쳐 본 것 같
아 그걸 확인하려고 다시 뜬 것이었다.

화로의 불빛이 미치지 않는 어둠 속에서 뭔가 희미하게 빛
나고 있었다.

서문의는 안력을 집중했다.

반딧불 같은 인광을 발산하는 하얀 물체.

'백골.'

서문의는 물체가 사람의 뼈라는 것을 확인할 수 있었다.

그는 고개를 돌려 완령옥을 살폈다. 호흡이 길고 가늘게 일

정한 간격을 유지하는 것을 보니 이미 잠든 것 같았다.

살며시 일어난 서문의는 백골이 있는 곳으로 다가갔다.

이미 오래전에 죽은 듯 입고 있던 의복이 거의 삭아 없어지고 탈색된 백골.

벽에 등을 기대고 앉아 죽은 시신이었다.

'서른 초반의 남자, 신장은 육 척, 체중은… 스물다섯 관?'

해골을 세밀히 살핀 서문의가 내심 추측했다.

'비를 피해 들른 도관에서 해골이라…….'

그는 한동안 해골을 뚫어지게 바라봤다.

'묘하게 불길하군.'

서문의는 심중으로 중얼거렸다.

가엾다는 생각이 없지는 않았지만, 그런 한편으로 찜찜한 마음이 드는 것도 사실이었다.

그는 완령옥 쪽을 일별하고는 해골을 수습하기 시작했다.

벗어둔 도롱이를 펼쳐 두개골, 갈비뼈, 팔과 다리뼈 등을 조심스럽게 옮겼다. 그리고 잘 싸서 대청으로 갔다.

"날이 개면 괜찮은 곳에 모실 테니 안심하시오."

해골을 싼 도롱이를 태상노군의 목상 앞에 둔 서문의는 그렇게 말하고는 잠시 생각하다가 다시 얘기했다.

"도가를 믿던 사람인지는 모르지만, 그래도 태상노군께서 귀하를 잘 봐주시기를 바라오."

그는 잠자리로 돌아와 완령옥이 깨지 않았나를 확인하고는 다시 몸을 뉘였다.

잠을 청했지만 자꾸만 그 백골이 눈앞에 떠올랐다. 그러기를 얼마간, 서문의는 결국 잠이 들었다.

펙!

등을 관통하는 예리한 쇠붙이.

서문의가 본 것은 장검을 들고 물러나는 미공자였다.

가장 믿었던 사람, 그가 서문의의 등을 찌른 것이었다.

"자네가……!"

서문의는 불을 뿜듯 소리쳤다. 그러나 미공자의 입가엔 회심의 미소가 어려 있었다.

"미안하군. 그러나 세상이 다 그렇지 않던가? 후후."

그의 배신은 뿌리 깊은 음모의 시작이었을 뿐이다.

"우리의 교분은 깊었지만, 이젠 어쩔 수 없소. 잘 가시기만 빌 뿐이오."

"이렇게 되어서 실로 유감이로군. 그래도 공과 사는 구분해야겠지? 노부 역시 한 수 거들도록 하지."

"더 말해 무엇하겠소? 어서 그의 고통을 끝내줍시다."

어둠 속에서 수십 명의 인영이 나타나 서문의를 포위했다. 그리고 조금 전까지 가장 믿는다고 확신하던 그들의 병기가 쇄도했다.

"캬아아압……!"

서문의는 피를 토할 듯 노성을 지르며 검으로 맞서갔다.

서문의는 눈을 번쩍 떴다.

그의 이마에는 식은땀이 가득했다. 한참이나 그는 어둠 속을 뚫어질 듯 노려보았다.

어둠을 향한 그의 눈은 검날처럼 차갑고 예리했다, 잠결에 본 배신의 그 얼굴들을 벨 듯이.

2

아침이 되자 비가 멈췄다.

하지만 완령옥의 얼굴은 밝지 않았다. 지난밤 서문의가 수습해 놓은 해골을 보았기 때문이다.

"언제 이걸 발견하셨죠?"

검은 도롱이에 싸여 있었지만 틈새로 삐죽이 드러난 두개골을 보며 완령옥이 물은 말이었다.

"어젯밤 우연히 발견했소. 이런 곳에서 죽어 방치된 게 가련하지 않소? 좋은 곳에 매장이라도 해줘야지."

서문의의 말에 완령옥은 고개를 끄덕였다. 하지만 영 꺼림칙한 표정이었다.

사실 자신도 찜찜한 게 사실이고, 지난밤의 악몽도 있었기에 서문의는 입을 꾹 닫았다. 죽은 자를 본다는 건 어쨌거나 유쾌한 일은 아니니까.

그런데,

백골을 싼 도롱이를 드는 순간 뭔가가 툭 떨어졌다.

완령옥이 떨어진 물체를 주워 서문의에게 건네었다.

서문의가 받아 드니 한 자가량의 검은 화살이었다. 몇 년이나 방치되었는데도 반들반들한 윤기가 흐르는 게 보기 드문 명품으로 보였다.

"무림에서 오추전(烏墜箭)을 사용하는 곳이라면……."

화살을 유심히 살피던 서문의가 화살촉의 반대편 꼬리 부분의 깃을 자세히 들여다보았다.

"연환보(連環堡)?"

그는 화살 깃에 아주 조그맣게 새겨진 까마귀 문양을 확인하곤 고개를 끄덕였다.

"연환보라면 강북의 흑도에서는 손에 꼽는 곳이 아닌가요? 듣기에는 그곳 인물들 모두가 다양한 병기에 정통하고 수많은 암기로 무장해 상대하기가 무척 까다롭다고 하더군요."

"음, 그렇소. 이 오추전 역시 연환보의 중요 인물만이 소지하는 암기요. 이로 보아 백골의 임자는 생전 연환보에서 중요한 지위에 있던 인물 같소."

완령옥의 말에 대답한 서문의는 망설이고 있었다.

이 백골과 오추전을 연환보에 넘겨주는 것이 순리일 터. 하지만 문제의 소지가 될 가능성이 있다.

연환보는 관계를 맺기가 꺼림칙한 곳이며, 만에 하나 대립하게 되면 상대하기가 까다로운 흑도방회였다.

'글쎄, 어쩔까? 연환보는 만만찮은 곳인데…….'

한동안 고민하던 서문의는 결국 도리를 우선하기로 결정했다. 어쨌건 객사한 주검은 연고지에 넘기는 것이 옳은 일이다.

서문의는 오추전을 품속에 갈무리하며 말했다.

"일단 갑시다. 가면서 몇 가지 얘기하겠소."

두 사람은 밖으로 나와 말을 타고 떠났다.

서문의는 간략히 설명했다.

"우선 연환보에 들릅시다. 어차피 가는 길이니 유골을 거기 넘기는 게 순리요. 완 공자도 다양한 경험을 하는 게 목적이라고 하였으니 들러보는 게 좋지 않겠소?"

스쳐 가는 마차를 일별한 그는 연이어 말했다.

"지금 행선지는 진정부(眞定府)의 만마표국이오. 연환보가 있는 하간부(河間府)는 이 여정의 와중에 거쳐야 하는 곳이니 가는 길에 잠깐 들러 간다고 생각하면 좋겠소."

잠시 생각한 완령옥은 차분하게 대답했다.

"그다지 나쁠 건 없다고 생각합니다."

서문의는 고개를 끄덕이고는 앞쪽으로 시선을 향했다.

하지만 지금 그는 속으로 혀를 찼다.

'좋으면 좋다, 싫으면 싫다 확실히 표현하는 게 저 나이 때거늘, 그다지 나쁠 건 없다? 정말 열아홉 맞는 건가?'

서문의는 살며시 고개를 저었다.

3

수십 길의 벼랑 두 개가 마주 보고 있었다.

두 벼랑 사이에 미끄럽게 기름칠 된 한 가닥 쇠사슬이 다리 역할을 하고 있는 곳.

낭떠러지 바로 앞에 선 거석에 새겨진 다섯 글자.

절애(絶崖) 연환보(連環堡).

북상한 지 며칠 만에 이른 연환보였다.

황사가 휩쓰는 하늘은 온통 누렇게 물들어 있었다.

쿠쿠쿠……!

두 벼랑 사이로 흐르는 건 들끓는 듯한 물살이었다.

"과연 난공불락의 보루로군."

서문의는 건너편 보루를 살피며 중얼거렸다.

이 장 높이의 보벽을 좌우로 거느리고 우뚝 선 삼 장 높이의 보문. 저곳이 바로 흑도무림에서도 까다롭기로 유명하다는 연환보로 들어서는 문이었다.

끼익.

바람이 불자 벼랑 사이를 연결한 쇠사슬이 싸늘한 소리를 내며 흔들렸다.

이 쇠사슬은 무림에서 악명이 높다.

"허락받지 않은 외인이 쇠사슬에 발을 딛는 순간, 날아든 암기에 벌집이 되어 떨어져 죽는다지? 게다가……."

서문의는 세찬 바람이 부는 앞쪽을 일별했다.

쇠사슬로 연결된 두 벼랑 사이 간격은 삼십여 장.

끼익……! 끽!

특유의 지세로 인해 형성된 강풍에 쇠사슬은 더욱 심하게 흔들렸다.

"상승의 경공을 지녔더라도 통과가 쉽지 않지."

혼잣말처럼 얘기한 서문의가 홀연 완령옥을 돌아보았다.

"괜찮겠소? 위험은 감수해야 할 거요."

완령옥은 연환보를 보았다가 다시 서문의를 보며 대답했다.

"강호란 한 걸음 내딛는 자체가 위험입니다. 대협께서도 조심하십시오."

그리고 뭐라 말할 사이도 주지 않고 몸을 날렸다. 행동으로 먼저 보여주는 과감함이었다.

서문의의 눈이 휘둥그레졌다.

'과감한 건지 무모한 건지 알 수 없군.'

그가 놀라는 와중에도 완령옥은 쇠사슬을 밟고 달려가기 시작했다.

쇠사슬이 파도처럼 출렁이기 시작했다. 하지만 완령옥은 기름칠로 미끄럽고 강풍마저 부는 가느다란 쇠사슬 위를 밟으며 순식간에 육칠 장이나 나아갔다.

순간,

쇄액!

매서운 파공음이 들리며 완령옥의 좌우와 정면에서 세 자루의 비도가 쏘아져 왔다.

완령옥이 홀쩍 신형을 솟구치며 옆으로 빙글 돌더니 연달아 양쪽의 식지로 튕겨냈다.

비도 세 자루는 포물선을 그리며 아래로 떨어졌다.

쉬쉭!

완령옥의 두 발이 쇠사슬을 딛기가 무섭게 십여 개의 나한전(羅漢錢)이 완령옥의 사혈만을 노리고 날아들었다.

완령옥은 부드럽게 신형을 옆으로 눕히는가 싶더니 용이 몸을 비틀 듯 쾌속하게 돌았다.

그가 회피하면서도 신형을 선회시키자 나한전은 순간적으로 일어난 세찬 기류에 휘말려 힘을 잃고 흩어져 버렸다.

"흠, 좋아."

나직이 뇌까린 서문의 역시 몸을 날렸다.

그와 동시에 서문의는 파도처럼 상하좌우로 출렁이는 쇠사슬을 마치 평지 달리듯 미끄러져 나갔다.

'초상비(草上飛)?!'

힐끔 뒤돌아본 완령옥의 눈에 놀람이 어렸다. 그것도 잠시, 그는 두 발로 쇠사슬을 번갈아 찍었다. 그로 인해 쇠사슬의 출렁임은 더욱 심해졌다.

설상가상으로 서문의에게도 자모환(子母丸), 수리검 등이 날아왔다.

그의 표정이 기묘하게 변해갔다.

'단순히 내 경공을 시험하는 건가? 아니면 호승심?'

벼랑 사이의 세찬 바람과 완령옥의 도전 아닌 도전(?)으로 쇠사슬의 진동은 속이 울렁거릴 만큼 커져 갔다.

그런데도 서문의는 진지한 표정을 흩뜨리지 않았다.

발바닥에 자석을 달았는지 보고 있으면 어어, 하는 비명이 절로 나올 만큼 세차게 출렁이는 쇠사슬을 태연히 질주했다.

쉬익!

수십 종류의 암기가 사면팔방에서 날아들어 온통 번쩍거리는 섬광을 수놓았다.

심지어 강전까지 쏘아졌다.

건너편까지 십여 장 남짓 거리를 남겨둔 시점이었다.

갑자기 서문의의 눈매가 날카로워졌다.

'허공!'

무수한 암기 세례와 매서운 바람 가운데서 그는 허공 높은 곳에서부터 빠르게 하강하는 예기를 느낄 수 있었다.

목표는 완령옥의 백회혈이었다.

서문의는 우수를 휘둘러 한 대의 강전을 낚아챘다. 동시에 낚아챈 강전을 완령옥의 백회혈로 떨어지는 유성전(流星箭)을 향해 던졌다.

퍽!

강전에 의해 유성전이 두 동강나 흩어졌다.

하지만 암기를 피하며 달리는 데 집중하고 있던 완령옥은 자신이 황천의 문 앞까지 다녀왔다는 사실을 몰랐다.

서문의는 쇠사슬을 빨리 벗어나는 게 현명하다고 느꼈다.

"한 걸음 크게 내딛고 신법을 최대로 발휘!"

서문의는 말과 함께 이 장 정도 앞으로 미끄러져 나간 후 시위를 떠난 화살처럼 쾌속하게 몸을 날렸다.

그와 간발의 차이를 두고 완령옥 역시 이 장 정도 더 나아갔다가 진기를 끌어내며 건너편으로 날아갔다.

먼저 서문의가 딱 적당하게 벼랑 끄트머리로 내려섰다.

그 뒤를 이은 완령옥. 하지만 아슬아슬하게 거리가 미치지 못해 밑으로 떨어지기 시작했다.

서문의가 재빨리 손을 내밀려 했다.

"도움은 사양해요!"

완령옥이 외치며 우측 소매를 떨쳤다.

뭔가 가늘면서 탄력이 느껴지는 그림자가 소매로부터 튀어나와 삐죽 돌출된 돌을 휘감았다. 그리고 우수를 당긴 힘을 이용해 완령옥은 재주를 넘으며 벼랑 끝에 내려섰다.

"연편?"

눈에 이채를 담고 서문의가 묻자 잠시 숨을 가다듬던 완령옥이 대답했다.

"정확하게는 수리연편(袖裏軟鞭)이에요."

숨을 몰아쉬며 말하는 그의 음성이 묘하게 가늘었다. 상기된 얼굴 역시 홍조를 띤 것처럼 느껴졌다.

'흠! 말투도 뭔가……'

서문의는 또 내심 고개를 갸웃했지만, 겉으로 드러내지 않고 건너온 쇠사슬 다리를 돌아보며 말했다.

"어쨌든 연환보는 명불허전이군. 우리는 운이 좋았소."

이번에는 완령옥이 눈에 이채를 띠고 물었다.

"…정말 운일까요?"

"뭐 모든 일에는 운이 작용하니까 그렇다는 말이오."

어깨를 으쓱하며 대답한 서문의는 화제를 돌렸다.

"더 이상 암기 세례는 없군. 다행이라 해야 하나?"

하지만 지금 그는 속으로 혀를 내둘렀다.

'무 노백에게 교양과 진재실학(眞才實學)만 배운 게 아니군. 눈치 또한 잘 습득했어.'

그때 완령옥이 포권하며 사과를 표했다.

"본의 아니게도 대협께 결례를 범한 점, 사과드립니다. 하지만 대협께서 저의 무공에 대해 확신을 못하신 것 같아 어쩔 수 없이 얕은 재주를 보여 드린 것뿐입니다."

그렇잖아도 서문의가 지나치도록 쇠사슬을 요동치게 만든 걸 거론하려 했는데, 완옥령은 선수를 쳐서 사과를 해버린 것이다.

'숫제 여우로군! 침착하고, 예의 바르고, 실력있고, 거기에 치밀한 성품까지? 묘하군, 묘해.'

볼수록 보통내기가 아니었다. 오히려 처음에 자신이 너무 그를 경시하지 않았나 머쓱해질 정도였다. 그래서 무슨 말을 할까 궁리하는 찰나,

"절명교(絶命橋)를 통과한 걸 보니 범상치 않은 자들이군."

보루 위에서 음침한 목소리가 들려왔다.

서문의와 완령옥이 올려다보니 녹의 전포를 입은 대한이 보루에서 그들을 내려다보고 있었다.

"찾은 목적이 뭐냐?"

대한의 물음에 서문의가 포권하며 말했다.

"귀 보에 돌려드릴 게 있어 왔소."

"무엇이냐?"

"여기 이것이오."

서문의가 품속에서 오추전을 꺼내 보였다.

대한이 잠시 놀란 얼굴을 하다가 급히 소리쳤다.

"잠시만 기다리시오!"

보루 위에서 두런거리는 소리가 들리더니 조용해졌다.

서문의가 완령옥의 귓가에 속삭였다.

"만에 하나가 있으니 경계를 풀지 마시오."

갑자기 완령옥의 얼굴이 붉어졌다. 그는 아무 말 없이 고개
만 끄덕여 말을 대신했다.

어리둥절했던 서문의는 눈을 빛냈다.

'볼수록 정말 묘해. 혹시……?'

내심 생각하던 그의 입가에 야릇한 웃음이 스쳐 갔다. 하지
만 찰나지간 사라진 표정이라 완령옥을 그걸 유의하지 못했
다.

둘은 보문 앞에 서서 말없이 기다렸다.

그렇게 한동안 시간이 흘렀을 때,

"두 분은 들어오셔도 좋소."

좀전의 대한이 보루 위에서 얼굴을 내밀고 말해왔다.

쿠두두……!

육중한 굉음을 내며 보문이 좌우로 열리기 시작했다.

4

연환보는 험준한 협곡 사이에 자리했다.

깎아지른 절벽이 연환보의 좌우를 담장처럼 막고 있었다.

소문으로만 듣던 연환보의 위용, 그것은 보문을 들어서면서
부터 확인되기 시작했다.

각 구역마다 정중앙에 장방형의 공간만 뚫려 있고 나머지
부분은 푸른 지붕으로 가려진 구조였다.

좌우의 낭하와 계단, 문과 기둥 사이사이마다 병가가 설치
돼 무림에서 보기 드문 온갖 기문병기와 암기들이 진열되어
있는 모습이었다.

연환전(連環殿).

마침내 연환보의 가장 안쪽에 위치한 대전에 이르렀다.

"두 분, 어서 드시지요."

안내했던 대한이 두 사람에게 말했다.

화르르!

대전의 동서남북으로 설치된 녹색 화로에서는 거센 불길이
타오르고 있었다. 거대한 가마솥에서 기름이 펄펄 끓고 있다.

네 방향에는 거치도로 청석 바닥을 짚고 선 범강장달(范彊張
達) 같은 대한들이 떡 버티고 있었다.

그리고 정면의 높은 당상에 있는 노인.

호피의에 앉아 번쩍이는 눈으로 바라보고 있는 팔순의 독목
노인(獨目老人)이었다.

서문의와 독목노인의 시선이 강렬하게 충돌했다.

"……!'

허공에서 보이지 않는 불똥이 튀었다.

독목노인의 입이 먼저 열렸다.

"절명교를 건너왔다고?"

서문의가 대답했다.

"그렇소."

"제법 조예가 있나보군?"

"한 몸 건사할 정도는 되오."

"한번 볼까?"

그로부터 연환전은 숨 막히는 침묵에 빠져들었다.

문득, 독목노인의 우수가 좌측 소매로 천천히 이동했다.

슥.

우수가 좌측 소매를 걷자 시커먼 쇠가 드러났다. 그렇다. 쇠
로 이루어진 팔, 묵철의수였다.

묵철의수가 드러난 순간, 독목노인의 눈에서 소름 끼치는
광망이 줄기줄기 뻗쳐 나왔다.

그걸 본 서문의가 나직이 입을 열었다.

"완 공자, 뒤로 물러서시오."

완령옥은 즉시 뒤로 몇 걸음 물러났다.

서문의와 독목노인이 마주 본 채 잠시 시간이 흘러갔다.

어느 순간,

독목노인의 우수가 미미하게 흔들린 듯했다.

동시에 서문의의 우수도 환영인 듯 일그러졌다.

둘 사이의 공간에서 눈이 시릴 듯한 섬광이 번뜩였다.

살을 에는 오싹한 기운이 칼날처럼 번쩍 확산되었다.

캉!

육 장 간격을 두고 있던 둘 사이의 정확히 중간쯤 되는 공간
에서 매서운 기음이 터져 나왔다.

우득!

서문의의 우수가 약간 뒤로 밀리며 낸 소리였다.

뿌득!

독목노인의 우수 역시 뒤로 조금 밀리며 나온 소리였다.

다음 순간, 둘 사이의 중간 지점에서 두 개의 물체가 바닥으
로 툭 떨어져 내렸다. 오추전과 그와 거의 비슷한 모습이면서
피처럼 붉은색으로 빛나는 짧은 화살이었다.

그들은 상대를 향해 동시에 출수했던 것이다.

그 결과, 실낱만큼의 오차도 없이 각자가 날린 화살이 허공
에서 격돌했다가 떨어져 내린 것이다.

두 사람의 우수가 다시 제자리로 돌아갔다.

그리고 독목노인이 먼저 입을 열었다.

"이리 대령해라."

동쪽에 있던 대한이 즉시 달려와 두 자루 화살을 주워 독목
노인에게 바치고는 다시 원위치로 돌아갔다.

독목노인은 두 자루 화살을 세밀히 살피며 침묵했다.

잠시 후, 그가 중얼거렸다.

"십 년 이래 노부와 암기로 정면 격돌한 자는 처음이군."

그는 서문의를 바라보며 말했다.

"가까이 오시오."

서문의와 완령옥은 당상 아래 계단까지 가서 멈췄다.

두 대한이 달려와 의자 하나씩을 놓고 갔다.

독목노인이 느릿하게 말했다.

"앉기 전에 먼저 몇 가지 묻도록 하지. 연환보는 외인불입(外
人不入)의 절지, 위험을 감수하면서 여기에 온 이유, 그리고 당
신들의 신분을 밝히도록 하시지."

서문의가 포권하며 말했다.

"서문 모라 하오. 그리고 여긴 완 소협이오. 귀 보에 돌려드
릴 물건 두 가지가 있어 감히 찾아왔소."

독목노인이 냉랭하게 웃었다.

"무림에서 실명을 감추는 건 흔하니 이해하지. 하지만 당신
들의 진실성도 의심할 수밖에."

그 말에 서문의가 정색하며 대답했다.

"천하에 감히 뉘 있어 삼철(三鐵)로 유명한 연환노인(連環老
人)을 속이려 하겠소? 우리가 가명을 쓴 건 나름의 사연이 있
어 그런 것이니 양해를 바랄 뿐이오."

독목노인, 연환보주 맹천덕(孟天德)은 서문의를 뚫어지게
노려보았다.

어느 순간, 그의 외눈에 예사롭지 않은 이채가 스쳐 갔다.

"흐흐흐흐……."

맹천덕이 흉흉한 웃음을 흘려내었다.

"삼철이라……. 그래, 강호에서 노부는 삼철로 악명 높지. 철담(鐵膽), 철지(鐵智), 철수(鐵手) 이 세 가지로 삼철이라지? 감히 노부 앞에서 그걸 거론하다니……. 호랑이 심장을 삶아 먹었나 보군."

그는 말을 하면서 오른손으로 왼쪽 의수의 손목을 천천히 돌렸다.

끼릭…….

의수의 손목이 돌아가는 소름 끼치는 쇳소리가 이어졌다.

잠시 서문의를 노려보던 그는 이내 다시 말했다.

"하지만 담량이 좋군. 기백도 강하고. 노부는 간담이 큰 자를 좋아하지. 마음에 드는군. 좋소. 가명을 쓴 건 굳이 따지지 않기로 하지."

그는 의수 돌리기를 멈추고 눈짓했다.

"앉으시오."

서문의와 완령옥은 자리에 앉았다.

완령옥은 긴장 때문에 등골이 오싹했지만 내색하지 않았다.

외눈으로 둘을 뚫어져라 지켜보던 맹천덕이 물었다.

"돌려준다는 물건 중 하나가 이것인가?"

그는 오추전을 들어 보였다.

"물론이오. 그리고 이것도 있소."

"보여주시오."

서문의는 바랑에서 도롱이를 꺼내 무릎 위에 놓고 조심스럽게 펼쳤다. 백골이 곧 드러났다.

"……."

맹천덕은 입을 굳게 닫고 백골을 내려다봤다.

완벽한 정적이 연환전을 지배했다.

완령옥은 줄곧 곁눈질로 서문의를 살폈다.

검미 아래 눈빛은 한 점 미동도 없이 맹천덕에게 고정되어 있었다. 입은 일자로 굳게 닫혀 있었다.

어쩌면 창백해 보일 수 있는 피부는 그러면서도 그의 예리한 지성과 여유로운 품성을 돋보이게 했다.

이러한 용담호혈(龍潭虎穴)에서도 알 수 없는 확신을 다른 이에게 심어주는 사람인 것이다.

완령옥의 얼굴이 어째선지 발그레하게 달아올랐다.

복숭아꽃처럼 달아오른 얼굴빛.

하지만 그의 얼굴에 떠오른 이 빛은 오래가지 못했다.

"화군(火君), 제이당주가 언제 사라졌지?"

맹천덕이 누군가에게 던진 질문이었다.

"오 년 전입니다."

맹천덕이 앉은 당상 뒤의 병풍에서 대답이 흘러나왔다.

"그때 무슨 임무로 나갔다가 실종됐나?"

"산서 벽력당(霹靂堂)의 장남과 접선하러 갔다가 소식이 끊겼습니다."

"그렇다면……."

뭔가 심각한 부분을 얘기하려던 맹천덕이 서문의와 완령옥을 힐끗 보고는 말을 돌렸다.

"당시 그들의 접선 장소가 어디였나?"

"제남에서 북서 방향으로 백 리쯤 떨어진 단풍림(丹楓林)이었습니다."

"그렇군."

맹천덕은 입을 굳게 닫고 다시 의수 손목을 돌렸다.

끼릭! 끼릭!

아까보다 더 날카로운 쇳소리가 울려났다.

'저 사람은 기분이 나쁘면 의수를 돌리는군.'

서문의는 내심 생각했다.

한동안 시간이 흘렀다.

문득, 쇳소리가 멈추며 맹천덕이 물었다.

"이 유골을 어디서 습득했지?"

"제남 근처 관도 상에 있던 어느 버려진 도관이었소."

서문의가 대답하자 맹천덕은 잠시 생각하다 말했다.

"어쨌든 우리 보가 은혜를 입은 셈이로군. 뭘로 보답하지?"

"보답 받고자 한 일이 아니오. 단지 이 유골의 연고지가 귀 보라 넘겨 드리기 위해 온 것이니 괘념치 마시길."

맹천덕이 절레절레 고개를 저으며 말했다.

"노부는 겉치레를 싫어하오. 원하는 게 있으면 말하시지. 무엇이든 섭섭지 않게 보답할 테니까."

"나 역시 겉치레는 싫어하오. 응당 해야 할 일을 생색내며 보답 받는 건 겉치레라 할 수 있소."

"흐흠."

애매한 침음성을 흘린 맹천덕이 서문의를 직시했다.

잠시 후, 그는 고개를 끄덕이며 말했다.

"좋아. 맘에 드는 사람이군. 하지만 귀하가 우리 보에 은혜를 베푼 건 결코 겉치레가 아니니 노부로 하여금 성의 표시 정도는 하도록 허락해 줘야겠소."

그러면서 서문의를 뚫어져라 바라봤다.

만약 이조차 사양하면 연환보를 빠져나가는 건 포기해야 한다고 생각하며 서문의는 속으로 탄식했다.

"더 이상 거절하는 건 예가 아니겠군요. 그렇다면 귀 보에서 자랑할 만한 암기를 하나 선물 받았으면 하오."

"멋진 생각이군. 조십칠(趙十七)."

연환보 밖에서 혈의대한(血衣大漢)이 달려와 부복했다.

"손님들과 칠성전(七星殿)에 가라. 가장 좋은 암기를 드리도록. 정중히 모셔라. 결례를 범하면 능지처참이다."

"분부를 받들겠습니다!"

혈의대한이 벌떡 일어서서 서문의에게 말했다.

"안내해 드리겠습니다."

서문의와 완령옥이 동시에 일어나 맹천덕에게 포권했다.

"맹 보주의 건강을 빕니다."

"오늘 고마웠소. 인연이 있으면 또 보겠지."

포권으로 응수한 맹천덕이 작별을 고했다.

서문의와 완령옥은 곧 대한을 따라 연환전을 나갔다.

그들이 사라지자 맹천덕이 외눈을 번뜩이며 말했다.

"빙군(氷君), 지시를 내리마."

"하명을."

병풍 뒤에서 들려온 또 다른 음성.

"제삼당주에게 명해 저 두 놈을 추적하게 해라. 열 명 내외의 정예로 움직이도록. 특히 제이당주가 실종될 때 함께 사라진 물건의 소재를 중점적으로 파악하라고 일러라. 하루 한 번전서응으로 보고토록. 당장 이행해라."

"존명."

다시 침묵이 찾아왔다.

맹천덕의 미간은 찌푸려져 있었다.

그의 왼쪽 의수가 오른쪽 어깨를 잡았다.

우둑!

격한 뼈마디 소리가 오른쪽 어깨에서 울렸다.

그의 번뜩이는 외눈이 서문의가 앉았던 자리에 꽂혔다.

'허공을 격하여 노부의 어깨를 탈골시킬 정도라……'

아까 자신과 서문의가 동시에 출수를 했을 때, 허공에서 충돌한 여력이 그들의 팔을 밀려나게 했었다.

그때 이미 자신의 우측 어깨는 탈골되었던 것이다.

'누구일까? 서른도 되지 않은 놈이 이러한 공력을 지니고 있다니. 서문 모라고 했나? 서문, 서문이라……. 혹시……? 그

럴 리가 없는데…….'

그는 미간을 줍히며 생각에 골몰했다.

홀연, 그의 얼굴에 묘한 웃음이 떠올랐다.

'세상에는 종종 괴상한 종류의 일들이 일어나지. 저 서문 모
란 놈 역시 그런 종류일지도 모르겠군. 흐흐흐…….'

第七章
엿보는 자들

서문검로

1

"호, 그렇단 말이지?"

서신을 읽은 문상은 회심의 미소를 지었다.

그는 잠시 눈을 굴리다 대청 안쪽으로 들어갔다. 그곳은 서가가 비치된 작은 방이었다. 평소 문상이 책을 읽고 글을 쓰는데 즐겨 이용하는 방이다.

미리 준비된 지필묵으로 문상은 글을 써 내려갔다.

"이제 슬슬 놈을 손보기 전에 간부터 먼저 봐야지."

말을 하면서도 그의 붓질은 빠르게 이어졌다.

"누굴 시킬까? 그래, 일단 은검당이 좋겠군."

중얼거리는 그의 얼굴에는 미소가 떠날 줄 몰랐다.

이윽고 서신을 완성한 문상은 그걸 잘 접어 봉투에 넣었다.

그리고 초를 떨어뜨려 봉투를 붙이고 거기에 자신의 인장을 찍어 완전히 봉합시켰다.

손에 든 봉투를 바라보며 문상은 살짝 눈살을 찌푸렸다.

"은검당은 다 좋은데 그 당주란 놈이 문제란 말이지. 매번 일이 있을 때마다 만나기보다 이렇게 서신을 보내는 것도 지긋지긋하군. 쯧!"

짜증스레 혀를 찬 그는 봉투에서 손을 놓았다.

봉투는 물살을 타고 가는 나뭇잎처럼 문상의 몸을 휘돌아 뒤로 날아갔다. 문밖에서 인영이 번쩍 스치며 봉투를 받았다.

"은검당주에게 정중히 전해라. 일단 아쉬워서 부탁하는 건 우리니까."

"존명!"

문상의 말에 대답한 인영이 표홀히 사라졌다.

문상은 탁상을 정리했다. 그리고 몸을 돌리며 중얼거렸다.

"은검당주, 지금은 정중히 대해주지. 하지만 그것도 오래가진 못할 거다."

그는 손가락을 가볍게 튕겼다.

쉭!

바람 소리와 함께 칼날 같은 한 가닥 기운이 뿌려져 방에 밝혀진 촛불 심지를 잘랐다.

이내 먹물 같은 어둠이 방을 잠식했다.

2

휘잉.

오늘은 아침부터 황사가 극심했다.

황천(黃天)이 된 아득한 하늘가로 세찬 바람이 휘몰아쳤다.

이곳은 하간부에서 진정부로 넘어가는 노상. 연환보를 떠난 지도 이미 며칠이 흘렀다.

서문의와 완령옥은 말도 쉬게 할 겸 천천히 나아갔다.

아마 내일 점심 무렵이면 만마표국이 보이는 황토마루 고갯길에 이를 수 있을 것이다.

두 사람 모두 황사를 잔뜩 뒤집어썼다.

그나마 도롱이를 걸친 서문의는 나은 편이었다. 완령옥은 거추장스럽다며 도롱이를 준비하지 않았고, 결과적으로 머리부터 발끝까지 푸석푸석한 먼지로 뒤덮였다.

"내가 뭐랬소? 피풍을 장만하라니까 고집을 피우더니."

서문의가 완령옥을 보며 혀를 찼다.

완령옥은 그저 묵묵부답, 앞만 보고 있었다.

"할 수 없군. 객잔이 나오면 목욕이나 같이 하고 갑시다."

서문의가 말했다.

완령옥이 깜짝 놀란 기색으로 고개를 획 돌려 서문의를 쳐다보았다.

"왜 그러시오?"

"…아, 아니에요!"

완령옥은 당황한 음성으로 대답하고는 다시 고개를 앞으로 돌렸다. 그는 가슴이 두근거려 한참이나 서문의를 바라보지도 못했다.

'호오, 그렇군. 역시 짐작대로야.'

서문의는 의미심장한 웃음을 띠며 완령옥을 힐끔거렸다.

사실 그가 함께 목욕하자고 말한 것은 일종의 낚시였다. 그 결과 완령옥의 반응은 예상대로였다.

하지만 서문의는 내색하지 않았다. 언젠가 자연스레 밝혀질 일이라 여겼고, 굳이 그걸 밝혀 피차간에 어색한 상황을 연출할 하등의 이유도 없는 것이다.

'하지만 그래도 내 짐작이 틀렸으면 좋겠군.'

이것이 서문의의 솔직한 마음이었다.

둘은 중도에 마을 객잔부터 들렀다.

그들은 목욕물을 데워달라고 부탁하고는 식사부터 했다.

서문의는 식사를 하면서 생각했다.

'확실히 내가 생각해도 펄쩍 뛸 만하군.'

그는 조심스럽게 식사하는 완령옥을 슬쩍 일별했다.

아까 객잔 장궤는 같은 곳에 목욕통 두 개를 준비하겠다고 말했다. 그러자,

"군자는 항상 언행을 삼가야 하는 법이에요. 함께 목욕이라 니…… 절대 있을 수 없어요. 따로 목욕물을 받아줘요."

날 선 음성으로 그렇게 고집하던 완령옥.

변성기가 한참 지난 나이인데도 새된 음성, 기묘한 몸짓.

'흐흠, 저렇게 가장하는 것도 힘들 텐데……. 흠.'

서문의는 고기를 우물우물 씹으며 생각했다.

이런 그의 생각을 아는지 모르는지 완령옥은 한마디도 하지 않고 식사에 열중했다.

그렇게 조용한 식사가 끝나갈 무렵,

"두 분, 목욕물 준비되었습니다."

장궤에게 물건을 맡긴 두 사람은 후원으로 나갔다.

그리고 각자 배정된 곳으로 가서 목욕을 했다.

서문의는 서둘러 목욕을 마쳤다.

그래도 시간이 삼각 넘게 걸렸다.

"내가 목욕을 너무 오래했나?"

그는 완령옥이 먼저 목욕을 끝내고 기다릴 거라 생각했다.

그런데 객잔에 들어가니 완령옥은 보이지 않았다.

"내 동행은 아직 나오지 않았소?"

그가 묻자 장궤가 고개를 끄덕이며 대답했다.

"아직 나오지 않으셨습니다."

"알겠소."

서문의는 객잔 밖으로 나와 팔짱을 끼고 거닐었다.

'상당히 깔끔을 떠는군. 역시 군자라서 그런가?'

산보 삼아 거닐면서 서문의는 피식 웃었다.

잠시 그렇게 소일하던 서문의는 객잔으로 돌아왔다.

후원으로 간 그는 담장 주변에 있는 매화나무를 보며 완령옥이 나오기만을 기다렸다.

그러기를 얼마간.

"음?"

돌연 서문의의 눈이 예리하게 빛났다.

그는 눈빛만을 움직이며 주의를 기울였다.

힐끗 하늘을 보니 독수리 한 마리가 천천히 원을 그리며 돌고 있었다. 자세히 보니 머리가 하얀 독수리였다.

'백두웅(白頭鷹)? 저건 주로 전서응으로 사용되는데.'

순간, 그는 뭔가를 짐작할 수 있었다.

'추적당하고 있었군. 아니면 감시인가?'

두 가지 다일 수도 있다. 어쨌든 서문의의 대응은 빨랐다.

그는 신형을 솟구쳐 객사 지붕 위로 올라갔다. 높은 곳에서는 모든 게 일목요연하게 보이는 법.

아니나 다를까.

"웬 놈들이냐!"

객사 안에서부터 여자의 싸늘한 음성이 터져 나왔다.

여자라기보다는 소녀에 가까운 음성이었다.

"남장한 계집이 눈치는 빠르군!"

냉소 어린 사내의 외침이 들렸다.

콰당!

문짝 부서지는 듯한 소리가 났다. 그리고 소녀와 사내들의 외침, 싸우는 소리가 이어졌다.

객사의 뒤쪽 담장이 면해 있는 곳이었다.

'저곳은? 설마……'

서문의는 바람처럼 몸을 날려 객사 뒤쪽으로 뛰어내렸다.

"뭐 하는 놈들이냐?!"

객사 뒤편의 수풀이 우거진 곳, 건물의 여러 개의 창문이 나 있는 그곳에 하나의 부서진 창문이 있었다.

그 부서진 창문을 사이에 두고 창 안쪽 누군가와 싸우고 있는 두 명의 괴한이 보였다.

"젠장!"

두 명 중 하나가 나직한 욕설을 내뱉었다.

그들은 신형을 솟구쳐 담장 위에 올라섰다.

차창!

그들이 소매에서 손을 빼자 예리한 쇳소리가 울렸다. 동시에 반월형의 광채 두 개가 매섭게 휘돌며 날아왔다.

'음?'

두 반월형 광채는 엉뚱하게도 좌우로 곡선을 그리며 어리둥절해하는 서문의 옆을 지나갔다. 괴한들의 암기 던지는 실력은 형편없었다.

바로 그때,

"앗!"

창문 안에서 소녀의 짤막한 당황성이 터졌다.

서문의를 발견하고 놀란 듯했다. 반사적으로 고개를 돌린 서문의는 눈을 휘둥그레 떴다.

그는 보고야 말았던 것이다!

수건으로 간신히 치부만 가린 알몸의 소녀가 창백하게 질린 얼굴로 그를 보고 있었다.

"……!"

서문의는 입을 크게 벌렸다.

소녀도 일순 넋을 잃고 치부만 가렸던 수건을 놓고 말았다.

그 순간, 서문의는 그녀의 몸을 전부 볼 수 있었다.

'세상에……'

서문의가 놀란 것은 알몸 때문만이 아니었다.

그녀의 얼굴을 봤기 때문이다.

그 얼굴은 바로…….

그때, 서문의는 번뜩 정신을 차렸다.

휘리릭!

배후로부터 회오리치듯 사나운 기운 두 줄기가 날아들었기 때문이다.

서문의는 양쪽 식지와 중지를 가위처럼 벌렸다.

그리고 빙글 선회해 면전에 이른 반월형의 물체를 좌우 식지와 중지로 가위질하듯 잘라 버렸다.

깡깡!

여지없이 두 동강나 땅에 떨어지는 물체들.

반월참(半月斬)이라는 암기였다.

괴한들이 날린 순간, 빗나간 듯 보인 이 암기가 빠르게 선회해 배후를 노려왔던 것이다.

서문의가 몸을 돌리자 괴한들이 막 담장을 넘어 사라지는 게 보였다.

넋이 나갔던 소녀도 그제야 정신을 차렸다.

"아앗! 어머나! 이를 어째!"

당황한 소녀가 창문 옆으로 모습을 감추었다.

서문의는 벼락을 맞은 듯 그 자리에 굳어버렸다.

한참 후에야 그의 아연한 음성이 흘러나왔다.

"역시… 여자였군."

그랬다.

알몸의 소녀, 그녀는 다름 아닌 완령옥이었던 것이다.

이미 완령옥의 정체가 남장여인임을 짐작했지만 설마 눈으로 적나라한 그녀의 모든 것을 보리라고는 상상도 못한 서문의였다. 그는 아직도 자신이 눈으로 본 것을 믿을 수 없었다.

2

두 사람은 모두 꿀 먹은 벙어리가 되었다.

서문의는 서문의대로 그가 본 것에 아직도 놀람이 가라앉지 않았다. 그래서 어찌 말해야 할지를 몰라 입을 꾹 닫고 앞만 보며 가고 있었다.

완령옥도 마찬가지였다.

'벗은 몸을 그에게 보이다니……. 어떡해. 난 몰라. 어떡해?'

서문의가 보다 넓은 범위의 개념으로 놀랐다면, 완령옥은 훨씬 현실적이고 개인적인 범위로 충격을 받은 것이다.

둘 다 서로에게 할 말이 없었다.

아까부터 서문의는 먼 곳만 바라봤다. 그런 서문의에게 자꾸만 눈길이 갈 수밖에 없는 완령옥.

"……."

미묘한 침묵의 여정이 반나절 동안 계속되었다.

히힝.

앞쪽 길가 한편에 말들이 우는 마장이 나타났다.

말에게 여물과 물을 줄까 생각하며 서문의가 입을 열었다.

"완 공……. 아니, 완 소저. 저기 들렀다 갑시다."

눈은 여전히 앞을 향한 채 한 말이었다.

"예."

조용한 완령옥의 대답이었다.

완전한 여자의 음성.

그녀의 머리 모양과 복장도 미묘하게 달라져 있었다. 그 미묘한 변화가 그녀를 아름다운 소녀로 재확인시켜 주었다.

서문의는 무표정을 가장했지만 내심 알 수 없는 예감을 느꼈다. 이런 획기적인 변화는 사람으로 하여금 이상한 예감을 느끼게 해주는 것이다.

그건 먼 장래에 다가올 수도 있는 미지의 불안감이었다.

남자가 처녀의 벗은 알몸을 봤다면, 그녀가 화류계 여자가 아닌 이상 책임져야 하는 방법은 일반적으로 단 하나였다.

'내가 무슨 엉뚱한 생각을······.'

서문의는 질겁하며 마장으로 들어섰다.

"완옥령(阮玉玲)이에요."

갑자스런 완령옥의 말에 서문의는 어리둥절해 돌아보았다.

"소녀의 본명은 완령옥이 아닌 완옥령이란 말이에요."

서문의는 멀뚱히 전 완령옥, 현 완옥령을 바라봤다.

그가 빤히 쳐다보자 완옥령은 얼굴을 붉혔다.

"왜 그러시죠?"

"음, 아니오."

서문의는 애매하게 대답하고는 고개를 돌렸다.

그는 아직 실감하지 못하고 있는 것이다. 그녀가 남자 완령
옥에서 여자 완옥령이 된 이 상황을.

어느덧 저녁이 되었다.

황사로 누렇던 하늘에도 별들이 모습을 드러냈다.

"···반월참은 연환보의 독문 암기, 그래서 내가 생각하기에
그들은 연환보 인물들이 확실하오."

서문의가 담담한 어조로 한 말이었다.

이미 그는 완옥령에게 많은 얘기를 했다. 차츰 상황을 받아
들이고 있었던 것이다. 서문의는 지금 자신들의 뒤를 밟고 있
는 연환보의 추적자들에 대해 말하고 있었다.

"연환노인은 심계가 깊기로 유명해요. 하지만 그가 우리에
게 추적자를 붙일 이유라곤 없을 것······."

완옥령은 조용히 말하다가 뭔가를 느꼈는지 말을 흐렸다.

"그럼 그 유골과 관련이 있겠군요? 보다 정확히는 그 유골에 얽힌 사건이거나 물건, 혹은 장소 같은 것들 말이죠."

이어진 그녀의 말에 서문의는 고개를 끄덕였다.

"훌륭한 추론이오. 우리가 발견한 유골은 뭔가 중대한 임무를 수행하다 변을 당한 게 틀림없소. 당시 그가 관련된 일이나 어떤 물건 등을 연환보가 중시했고, 따라서 유골을 발견한 우리에게 어떤 혐의를 두고 감시하는 거라 생각하오."

"결국 우리가 뭔가를 빼돌렸다고 의심하는군요?"

"우리로서는 기분이 나쁘지만 그렇다고 봐야 하오."

둘은 얘기를 멈추고 말들을 모는 데만 집중했다.

잠시 후,

"저들은 내버려 두실 건가요?"

속삭이듯 물어오는 완옥령에게 서문의가 대답했다.

"뭐, 직접적인 해를 끼친 건 아니니까. 물론 아까 객잔에서처럼 그런… 그런 일이 생기면 곤란하긴 하지만."

서문의는 말하기 곤란한 부분을 건너뛰며 먼 산을 보았다.

또 얼굴이 붉어진 완옥령은 살포시 고개를 숙였다.

그러자 그녀의 하얀 목덜미가 드러났다. 눈을 돌리다 이를 보게 된 서문의는 절로 아까 객잔에서의 그 모습이 떠올랐다.

물방울로 가득한 그 시릴 듯한 하얀 몸.

그녀의 허리는 유난히 가늘었었다. 그리고 봉긋하게 치솟은 새하얀 가슴.

크고 아름다운데다 탄력까지 겸비한 그 가슴의 광택이 너무나 강렬해서 생각하지 않으려 해도 계속 떠올랐다.

그리고 수건을 떨어뜨리면서 드러났던 배꼽 밑의 그…….

어쩔 수 없는 여자의 관능이었다.

'이러면 안 되는데. 아까만 해도 소년으로 생각하지 않았었나? 설마 지금 여자로 보이기 시작하는 건 아니겠지?'

서문의는 내심 삼가자는 마음을 품었다.

누가 뭐래도 망년지우의 제자인 것이다. 아무리 남장여인임이 밝혀지고 또 그녀의 벗은 몸을 보았다고 하나, 아직 스물도 되지 않은 소녀였다.

그렇기 때문에 스스로 삼가지 않을 수 없는 노릇이다.

어느 순간,

서문의의 눈이 허공으로 향했다.

흰 머리 독수리가 머리 위를 천천히 돌고 있었다. 객잔에서 보았던 그놈과 일치했다.

'저놈, 은근히 신경 쓰이는군.'

서문의는 소매로 손을 넣으려다가 그만뒀다.

일단 연환보의 추적자들이 어찌 나오나 두고 보기로 했다.

어차피 이쪽은 전혀 꺼릴 게 없는 입장이다.

그렇게 관도를 나아가는 동안 어느덧 날이 저물었다.

두 사람은 작은 시진에 들어가 쉬기로 했다.

서문의는 쓴 입맛을 다셨다.

여관에 방이 없다는 말을 들었으니 당연했다.

"그럼 이 시진에 다른 숙박점은 없소?"

"길 건너 조금만 밑으로 가면 반점이 있습니다. 거기서 또 건너편으로 좀 더 내려가면 객잔도 있습죠."

서문의가 묻자 점소이가 미안한 듯 대답했다.

어쩔 수 없이 서문의와 완옥령은 여관을 나섰다.

두 사람은 반점을 찾아갔다.

"하루 묵어갈 방 두 개 있소?"

"마침 만원일 때 오셨군요. 죄송하게도 지금 방이 다 찼습니다. 조금만 더 일찍 오셨어도……."

"흠. 손님이 넘쳐나는 시진이군. 알겠소."

방을 구하는 데 실패한 두 사람은 객잔을 방문했다.

"…방 있소?"

왠지 모를 불안함을 느끼며 서문의가 물었다.

아니나 다를까.

"죄송합니다. 지금 손님이 꽉 차서 방이 없군요."

"알겠소."

객잔을 돌아서며 서문의는 어안이 벙벙했다.

세 곳 모두 방이 없다니, 무슨 날이라도 잡아 길손들이 한꺼번에 들이닥쳤단 말인가.

약간 뒤에서 따라오던 완옥령도 놀란 얼굴이었다.

"여긴 독특한 시진이네요."

"정답이오."

두 사람은 잠시 거리를 살피며 걸었다.

"흠?"

서문의가 눈에 이채를 띠며 한곳을 바라봤다.

작고 초라한 주점이 있는 곳이었다. 주점 뒤로 제법 길게 와가 몇 칸이 이어져 있었다.

두 사람은 혹시나 싶어 주점으로 가서 물어보았다.

"여기 숙박도 되오?"

별 기대도 없이 물은 말이었는데 뜻밖의 대답이 나왔다.

"아, 되고말고요! 당연히 방 하나 필요하시겠지요?"

주점의 장궤가 두 사람을 번갈아 보며 웃었다.

아마 둘을 젊은 부부거나 연인 사이라고 생각한 것 같다.

완옥령의 얼굴이 살짝 붉어졌다.

"무슨 망발을?! 방 두 개 필요해요! 목욕도!"

그녀의 노성에 장궤가 찔끔했다.

"어이쿠! 몰라 뵈어서 죄송합니다."

서문의는 그저 쓴 입맛만 다셨다.

3

깊은 밤 삼경.

시진은 그윽한 야색에 잠겨 적막하기만 했다.

문득, 고요한 밤공기가 깨졌다.

저벅저벅!

반점에서 한 무리의 사내들이 걸어나왔다. 모두들 야행의(夜
行衣)로 통일된 복색이었다.

그들 어딘가로 재빨리 사라져 버렸다.

그리고 잠시 후,

이번에는 여관에서 한 패의 사내들이 나왔다. 반점에서 나
온 자들과 똑같은 야행의 차림새였다.

이들도 서둘러 어딘가로 이동했다.

약간의 시간 차를 두고 사라진 그들의 공통점은 저마다 병
기를 소지하고 있다는 점이다.

시간이 어느 정도 흘러갔다.

그때 객잔에서 또 한 무리의 사내들이 나왔다.

이전의 무리와 달랐다.

모두 경장을 착용하고 챙이 넓고 정수리가 트인 죽립을 깊
게 눌러쓴 사내들.

그들은 서로 고개를 주억거리더니 어디론가 사라져 갔다.

거리는 다시 고요를 되찾았다.

시진의 좌우에는 골목이 복잡하게 이어져 있었다.

북방에서 이런 뒷골목을 호동(胡同)이라 한다.

지금 그 호동을 빠르게 이동하는 사내들.

희미한 달빛은 질주하는 그들의 발치에 그림자를 드리웠다.

어느 순간,

사방으로 이어진 호동, 거기서 두 무리의 야행의 사내들이

마주쳤다. 반점과 여관에서 나온 사내들이었다.

"……!"

그들의 눈빛이 차갑게 번뜩였다. 그런데,

"빨리 왔군. 자세한 사안은 서신으로 확인했겠지?"

"물론. 철저히 준비해서 왔네."

선두에 있던 사내들이 웃으며 대화하는 게 아닌가?

그들은 적수가 아닌 동료였던 것이다.

선두의 두 사내는 멀리 주점을 보며 동시에 말했다.

"가세."

합류한 스무 명가량의 사내들이 일사불란하게 이동했다.

그들은 호동의 담장 그늘을 따라 움직였다. 경쾌한 움직임, 조용한 발소리. 모두 상승의 공력을 지닌 자들이었다.

주점의 담장까지 이른 것은 순식간이었다.

"정지!"

칼자국이 난 파면대한(破面大漢)이 나직이 외쳤다.

모두가 일시에 멈추었다.

파면대한과 나란히 서 있던 귀 큰 대한이 구름처럼 주점 지붕으로 날아갔다.

잠시 시간이 흘렀다.

대이대한(大耳大漢)은 지붕에 납작 엎드려 뭔가를 살폈다.

돌연, 그가 한 손을 번쩍 들었다. 밑에서 기다리던 사내들이 즉각 움직였다.

그들은 허리에 감은 얇고 부드러운 철사 같은 것을 풀었다.

낭창낭창한 탄력이 느껴지는 게 꼭 연검 같았다.

철사를 외벽에 박은 그들은 구멍을 뚫기 시작했다.

방법은 간단했다. 나선형으로 철사를 돌리니 아주 간단하게 미세한 구멍이 생겨났다. 기척도 거의 없었다.

물경 스무 개에 달하는 작은 구멍이 외벽에 생겨났다.

구멍마다 안에서 빛이 흘러나와 마치 별처럼 보였다.

사내들이 막 구멍에다 눈을 들이대려는 순간,

"……!"

그들은 흠칫하며 일제히 고개를 돌렸다.

주점 입구가 있는 방향.

흐린 달빛을 받으며 서 있는 십여 명의 사내들이 보였다.

죽립에 경장, 예리한 기도가 전해지는 자들이었다. 그들은 아까 객잔에서 나타났다 사라진 무리였다.

잠시 동안 쌍방은 서로를 관찰했다.

먼저 입을 연 건 죽립 경장 쪽이었다.

"친구들, 이 야심한 시간에 어인 일이오?"

가장 앞에 있던 백면의 훤칠한 사내가 물었다.

야행의 사내들 측에서 파면대한이 오히려 반문했다.

"친구들이야말로 이 시간에 뭐 하는 거요?"

백면사내는 대답하지 않았다.

쌍방 모두 목적을 밝힐 의도는 없는 듯했다. 이후의 전개는 정해진 수순처럼 진행되었다.

"친구들의 정체는?"

"강호의 무명소졸일 뿐, 특수한 임무 때문에 여기 온 거요. 그러는 친구들의 정체는?"

"우리 역시 보잘것없는 무명지배. 친구들과 비슷한 목적으로 왔을 뿐이오."

결론없는 대화였다.

"누군가를 은밀히 지켜보는 일을 하시는 건 아니오?"

"무슨 뜻이오? 그런 걸 왜 묻지?"

서로의 정체와 의도를 모르니 대화는 오해로 치달았다.

"적이냐, 아니면 친구?"

"당신들이야말로?"

"적이로군!"

"네놈들이야말로!"

장내의 분위기가 싸늘한 살기로 동결되었다.

차차창!

병기들이 뽑혀 한광을 발했다.

거리 쪽에 있던 사내들이 골목으로 들어왔다. 좁은 골목은 순식간에 병기를 든 자들로 가득 찼다.

상대가 이 장 앞에서 우뚝 멈춰 선 걸 보며 대이대한이 흉맹하게 말했다.

"우리의 행사를 방해하는 놈은 죽음뿐이다!"

야행의 무리를 노려보며 서생이 싸늘히 응수했다.

"곧 염라대왕 앞에 갈 놈들이 간담도 크구나!"

그는 장검을 앞으로 겨누며 외쳤다.

"죽여라!"

즉시 그의 뒤에서 좌우 일렬로 섰던 죽립인들이 앞으로 쇄도했다. 그들의 병기는 모두 검이었다.

쇄도하는 순간, 그들은 검진을 형성하며 검광을 뿌려내기 시작했다.

일렬로 늘어선 검진. 검초는 신랄하고 정교했다.

같은 순간,

"없애라!"

파면대한의 일갈에 야행의 사내들이 달려나왔다.

먼저 칼과 추를 든 사내들이 강맹한 경풍(勁風)을 일으키며 검진에 맞섰다. 뒤이어 이들의 어깨 위에 다른 사내들이 비호처럼 올라섰다.

그들은 채찍이나 창 등 긴 병기로 살수를 전개했다.

츠츠츳! 창창!

초식이 교차하는 공간은 섬광과 한기로 천참만류되었다.

잠시 후, 검진을 이룬 죽립인들 쪽이 밀리기 시작했다. 상대의 기괴한 전법 때문이었다.

맹렬한 경풍을 휩쓸며 맞서는 사내들의 어깨에 올라선 자들이 높은 위치에서 긴 병기로 벼락처럼 전개하는 살초는 대적하기 까다로웠다.

"흥! 좌도방문의 잡술을 쓰는군."

나직이 냉소한 백면사내가 이어서 외쳤다.

"검진해체(劍陣解體)! 독문검공(獨門劍攻)!"

순간, 죽립인들이 몸을 날려 일 장씩 물러났다. 그들의 기세가 놀라울 만큼 일변했다.

휙!

각자가 다양한 기수식을 취했다. 열 명 모두 다른 유파의 검식을 취한 것이다.

쉬익!

그들은 지면을 가로질러 허공을 날아 벽면을 박차고 저마다 다른 각도, 다른 동작으로 공격해 왔다.

캉! 차창!

무지개 같은 검광이 일시에 야행의 사내들을 압도했다.

파면대한의 입가에 냉소가 지어진 것도 바로 그때였다.

"연환천변(連環千變)! 만리추명(萬里追命)!"

지면을 딛고 선 야행의 사내들의 어깨를 딛고 선 사내들, 그들 위로 다른 사내들이 뛰어오르며 두 손을 뻗었다.

슈슉!

검은색 구체가 쏜살처럼 날아왔다. 그걸 본 백면사내가 대변한 안색으로 급히 외쳤다.

"연환흑구(連環黑球)?! 물러서라!"

죽립인들은 일제히 초식을 거두며 뒤로 피했다.

바로 그때,

"위험한 장난감이군."

중얼거리며 바람같이 장내에 뛰어든 인영이 있었다. 그와 동시에,

스릉!

검명이 울리며 뇌전 같은 한줄기 섬광이 날카로운 호를 번쩍 그려냈다.

펑펑!

폭음이 연달아 터지며 자욱한 흑연이 뿜어졌다.

그 흑연 속에서 뭔가 싸늘한 광채들이 점멸했다.

화살이 연이어 발사되는 듯한 소리가 났고, 쇠끼리 부딪치는 소리도 동시다발적으로 흘렀다. 그리고 놀란 음성들.

"윽! 젠장!"

"썩을……!"

잠시 짙은 흑연이 장내의 상황을 가리고 있었다.

휘잉.

이윽고 바람이 불자 흑연이 빠르게 흩어져 버렸다.

장내의 정경이 일목요연하게 드러났다.

일단 죽립인들이 손해를 더 많이 본 것 같았다.

그들은 질린 얼굴로 주춤거리며 물러서고 있었다.

그중 몇 명은 경장이 찢기거나 상처를 입은 모습이었는데, 나머지 다른 죽립인들도 팔뚝과 손등에 침이 박혀 있었다.

야행의 무리 측은 약간 사정이 나았다.

비록 지면을 딛고 싸우던 몇 명이 검상을 입긴 했지만.

그리고 그들 사이에 우뚝 선 한 사람.

조금 전 몸을 날려 뛰어들어 발검으로 연환흑구를 갈라 버린 자는 그였다.

그는 서문의였다.

"……!"

야행의 무리와 죽립인들의 시선이 서문의에게 집중되었다. 특히 그가 빼 든 평범한 청강검에 신경이 모아졌다.

아무런 움직임도 보이지 않는데도 장내를 동결시키는 알 수 없는 검기. 누구도 감히 움직일 수 없었다.

서문의는 청강검을 바랑 안의 검갑에 꽂아 넣었다. 검이 사라지자 그 불가사의한 검기 역시 사라졌다.

서문의는 사람들을 휘 훑어보며 피식 웃었다.

"야심한 시각에 몸들을 풀고 계셨군. 좋은 광경이긴 한데, 좀 시끄러워서 나와 본 거요."

야행의 무리와 죽립인들은 동료와 마주 보았다. 연이어 상대편과 또 마주 보았다. 원래는 의도랄 게 없는 반사적인 시선의 교차였을 뿐이었다. 하지만,

"…그렇군. 네놈들의 정체를 알았다. 은검당, 바로 정무련에서 나온 놈들이었군!"

대이대한이 검수 중 앞섶이 찢긴 자를 가리키며 말했다.

찢겨진 경장 밑으로 보이는 은의, 그리고 가슴에 검은색 글자 정(正).

백면사내 역시 상대를 손가락질하며 응수했다.

"네놈들이야말로! 연환흑구, 그건 바로 흑도의 마졸 집단 연환보의 독문 암기지!"

이렇게 상호 비방하는 소리가 이어지기 시작하려는 순간,

"아, 거 정말 시끄럽군!"

서문의가 내지른 역성에 중인들이 조용해졌다.

어쨌든 그가 찰나지간 펼친 일검을 보았기 때문이다. 게다가 그는 양쪽 모두의 목표가 아닌가?

'흠……'

짧은 순간 서문의의 눈에 이채가 스쳐 갔다. 아주 간단하면서도 효과적인 계책 하나가 떠오른 것이다.

그는 빙그레 웃으며 연환보 인물들에게 말했다.

"내가 연환흑구를 잘라 버린 것은 양쪽의 화기가 상하지 않기를 바라는 마음 때문이었소. 이해하시오."

이어서 정무련 인물들에게도 말했다.

"그나마 크게 다친 분이 없는 것 같아 다행이오. 내가 나선 보람이 있었소. 당신들은 돌아가서 치료부터 해야겠소."

그리고 양쪽 모두를 번갈아 보며 다시 말했다.

"이만큼 했으면 그만들 물러가시는 게 좋겠소. 날이 오늘만 있는 건 아니니까."

말을 맺은 서문의는 정성스런 포권을 취해 보이고는 골목을 빠져나갔다. 너무나 태연한 언행에 양쪽 모두 그가 사라지는 걸 멍청히 바라보기만 했다.

"……"

서문의는 뜨거운 감자를 던져 주고 사라진 것이다.

그의 몇 마디 말은 양쪽의 서로를 향한 의심과 적의를 더욱 확신시켜 주는 결정타가 됐다.

'후후, 서로 상대방이 나의 방수라고 오해하겠지. 상대를 믿지 못하니 전후 사정을 따져가며 이해하려고 하지도 않을 테고. 이게 바로 흥정은 말리고 싸움은 붙이는 시정잡배의 모략 중 하나지.'

서문의는 주점 입구로 들어서며 쓴웃음을 흘렸다.

과연 그의 생각은 정확했다.

찬바람만 횅하니 부는 골목길에서 연환보와 정무련의 인물들은 서로를 불타는 눈으로 노려보고 있었다.

"역시 그랬군. 알겠다. 네놈들, 앞으로 두고 보자."

"이 보답은 반드시 갚을 것이다. 후일을 각오해라."

철저히 오해한 쌍방은 이를 갈며 뒷걸음질로 물러났다.

이윽고 그들은 어둠 속으로 사라져 버렸다.

휘이잉.

모두가 사라진 골목길에는 싸늘한 바람만이 가득했다.

막 객실로 돌아온 서문의는 멈칫하며 앞을 보았다.

완옥령이 객실 문 앞에서 서성이고 있는 걸 본 것이다.

"완 소저, 이 시간에 왜 주무시고 않고?"

그를 본 완옥령의 얼굴에 희색이 감돌았다. 하지만 왜인지 그녀는 급히 그런 기색을 지웠다.

"갑자기 밖에서 싸우는 소리와 살기가 느껴져서요."

평정을 가장했지만, 얼굴에 띤 복숭아처럼 상기된 빛은 지울 수 없었다.

서문의는 짐짓 웃으며 고개를 저었다.

"밖에서 두 패의 사내들이 화끈하게 친목을 도모하고 있더군. 소저는 신경 쓰지 않아도 되오."

"그럼 정말 다행이군요."

"일부러 소저에게 알리지 않고 혼자 나간 것이니 이해하시오."

그녀는 다행이라는 표정을 짓다가 뭔가 망설이는 듯했다.

"음?"

서문의가 미소 띤 얼굴로 의아하다는 듯 침음했다.

"저기… 그럼, 그럼 이만 주무세요."

"완 소저도 편히 주무시길 바라오."

그녀가 자신의 방으로 사라지자 서문의도 방문을 열었다.

서문의는 침상 옆의 탁자에 앉았다. 팔짱을 끼고 눈을 감은 채로 그는 깊은 생각에 잠겼다.

한참 후, 그는 눈을 뜨며 중얼거렸다.

"정무련. 결국 냄새를 맡은 건가?"

골목길에서 연환보의 고수들과 충돌했던 검수들.

그는 이미 봉황집 근교의 토지신묘에서 그들을 목격한 바가 있었다.

젊은 인재들로만 꾸려진 정무련의 은의검수들.

얼마 전 보았을 때보다 검술이 한층 날카로워져 있었다.

이 역시 정무련이 가진 힘에서 나오는 괄목상대의 성취일 것이다.

서문의는 잔에다 차를 따랐다. 차를 들며 계속 생각했다.

'연환보도 좀 그렇군. 은혜랄 것까지야 없지만, 유골과 신물(信物)을 전해줬는데도 고작 보답이 추적자라…….'

골목길에서 그가 연환보, 정무련이 서로를 오해하게끔 만든 것도 이유가 있었다.

'정무련이야 원래 내 쪽이 아니니 그렇다 치고, 연환보는 골탕 좀 먹어야 돼. 둘이서 치고받는 동안 내 여정이나 편안하게 가야지.'

그는 기지개를 켜며 일어나 등불을 껐다.

어쨌거나 밤은 모든 이에게 휴식의 시간인 것이다.

완옥령 역시 닫힌 창틈으로 비치는 달빛을 보고 있었다.

"바보……. 미친 거야. 왜 밤늦게 그의 방문 앞을 서성였을까? 아무리 그가 걱정됐어도 그렇지. 어떻게 여자가 남자 방 앞에서 한밤중에……. 부끄러워."

넋 나간 듯 중얼거리던 그녀의 얼굴이 다시 붉게 물들었다.

여심이 알 수 없는 바람이 휩쓸리기 시작한 것이다.

그 이유가 뭐냐고 묻는다면 모른다고 할 수밖에.

"큰일 났네. 자야 하는데. 나 어떡해……. 후우……."

오늘 밤 잠은 다 잔 것이다.

第八章

화마(火魔)

서문검로

1

밝은 햇살 아래 서문의는 웃고 있었다.

파란 하늘엔 요 며칠 따라붙던 백두응도 보이지 않았다.

"하늘도 참 훤하군."

서문의는 흐뭇하게 중얼거렸다.

추적자들의 기미도 느껴지지 않았다. 그들은 한동안 오해로 인해 골치를 썩여야 할 것이다.

서문의는 완옥령의 얼굴에 피로가 깃든 걸 발견했다.

"지난밤 소란 이후 편히 주무시지 못한 것 같소."

지나가듯 말하자 완옥령은 입가에 옅은 미소를 띠었다.

"그래도 약간 피곤한 게 낫다고 봐요. 잠자는 것까지 감시하게 놔두는 것보다는……."

"확실히 누군가가 엿보는 건 불쾌한 일이오."

완옥령은 자신이 잠들지 못한 진정한 이유에 대해 행여 서문의가 눈치챌세라 조바심이 났다.

"그놈의 독수리가 뵈지 않아 한결 좋군."

"아, 그 독수리. 예, 정말 그래요"

이렇게 두 사람이 마상에서 대화를 나누는 동안, 어느새 해가 중천에 올랐다. 멀리 고갯마루가 나타났다.

"거의 다 왔소. 저 고개만 넘으면……."

웃으며 말하던 서문의가 갑자기 입을 닫았다.

고갯마루 너머에서 피어오르는 자욱한 연기 때문이었다.

그 연기는 하늘을 가릴 듯했다. 고갯마루로 향하던 다른 행인들 역시 멈춰 서서 연기를 바라보고 있었다.

"어디선가 큰불이 난 것 같네요."

연기를 살피던 완옥령이 서문의를 보며 말했다.

홀연 서문의는 강한 불안감을 느꼈다.

"일단 가봅시다."

두 사람은 급히 말을 재촉하려 했다.

그때,

두두두!

고갯마루 너머로부터 거친 말발굽 소리가 울려왔다. 얼마후, 다섯 기의 인마가 자욱한 연기를 뒤로한 채 고갯마루에 나타났다.

모두 백의를 입고 깊숙이 눌러쓴 철립 아래로 흰 면사를 늘어뜨려 얼굴을 가린 사내들이었다.

그들이 탄 말은 순식간에 서문의 일행 옆을 스쳐 지나갔다.

우연인지 다섯 명의 백의철립인이 서문의를 힐끗 바라봤다.

"……!"

살짝 면사가 흔들리자 그들의 쏘는 듯 차가운 눈빛이 드러났다. 정광이 갈무리된 눈빛이었다.

그들이 바라본 것은 찰나지간이었다. 다음 순간, 백의철립인들은 질풍처럼 스쳐 지나갔다.

서문의는 의구심이 깃든 눈으로 멀어지는 그들을 바라봤다.

'최소 삼화취정(三華聚頂)의 공력을 지녔군.'

그는 백의철립인들의 눈빛을 보고 상대의 화후(火候)를 짐작했을 뿐만 아니라 자신을 향한 살기도 읽을 수 있었다.

서문의의 얼굴이 긴장으로 굳어졌다.

'혹시?'

좋든 불길하든 본래 그의 예감은 적중률이 높다.

서문의는 급히 말 옆구리를 박차며 달려나갔다.

"빨리 가봅시다!"

완옥령도 좋지 않은 느낌을 받고 말을 달리도록 했다.

두 사람은 행인들의 놀란 기색도 아랑곳 않고 단번에 고갯마루에 올랐다.

"아……!"

눈앞에 펼쳐진 광경에 서문의는 입을 다물 수 없었다.

고갯길 밑으로 펼쳐진 관도 옆에 자리한 거대한 저택.

저택의 수십 칸 가옥은 맹렬한 불길에 휩싸였고, 해마저 가리는 검은 연기는 먹구름을 연상케 할 정도였다.

대문에 내걸렸던 거대한 깃발에도 불이 붙고 있었다.

불길에 삼켜져 가는 깃발의 네 글자.

만마표국.

그렇다.

바로 서문의가 찾아온 곳이다. 지금 그곳이 화마에 휩쓸리고 있는 것이다.

휙!

서문의가 마상에서부터 신형을 날렸다.

"서문 대……!"

완옥령이 채 말을 다 잇지 못하고 경악했다.

마상에서 솟구친 서문의의 신형이 거의 이십여 장을 날아가고서야 지면에 발을 디딘 것이다.

서문의가 타던 말이 뒤따라 달려갔다. 완옥령도 어쩔 수 없이 말에 박차를 가해 뒤따랐다.

거리는 완전히 인산인해를 이루고 있었다.

어쩔 줄 몰라 발을 동동 구르는 아낙네들부터 불을 끄기 위해 길게 늘어서서 물동이를 주고받는 사내들까지.

인근 관아에서 나온 아전들과 포쾌들도 있었다.

"방화가 맞군."

포쾌 한 명이 대문 앞에서 가마니에 덮여 즐비하게 누운 시신들 중 하나를 살피며 말했다.

치명적인 창상이 얼굴에 난 젊은 여자였다. 포쾌는 옆에 있는 시신도 살펴보았다.

검에 목이 찔린 듯 얇은 일자형 창상이 나 있는 사내였다.

"무예에 능통한 자의 솜씨로군."

포쾌는 가마니로 시신들을 덮으며 일어났다.

옆에 있던 아전이 물었다.

"추 나리, 서류부터 먼저 작성할까요?"

"일단 진화부터 해야지. 이후에 목격자들……."

고개를 저으며 대답하던 추 포쾌가 눈을 휘둥그레 떴다.

휘익!

한 마장 밖에 있던 인영이 순식간에 면전으로 나타난 것을 목도했기 때문이다.

땅을 줄이고 공간을 압축한 것 같은 빠른 움직임.

'추, 축지법?!'

추 포쾌는 얼떨떨하기만 했다.

나타난 인영은 서문의였다.

그가 추 포쾌에게 황급히 물었다.

"안에 생존자는 없소?"

"어, 없는 것 같소. 그런데 뉘시기에……."

반문하려던 추 포쾌의 눈이 또 휘둥그레졌다.

뿐만 아니라, 아우성을 치고 있던 좌중의 수백 명이 한꺼번에 입을 딱 벌렸다.

서문의가 몸을 솟구쳐 십여 번이나 재주를 넘더니 화염에 휩싸인 대문 위로 올라간 것이다.

파파파—!

그가 재주를 넘을 때 일어난 매서운 경풍이 몇 장 반경의 불길을 흩뜨려 버렸다.

"기문둔갑술!"

"도사! 도술을 부리는 도사다!"

사람들이 저마다 서문의를 가리키며 난리법석을 떨었다.

그때, 서문의를 따른 완옥령이 장내에 당도했다.

"워워!"

급히 말을 멈춰 세운 그녀는 마상에서 가볍게 뛰어내렸다.

휙!

그러면서 민첩하게 몸을 날려 대문 위에 올랐다.

"여, 여도사!"

이번에는 완옥령을 가리키며 좌중이 떠들어댔다.

도가를 믿는 사람들은 엎드려 절을 올리기도 했다.

그런 혼란을 뒤로하고 서문의는 빠르게 말했다.

"위험하니 여기 계시오. 난 생존자를 찾겠소."

말을 마친 그는 대답할 기회도 주지 않고 사나운 불길 속으로 뛰어내렸다.

완옥령은 다급히 그를 부르려다 멈칫했다.

그녀는 잠시 망설였지만, 무시무시한 불길을 보고 입술을 질끈 깨물며 몸을 돌렸다.

짙은 연기는 그야말로 독연이었다.

거센 불길은 지옥의 업화와 같았다.

서문의는 그 속을 이동하고 있었다.

우직! 쿠콰콰쾅……!

불길에 견디다 못한 아름드리 기둥이 무너져 내렸다.

순간 서문의의 눈빛이 칼날처럼 예리하게 변모했다.

스릉!

검명과 함께 세 가닥의 싸늘한 광채가 그려졌다.

서걱거리는 기음과 함께 무너져 내리던 기둥이 수수깡처럼 세 토막으로 분리돼 흩어져 버렸다.

서문의는 잠시도 지체 않고 이동했다.

사방에 이글거리는 극열로 숨쉬기조차 어려웠다. 하지만 그 열기와 화염, 연기가 서문의의 오 척 거리에서 산산이 흩어지고 있었다.

서문의는 호신강기를 발산하고 있었다.

하지만 그의 얼굴은 굵은 땀방울로 얼룩져 있었다. 안색 역시 파리하게 질려 있었다.

'역시 아직까진 무리군.'

서문의는 목으로 치솟는 기혈의 역류를 억누르며 생각했다.

그 석동을 떠나기 전, 스스로에게 가한 금제는 그의 장벽이면서 동시에 결의였다.

휙!

서문의는 탁 트인 곳에서 멈춰 서며 사방을 살폈다.

앞쪽에 불타오르는 이층의 커다란 전각이 있었다.

'여기가 대청 앞뜰일 텐데?'

과거 기억에 의하면 그랬다.

하지만 지금 이곳은 끔찍한 지옥 그 자체였다.

곳곳에서 타들어가는 시체들과, 그들에게서 흘러내린 핏물이 열기를 이기지 못하고 부글부글 끓는 참상.

'과연 생존자가 있을지?'

회의감을 누르며 서문의가 막 움직이려 할 때였다.

꾸궁!

뭔가 안으로 억눌린 듯한, 그러나 가공할 힘을 내재한 기괴한 소리가 정면 대청에서부터 흘러나왔다.

"……!"

서문의는 본능적으로 위기를 직감했다.

쿠쿵! 쿠콰쾅……!

천번지복의 굉음과 눈이 멀 듯한 섬광.

거센 열풍이 불기둥을 휘몰며 쏟아졌다.

서문의는 오른손을 떨쳤다.

파악!

그 손길에 그가 둘렀던 검은 피풍의가 전신을 감쌌다.

머리부터 발끝까지 완벽하게 감싼 것이다. 그리고 휘돌기 시작했다. 검은 소용돌이 같았다.

쿠콰콰콰콰!

용권풍(龍捲風)을 방불케 하는 와류가 일어났다.

덮쳐오던 화염의 폭풍도 와류의 궤적을 따라 휘돌다 소멸되었다. 검은 소용돌이도 회전을 멈추었다.

파악!

피풍의가 내려가자 서문의의 창백한 얼굴이 드러났다.

'여러 모로 유용하군.'

그는 연기가 피어오르는 피풍의를 보며 생각했다.

대청은 거의 반파되어 있었다. 조금 전 안에서 폭발한 것은 어떤 화기(火器)의 일종이었던 것 같다.

그런데,

'사람?'

서문의는 멀지 않은 곳에서 들린 희미한 음성을 감지했다.

즉시 그의 신형이 붕새처럼 솟구쳤다.

무너져 가는 대청이 발밑을 스쳐 갔다. 자욱한 연기와 불꽃, 화약 특유의 냄새가 얼굴을 엄습했다.

그가 내려선 곳은 후원으로 통하는 연못 근처였다.

서문의는 예리한 눈빛으로 사방을 살폈다.

다음 순간, 화염의 잔재와 함께 막 연못 속으로 빠져든 사내아이가 그의 눈에 띄었다.

일단 불길을 피하려고 연못에 뛰어든 듯했다.

서문의는 즉시 신형을 날렸다.

그는 오른발로 연못의 물을 찍으며 외쳤다.

"내 손을 잡아라!"

그가 뻗은 손을 허우적거리던 사내아이가 잡았다.

그때,

쿠쾅!

대청 안에서 한 번 더 폭발이 일어났다.

쿠쿠쿵……!

반파된 채 불타던 대청이 산사태라도 난 듯 허물어졌다. 그
바람에 어마어마한 토사와 돌조각이 연못으로 우르르 쏟아져
내렸다.

서문의의 입에서 날카로운 휘파람이 울렸다.

수면을 찍은 탄력으로 서문의와 사내아이가 위로 날아갔다.

쿠콰쾅……!

대청의 잔해가 연못을 뒤덮자 거대한 물기둥이 솟구쳤다.

2

불길, 연기, 재, 그리고 주검들.

불타는 만마표국의 생존자는 오직 한 명, 사내아이였다.

사내아이의 눈에 눈물이 고였다. 그을음과 재로 뒤덮인 빨
간 볼이 눈물로 젖었다.

"얼굴을 닦자."

완옥령이 사내아이의 얼굴을 수건으로 닦아주었다. 그러자
사내아이의 진면목이 드러났다.

머리 양쪽을 둥글게 틀어 묶고, 하얀 얼굴에 빨간 볼을 한

것이 영락없는 홍해아(紅孩兒)였다.

칠팔 세 정도로 보였는데, 눈빛이 총명하고 이목구비가 수려한 것이 보통 아이가 아니었다.

'이 아이는 대단히 꿋꿋한 성품을 지녔군.'

서문의는 홍해아를 내려다보며 내심 생각했다.

눈물을 흘리고는 있지만 흐느끼지 않고 두 주먹을 꽉 쥔 채서 있는 것을 보니 연민과 감탄이 함께 느껴졌던 것이다.

어느 순간,

홍해아가 서문의를 돌아다봤다.

눈물은 이미 멈춰 있었다. 대신, 강렬한 불길 같은 기운이 홍해아의 두 눈에 서려 있었다.

서문의는 홍해아를 물끄러미 내려다봤다.

홍해아가 손을 맞잡고 인사했다.

"저를 구해주신 것에 정말 감사드려요."

서문의는 홍해아를 만류하며 대답했다.

"나는 삼 년 만에 자네 춘부장을 뵈러 온 걸세. 그런데 이런 참담한 일이 생길 줄이야……."

말을 흐리는 서문의의 눈에 고통이 서렸다. 홍해아가 물었다.

"대인께서는 선친과 친구셨나요?"

서문의는 몸을 숙여 앉으며 홍해아와 눈을 마주했다. 그리고 그의 두 어깨를 손으로 감싸주었다.

"친구였지. 내겐 여섯 결의형제가 있었지만, 자네의 춘부장도 결의형제 못지않은 친구였네."

"숙부님이라고 불러도 되나요?"

"내 이름은 서문의다. 서문 숙부라고 불러라."

"흐윽……! 서문 숙부! 숙부께 부탁드릴 일이 있어요!"

홍해아는 꾹 눌러 참았던 울음을 터뜨리며 말했다.

"말하거라. 내가 할 수 있는 일이라면 돕도록 하마."

홍해아가 원독에 사무친 눈빛으로 이를 갈며 말했다.

"복수예요! 원수 놈들을 죽여주세요!"

서문의는 홍해아의 얼굴을 뚫어지게 직시했다.

눈물과 콧물로 범벅된 아이의 얼굴. 멸문지화의 충격에 금방이라도 쓰러질 듯 시뻘겋게 달아올라 있었다.

"이름이 무엇이지?"

"연백심(燕伯心)이에요."

"좋은 이름이군. 장차 우두머리가 될 기백이 보인다."

서문의는 고개를 끄덕이면서도 무거운 얼굴이었다.

"하지만 복수라……. 그것도 누군가의 목숨을 뺏는 복수다. 넌 그게 과연 최선이라고 생각하느냐?"

연백심은 이를 악물며 대답했다.

"아비의 원수와는 함께 하늘을 이고 살지 못하지요[父之讎弗與共戴天]!"

"옳은 말이긴 하다만, 그래도 복수 이후 너의 뭔가가 달라질 것이다. 그래도 너는 그걸 원하느냐?"

"멸문지화를 당한 마당에 더 이상 뭘 두려워할까요."

서문의는 천천히 고개 저었다.

"아니. 지금은 네가 알 수 없을 거다. 언젠가 많은 세월이 흘러서야 알겠지."

그는 천천히 일어서며 물었다.

"놈들의 인상착의를 기억하고 있느냐?"

"다섯 명이에요! 백의에 철립, 얼굴을 면사로 가렸어요."

서문의는 고갯마루를 넘어서기 전에 조우했던 그 다섯 명을 떠올렸다.

'역시 그랬군. 왠지 불길한 느낌이었는데……'

그는 완옥령을 돌아봤다.

"완 소저, 심아(心兒)를 돌봐주시오."

이번에도 완옥령이 대답할 기회는 없었다.

서문의는 성큼성큼 걸어가 말에 올랐다. 그리고 질풍이 되어 고갯마루 쪽으로 달려갔다.

"휴우."

완옥령은 영문 모를 한숨을 지었다.

쾅두두!

말의 질주는 거침없었다.

어느덧, 관도를 벗어난 길로 이어진 질주임에도 말은 파도가 용솟음치듯 지치지 않는 힘으로 치달렸다.

해가 점점 기울어 황혼이 물들다 금세 사라졌다. 어두운 하늘에 달과 별이 떠올랐다.

그럼에도 말의 질주는 조금도 멈춤이 없었다.

서문의는 마상에서 무섭게 눈을 빛내고 있었다.

'흉수.'

무조백이 해침을 당한 데 이어 이번에는 만마표국.

누구란 말인가? 누가 이런 짓을 연달아 자행한단 말인가?

서문의는 이미 심증을 굳히고 있었다. 하지만 자신이 직접 대면하기 전까지는 확신을 유보하고 있었다.

그것은 지금 그가 처한 상황의 시점을 생각하더라도 어쩔 수 없는 일이다.

그러나 석동에서의 삼 년 동안 서문의는 많은 것을 생각하고 그보다 더 많은 것을 깨달았다.

그중 한 가지, 그건 미래를 위한다는 명분으로 현재의 가장 급하고 중요한 문제를 지나쳐서는 안 된다는 사실이었다.

지금이 바로 그런 순간.

어쩌면 이 일은 그의 존재를 적수들에게 드러내는 일일 수도 있으며, 장차 강호 행보에 있어 적잖은 걸림돌로 작용할 여지일 수도 있다.

그러나 불확실한 미래 때문에 현재를 외면하는 게 과연 현명할까? 결코 그렇지는 않을 것이다.

'그건 비겁자의 핑계일 뿐!'

무섭게 질주하는 말, 칼날 같은 바람이 얼굴을 덮쳤다.

그럼에도 서문의는 눈 하나 깜빡이지 않고 전면의 어둠을 노려보고 있었다.

추적은 한밤중을 넘어서까지 이어졌다.

오늘 새벽은 안개가 짙다.

넘실거리는 안개는 서리의 기운을 머금고 있었다.

곧 다가올 겨울의 예고일까?

두두두…….

멀리서부터 땅을 울리는 소리가 급격히 가까워졌다.

그리고 이내 다섯 필의 인마가 안개를 가르고 나타났다.

지난밤을 꼬박 달려온 듯 기수들의 옷은 이슬로 흠뻑 젖어 있었다.

푸르륵! 푸륵!

말들의 입에서 거품이 조금씩 흘러내리고 있었다.

"쓸모없는 놈들이군. 이미 세 번이나 말을 갈아탔는데도 벌써 이 모양이라니."

선두에서 말을 달리던 백의철립인이 차갑게 중얼거렸다.

"서너 마장쯤 가면 마시(馬市)가 나오네. 거기서 다시 한 번 갈아타도록 하지. 빨리 련에 당도해야……."

선두의 백의철립인이 문득 말끝을 흐렸다.

멀리서부터 빠르게 다가오는 또 다른 말발굽 소리.

"…추적자가 있다."

그의 말에 다른 네 백의철립인이 한 번씩 뒤를 돌아보았다.

"지난밤부터 줄곧 따라왔네. 우연히 방향이 일치한 거라고 생각했는데, 살기를 띤 걸 보니 추적자가 확실하군."

선두 백의철립인은 웅얼거리는 듯한 어조로 말했다.

"일단 이대로 진행하세. 갈 수 있을 때까지는 전속력으로 질주, 말이 퍼진다면 경신술로 달린다. 손을 쓰는 것은 최후의 수단. 다들 명심하도록!"

강하게 말을 맺으며 그는 박차를 힘껏 걷어찼다.

다섯 필의 말은 광풍처럼 질주해 나갔다.

해가 어느덧 중천에 올라 있었다.

백의철립인들은 쏜살처럼 경신술을 전개했다. 말은 이미 아침나절 전부 쓰러진 후였다. 오가던 행인들이 모두 경악하여 바라봤지만 그들은 아랑곳하지 않았다.

멀리 노상 주막이 나타났다.

"목이 마른가?"

선두의 백의철립인이 물었다.

"조금."

"나도."

다른 백의철립인들이 짧게 대답했다.

"조금만 마시도록."

선두 백의철립인이 말하는 사이 순식간에 주막이 가까워졌다. 그의 면사가 살짝 흔들렸다.

그가 탁자를 향해 우수를 뻗었다 당기는 동작을 취했다.

탁자에 놓인 수십 근 무게의 물동이가 그의 우수로 빨려들어 왔다. 놀라운 격공섭물(隔空攝物)의 한 수.

"돈은 여기 있다."

그가 좌수를 떨치자 탁자에 한 냥의 은전이 떨어졌다.

주막의 사람들이 눈을 휘둥그레 치뜬 사이, 백의철립인 일행은 까마득히 멀어졌다.

황혼.

피처럼 붉은 황혼이 온 천지에 가득했다.

쾌속하게 질주하는 백의철립인들도 황혼에 물들어 있었다.

하지만 아름답다기보다 섬뜩하게 느껴졌다.

피[血]!

그들의 전신이 핏빛으로 물든 것처럼 보였기 때문이다.

그들 자신의 마음도 섬뜩함에 얼어붙어 있었다.

어제부터 이어진 누군가의 추적, 그것은 실로 집요하고 소름 끼친 추적이었다.

추적자가 품은 집념과 살의가 얼마나 강한지 짐작하고도 남음이 있었다. 거리 역시 시간이 지남에 따라 급격히 좁혀지고 있었다.

어느 순간,

길이 끝나고 갈대만이 무성한 초원이 나타났다.

그리고 선두의 백의철립인이 입을 열었다.

"생사결 외에 방법이 없을 것 같군."

뒤따르던 네 명이 일시에 대답했다.

"좋다!"

그 말과 함께 다섯 명은 몸을 멈추며 돌아섰다.

끼히힝!

그들의 삼 장 밖에서 한 필의 말이 급히 멈췄다.

마상의 기수가 앞으로 몸을 날려 재주를 넘으며 착지했다.

서문의였다.

그의 피풍의는 먼지로 가득했다. 안색도 극히 초췌했다.

하지만 그의 두 눈만은 심혼마저 동결시킬 듯 싸늘하게 빛나고 있었다.

핏빛 황혼.

이 장의 간격.

일 대 오의 대치.

그것만으로도 숨 막히는 혈풍이 몰아치기 시작했다.

서문의는 바랑에서 검갑째 청강검을 빼냈다.

"네놈들이 흉수란 걸 알고 있다."

그의 말에 우두머리로 보이던 그 백의철립인이 대답했다.

"어제 길에서 한번 마주친 놈이군. 느껴지는 기도가 예사롭지 않다 싶더니 역시……."

말꼬리를 흐렸던 그가 질문을 던졌다.

"정체가 뭐냐? 네놈은 우리의 신분을 알기나 하고서 쫓아왔느냐?"

"네놈들이야말로 누구의 하수인인가?"

서문의의 반문에 우두머리는 비릿하게 웃었다.

"후후후, 하루 동안 추적해 온 그 용기는 실로 가상하다만,

여기가 네놈의 무덤일 뿐."

그는 가슴에 맨 끈을 풀어 등 뒤에 걸쳤던 봇짐을 들더니 안에서 은색으로 도장된 검을 꺼냈다.

다른 네 명도 봇짐을 풀어 검을 꺼내 들었다.

스각!

신경을 곤두서게 하는 소리를 이끌며 다섯 자루의 새파란 장검이 뽑혔다.

서문의는 백의철립인들의 은색 검갑을 보며 말했다.

"네놈들은 은검당의 향주(香主)들이로군."

"눈치 한번 빠르군. 이제야 깨닫다니."

코웃음 친 우두머리가 연이어 싸늘히 내뱉었다.

"정무련에 대적하는 놈은 죽음뿐이다!"

서문의는 피풍의를 떨치며 검갑을 수평으로 들었다.

"그 장담대로 이루어져야 할 것이다. 그렇지 않으면……."

검이 뽑혔다.

스룽!

서리처럼 매서운 검기가 장내에 확산되었다.

"호언장담하던 과거의 그 많았던 자들처럼 네놈들도 이 검 아래 피를 뿌리게 될 것이기 때문이다."

피처럼 붉은 석양 아래, 검의 창백한 광채.

백의철립인들의 면사가 가늘게 떨렸다.

그것은 검기 때문일까, 두려움 때문일까?

바람이 불자 갈대숲이 파도처럼 물결치며 쏴 하는 기이한 소리를 울려냈다.

서문의의 검이 중천으로 향했다. 그리고 말했다.

"오라."

검파를 잡은 백의철립인들의 손등이 움찔했다.

거센 바람에 풀잎들이 허공을 부유했다.

붉은 하늘가로 이를 모를 새 한 마리가 날았다.

말이 투레질하는 소리가 들려왔다.

"오라."

순간!

다섯 백의철립인이 동시에 출수했다.

기러기가 좌우로 날개를 펼친 듯한 형세로 다섯 자루 검이 서문의의 면전으로 쇄도했다.

쉬익!

중천을 향했던 서문의의 검이 버드나무가지처럼 밑으로 휘었다. 그 간단한 일검이 백의철립인들의 살초를 단번에 봉쇄했다. 무거운 압력이 그들의 검을 짓눌러 버린 것이다.

"······!"

백의철립인들은 깜짝 놀랐다.

하마터면 모두 검을 놓칠 뻔한 것이다.

그들의 신형이 기쾌하게 휘돌며 뒤로 물러났다. 짧게 시선을 나눈 그들은 꽃잎이 벌어지듯 다섯 방위로 산개하며 즉시 땅을 찍어 허공으로 몸을 솟구쳤다.

좀 전과는 반대로 이번에는 꽃잎이 닫히는 형세로 쇄도해

검을 펼쳐 냈다. 그들의 검이 한광을 내쏟았다.

서문의는 제자리에 우뚝 선 채 검을 중단에서부터 비스듬한 원형을 그리며 머리 위로 휘둘렀다.

뇌전을 방불케 하는 검광과 함께 예기가 원형으로 번쩍 확산되었다.

백의철립인들은 찌르던 검을 급히 횡으로 베어갔다.

불꽃이 일며 그들은 뒤로 격퇴되었다.

서문의가 빙글 선회하며 다섯 방위로 튕겨나는 그들을 향해 일검씩 가볍게 찔러냈다.

쐐액!

신경이 곤두서는 금속음과 함께 다섯 개의 검영이 나타났다. 검영은 곧 검기가 되어 다섯 백의철립인의 면전을 찔러갔다. 백의철립인들의 검 역시 창백한 검기를 품고 핏빛의 대기를 천참만류 낼 듯 연환으로 휩쓸었다.

카캉!

터져 나온 쇳소리만큼이나 예리한 기운이 장내를 도륙했다.

잘려진 갈대들이 춤추는 가운데, 면사가 찢긴 백의철립인들이 대여섯 걸음이나 튕겨졌다.

창백한 안색이고, 입가엔 핏줄기가 비쳤다.

서문의의 검이 우측 하단을 가리키며 멈췄다.

튕겨난 백의철립인들의 기색은 경악으로 질려 있었다.

특히 우두머리는 입술을 떨 만큼 놀랐다.

"이 검법, 이 검법은… 바로 서문……."

그의 말을 서문의가 단호하게 잘라버렸다.

"네놈들이 입에 담을 글자가 아니다."

우두머리의 눈빛에 형용키 어려운 두려움과 불신, 절망이 뒤섞였다.

스웅!

서문의가 검을 중단으로 올려 우두머리를 가리켰다.

"피로써 네놈들의 빚을 갚아라."

서문의의 말이 비수처럼 날아와 꽂혔다.

"으……. 쿨럭!"

심적 동요는 내상을 촉발해 피를 토하게 했다.

백의의 앞섶이 피로 물들었다.

우두머리는 소매로 입가를 훔치며 고개를 들었다.

"일을 성사시키고도 당신을 만나 이리 되다니……. 컥!"

다시 한 번 피를 토한 그는 냉랭하게 말했다.

"하지만 그냥 죽어줄 생각 따윈 없다!"

말 그대로 피를 토하는 음성, 그것이 도화선이었다.

그와 다른 네 명이 땅을 박찬 순간!

쉐엑……!

그들의 신형이 지면과 직각을 이룬 채 그대로 신검합일하여 날아왔다. 철판도 꿰뚫을 예기가 다섯 방위에서 서문의를 노렸다.

다섯 개의 검극이 일 장 밖에 이르렀을 때,

미약한 기척과 함께 서문의의 신형이 움직였다. 아니, 환영을 일으킨 듯했다. 다섯 백의철립인에게 서문의가 동시에 일검을 뻗었기 때문이다.

카가가가강……!

다섯 번의 기음, 다섯 줄기의 피.

그것으로 상황은 종료되었다. 목에서 피를 뿜으며 날아간 다섯 백의철립인이 갈대 속으로 털썩털썩 쓰러져 버렸다.

그들의 손은 검신이 송두리째 분쇄된 검파를 쥐고 있었다.

"……!"

우두머리를 제외한 네 명은 경악한 표정 그대로 절명했다.

벌벌 떨며 겨우 일어선 우두머리가 쥐어짜듯 말했다.

"이것이… 일검으로 백팔방을… 동시에 찌른다는… 분광전검(分光電劍)……?!"

그는 아슬아슬하게 인후(咽喉)를 살짝 비켜난 곳에 일검을 찔렀다. 하지만 그것만으로도 충분히 치명적이었다.

서문의의 청강검, 그 검신에 피가 흐르고 있었다.

휙! 철컥.

검을 떨쳐 피를 턴 서문의는 검갑에 착검했다.

"그렇다."

"과연… 명불허전!"

그 말만 남기고 우두머리는 앞으로 쓰러졌다.

부릅뜬 그의 눈에는 충격과 경이가 가득했다. 그럴 수밖에.

신검합일된 자신들의 검극을 검극으로 찔러 분쇄시키고 인후까지 꿰뚫어 버린 것이다, 그것도 다섯 방위를 동시에.

환영처럼 보였던 서문의의 움직임은 자신들의 착각이었던 것이다. 절명하면서도 경탄을 느낄 수밖에 없었던 이유다.

"명복은 빌어주마."

담담히 말한 서문의는 눈을 감고 머리를 숙였다.

잠시 후 그는 검파만 남은 백의철립인들의 검을 회수했다.

철립도 함께 벗겨 바랑에 갈무리한 그는 몸을 돌렸다.

황혼이 지고 어둠이 깃든 장내에 바람이 불어왔다.

갈대숲이 조용한 파도를 일으켰다.

3

다음날 한밤중.

자정에 가까워서야 서문의는 돌아왔다.

사흘에 걸친 여정이 끝난 것이다.

"서문 대협……."

완옥령은 채 말을 잇지 못했다.

초췌함을 넘어 파리하게 질린 안색의 서문의였다.

"완 소저, 수고했소."

그런 몰골이면서도 서문의는 웃으며 말했다.

완옥령은 원래 불평부터 쏟아내려고 했다. 하지만 이런 그에게 어찌 역정을 낼 수 있겠는가?

"심아는 어디 있소? 지금 괜찮은 건가?"

서문의는 연백심부터 먼저 찾았다.

왠지 모르게 완옥령은 뾰로통해졌다. 그녀는 한쪽을 손가락으로 가리켜 보였다.

잿더미가 된 만마표국의 맞은편에 자리한 상자처럼 커다란 건물.

"백마전장(白馬錢莊)?"

그곳이 금전 일체를 입출하고 어음을 발행하는 전장이란 사실에 서문의는 고개를 갸웃거렸다.

"그 아이의 선친과 자주 거래했던 곳이라더군요. 후일을 대비해 만마표국 명의로 된 재산을 확인하러 갔어요."

그녀는 말을 하면서도 아이의 영악함에 혀를 내둘렀다.

"정말 보통 아이가 아니에요. 얼마나 딱 부러지고 사리가 밝던지, 대협이 흉수를 추적하러 간 사이 관아로 가서 진술을 하고 사후 처리까지 부탁했을 정도예요."

서문의는 새삼 연백심을 다시 생각하게 되었다.

하지만 정작 그가 꺼낸 어조는 담담하기만 했다.

"가문의 유일한 생존자니까 당연하오. 또 사내니까. 무릇 남아란 스스로 강해야 하는 법."

"그런가요? 옳은 말씀이군요."

어쩔 수 없이 완옥령의 어조는 샐쭉했다. 서문의를 향해 흘겨지는 눈빛도.

서문의는 백마전장을 바라보고 있었다.

'옛말은 틀린 게 전혀 없군. 호부(虎父) 아래 견자(犬子)란 없는 법이지.'

그의 눈은 기이한 이채를 띠고 있었다.

백마전장의 내원에 있는 귀빈실.

거기에 불단이 차려졌다.

단에 자리한 건 일흔여섯 개의 위패, 단 좌우에서 타오르는 건 두 개의 커다란 구리 향로.

위패들 앞에는 피로 물든 검파 다섯 개와 철립 다섯 개가 놓여 있었다.

백의철립인들의 물건이었다. 그들을 처리한 서문의가 만마표국의 원혼들을 달래기 위해 불단에 바친 것이다.

불단 앞으로 많은 사람들이 오갔다.

상주 쪽에 선 서문의와 완옥령, 연백심, 백마전장 주인 금적산(金積山). 모두 삼베옷을 입고 망자들을 애도했다.

그리고 조문 온 많은 각양각색의 사람들.

"선친께서는 생전 정말 너그러우셨고……."

"지금도 그분의 용태가 눈에 선하기만 한데……."

곡상봉(哭喪棒)을 들고 섧게 호곡하는 연백심에게 조문객들이 저마다 위로의 말을 건넸다.

"이렇게 찾아와 주셔서 정말 고맙습니다. 선친께서도 많은 위안을 얻으셨을 겁니다."

연백심은 정성으로 상주의 예를 다했다.

어른도 감당키 힘든 대참사를 겪고도 정신을 놓지 않고 현실에 맞서는 아이였다.

서 있는 게 힘들어 다리를 후들후들 떨면서도 예를 표하는 모습을 보며 좌중은 찬탄을 금치 못했다.

"서문 숙부님, 정말 고맙습니다."

잠깐씩 쉬는 틈마다 연백심은 감사를 표했다.

서문의는 깊은 탄식을 흘리며 고개를 저었다

"네 선친과 나는 형제와 같은 사이였다. 과공비례니, 그 마음을 장차 굳은 각오를 다지는 데 사용하거라."

"예, 숙부님."

그렇게 정신없이 며칠이 지나갔다.

한 권의 얇은 책자.

서문의는 그걸 내려다보며 곤혹스런 기색이었다.

원탁에 둘러앉은 좌중이 주시하고 있는 것도 한몫했다.

한참 후에야 서문의가 입을 열었다.

"그러니까 네 말은, 이 숙부가 너의 후견인이 되어 만마표국의 전 재산을 관리해 달라 이 말이냐?"

그의 맞은편에는 연백심이 눈을 빛내고 있었다.

"서문 숙부님이라면 이 조카는 믿을 수 있어요."

서문의는 왠지 얼굴이 달아오르고 목이 탔다.

앞에 놓인 찻잔을 단번에 비운 그는 설득하듯 말했다.

"돈이란 생명과 같은 것이다. 더구나 멸문지화를 당한 네게 있어서는 장차 가업을 일으키고……."

"숙부님은 친구를 중히 여기시고 일개 어린애에 불과한 저

를 위해 복수를 대행하신 분이에요. 그런 분을 믿지 못한다면
세상에 믿을 사람이 또 어디 있나요?"

자신의 말을 끊으면서까지 진심으로 청하는 연백심.

금적산도 조심스럽게 권유했다..

"저는 연 소국주의 선친과 허물없는 사이였습니다. 이분 소
국주는 영민하고 심성이 굳습니다. 식견은 십팔 세 소년 못지
않지요. 이미 충분히 얘기해서 내린 결론입니다. 나리 외에 적
임자는 없으니까요."

금적산의 옆에 앉은 직속 서기도 거들었다.

"이 문제로 나리가 번거로워지거나 피해가 갈 일은 없을 겁
니다. 소국주의 후견인이 되어주신다면 복잡한 현실적 문제는
우리 전장에서 처리할 겁니다."

암암리에 한숨을 흘린 서문의는 완옥령을 돌아다봤다.

그녀의 의향은 어떤지 눈으로 물은 것이다.

하지만 그녀는 새침한 기색으로 살며시 외면했다.

'왜 저럴까? 소녀의 마음이란 알 수가 없군.'

알다가도 모를 게 소녀라고 생각하며 그는 연백심에게 시선
을 향했다.

연백심도 그를 바라보고 있었다.

강렬한 시선이었다. 열망까지 함께 깃든 눈빛이었다.

일순, 서문의는 형형한 안광을 발하며 말했다.

"의향을 분명히 해라. 넌 숙부에게 의탁하고자 하느냐?"

"장차 멸문지화당한 가문을 조카가 다시 세우려면 누구보

다 믿을 수 있는 어른이 필요해요. 전 그 어른이 서문 숙부라고 판단했고, 그래서 결정했어요."

"강호는 험난하다. 네가 동행키에는 여러 모로 힘들 수밖에. 차라리 어딘가, 예를 들면 여기 백마전장에서 한동안 머무는 게 좋지 않겠느냐? 그러면 생각도 정리될 터이니."

"서문 숙부님, 숙부님은 선친과 결의형제에 버금가는 우정을 쌓으셨다고 했죠?"

"사실이다."

"흉수들도 처단해 주셨고요?"

"……."

"그렇다면 조카 된 제가 어찌 숙부님을 믿지 않겠나요?"

"음."

서문의는 침음할 수밖에 없었다.

실내에 기이한 침묵이 흘렀다. 그로부터 한참 후.

"좋다. 내 너의 후견인이 되마. 단, 그것에는 조건이 있다. 이 숙부는 네가 자립하여 가업을 일으킬 수 있도록 돕겠다. 하지만 결정권과 선택은 네게 있으며, 이 숙부는 네 의사를 존중할 것이다. 소를 물가에 끌고 갈 순 있어도 물을 마실지 안 마실지는 소에게 달린 것과 같다. 이해하겠느냐?"

연백심은 마른침을 꿀꺽 삼켰다.

"예, 숙부! 숙부께 전적으로 의지하지만 말라는 깊은 뜻, 이해합니다. 그리고 저 스스로 노력하고 자립하려는 의지가 앞서야만 저를 돕겠다는 뜻도 이해해요."

"한 가지가 더 있다."

"말씀하세요."

"이 숙부는 험한 여정을 걸어야만 한다. 그것은 수라의 길이 될지도 모른다. 내가 판단하기에 동행이 위험할 것 같으면 우리는 일시적이나마 헤어져야 한다. 물론 곧 다시 만나겠지. 완소저, 이건 그대에게도 해당되는 말이오."

흠칫 놀란 완옥령이 연백심과 마주 보았다.

잠시 후 그들은 서문의를 보며 고개를 끄덕였다.

"좋다. 조카의 후견인으로서 이 숙부는 네가 가업을 일으키도록 최선을 다해 돕겠다."

마침내 서문의가 허락을 내렸다.

연백심은 즉시 탁자를 돌아 서문의가 앉은 의자 옆에 무릎을 꿇었다.

"조카 연백심, 서문 숙부님께 정식으로 인사 올립니다."

절을 하는 연백심을 보며 서문의는 내심 고개를 끄덕였다.

'연명언(燕名彦)……. 좋은 아들을 두셨소.'

추풍도(秋風刀) 연명언, 작고한 만마표국주였다.

고인을 생각하고 그의 자손을 보니 만감이 교차했다.

그는 까닭 모를 장탄식을 흘릴 수밖에 없었다.

第九章

소중히 해라

서문검로

1

연환노인 맹천덕은 기분이 나빠졌다.

그래서 예의 그 버릇처럼 좌측 철수를 돌리기 시작했다.

끼릭! 끼릭!

한동안 연환전에는 소름 끼치는 쇳소리가 흘렀다.

"정무련의 은검당."

맹천덕이 중얼거리자 쇳소리는 멈췄다.

"그놈들이 서문 모라는 녀석을 지키고 있다고?"

당상 계단 아래 부복한 파면대한이 즉시 대답했다.

"예! 그들의 관계는 심상치 않아 보였습니다."

맹천덕이 이맛살을 찌푸렸다.

그러자 파면대한이 바닥에 머리를 찧었다.

"속하의 무능으로 보주께 심려를 끼쳤습니다!"

잠시 그를 노려보던 맹천덕이 느릿하게 물었다.

"서문 모라는 녀석의 무위는 어떻더냐?"

"그림자처럼 날아들어 단 일 검에 세 개의 연환흑구를 갈라 놨습니다. 그의 화후는 절정 이상인 것으로 보입니다."

대답을 마친 파면대한은 다시 머리를 쿵 찧었다.

그의 이마에서 흘러내린 피가 바닥에 번져 갔다.

끼리릭……!

맹천덕의 의수가 신경질적인 소리를 흘려냈다.

"그렇군. 필경 큰 내력을 숨긴 녀석이야."

중얼거린 그는 탈골된 적이 있단 우측 어깨를 의수로 슬슬 어루만졌다. 허공을 격하고 나눈 손속임에도 그의 어깨를 탈골시켰던 서문 모라는 젊은 놈.

'냄새가 나는군. 엄청난 건수의 냄새가 나.'

외눈을 번뜩이며 생각한 그는 파면대한에게 물었다.

"녀석이 만마표국에 들렀다고? 만마표국은 어떤 놈들에게 잿더미가 되었고?"

"예! 여덟 살 먹은 사내아이만 유일하게 생존했습니다."

"표국이 불탈 때, 대청에서 화기에 의한 폭발이 일어난 것도 분명한 사실이고?"

"어찌 거짓을 아뢰겠습니까?!"

"…그리고 서문 모가 만마표국을 잿더미로 만들고 달아나는 정무련의 은검당 향주 다섯 놈을 죽였고 말이지?"

"그렇습니다."

"흠."

침음한 맹천덕은 미간을 좁히며 생각에 잠겼다.

'일단 만마표국과 화기. 이 양자 간의 상관성을 파악해야겠군. 표국은 거의 모든 물품을 운송하는 곳, 위험한 물건 역시 돈만 주면 운송해 주겠지.'

맹천덕은 염두를 굴리며 양자의 연결고리를 찾았다.

'화기가 무엇보다 중요하군. 그렇다면 산서 벽력당? 이외 하북 진천보(震天堡), 관외 화왕동(火王洞), 강동 굉뢰전(轟雷殿) 등이 화기의 명가지. 하지만 화기 하면 역시 가장 먼저 거론되는 게 산서 벽력당이로군.'

그의 외눈이 칼날처럼 예리해졌다.

'벽력당이 만마표국에 화기를 맡겼다, 정무련에서 나온 놈들이 표국을 초토화시켰다, 그 직후 서문 모란 녀석이 당도했다……? 결정적으로 벽력당은 오 년 전 제이당주의 실종과 연관된 곳.'

생각을 정리한 맹천덕이 입을 열었다.

"화군."

"말씀하십시오."

병풍 뒤에서 대답이 나왔다.

"연환십팔절(連環十八絶)을 이끌고 만마표국으로 가라."

"바로 출발합니까?"

"물론. 가서 폭발한 화기에 대해 알아봐라. 관인을 매수해도 좋다. 최대한 빨리 알아올수록 좋다."

"명심봉행토록 하겠습니다."

"또 하나! 그 서문 모와 정무련 사이의 관련성도 알아봐라. 어떤 것이든 좋다."

"존명."

맹천덕이 부복한 파면대한을 힐끗 내려다봤다.

"물러가서 당분간은 낯짝을 드러내지 마라."

파면대한은 대전이 울리도록 머리를 짓찧었다.

쾅!

그는 이를 악물고 대답했다.

"능지처참을 면케 해주신 자비에 감사드립니다!"

파면대한은 철철 흐르는 피를 닦을 엄두도 못 내고 무릎을 꿇은 채 뒤로 물러났다.

그가 사라지고 나서야 맹천덕은 살기를 거두었다.

맹천덕은 다시 의수를 빙빙 돌렸다.

"서문 모란 녀석… 풍운을 몰고 다니는 놈이군."

매우 거슬리는 예의 그 쇳소리.

지금은 깊은 밤.

여기는 또 다른 장소.

은의를 입은 중년 사내는 촛불 아래 서신을 개봉했다.

서신을 읽어 내려가던 그의 얼굴이 일그러졌다.

"연환보 따위에게 손해를 보다니. 멍청한 것들."

그는 와락 서신을 구겨 한쪽에 내던졌다.

이어서 그의 손이 다른 서신을 뜯어서 펼쳤다.

"……!"

중년 사내의 얼굴이 일그러지다 못해 흉신악살처럼 무시무시한 기색을 띠었다.

콱!

힘줄이 곤두선 두 손이 서신을 거칠게 구겼다.

"정(丁), 오(吳), 마(馬), 호(湖), 진(秦)! 이 다섯 향주가 죽었다고?! 어떤 놈이 감히!"

살의를 품은 맹수가 포효하듯 주체할 수 없는 노성이었다.

중년 사내는 얼음장 같으면서 활화산 같은 양면성을 지닌 자였다. 그가 화를 내면 아무도 말릴 수가 없었다.

오직 한 사람만이 그를 제어할 수 있었다.

"진정하시오."

유연한 어조로 말하며 한 사람이 문가에 나타났다.

깨끗한 백저포(白苧布)에 접선을 든 청수한 초로인.

바로 문상이었다.

그가 나타나자 중년 사내는 노화를 억눌렀다.

"문상께서 어인 일이시오?"

그가 포권하자 문상이 허허롭게 웃으며 포권했다.

"필경 이 시간쯤 서(徐) 당주의 심기가 불편하리라 여기고 발걸음한 거요."

서 당주는 재빨리 탁자를 정리하며 자리를 권했다.

두 사람이 앉자 시비가 차를 가져다 놓고 갔다.

문상이 먼저 차를 들며 말했다.

"서 당주의 기색에서 살기가 느껴지는군."

서 당주는 잠시 뜸을 들이다 물었다.

"무슨 말씀인지?"

"나는 조금 전 몇 장의 서신을 받았소. 연환보와 은검당이 충돌했다고 들었소만. 연환보는 흑도에서도 상대하기가 까다롭기로 악명 높소. 아무래도 주의하시기를 바라는 마음이오."

"문상에게까지 괜한 심려를 끼쳤군요. 하지만 이미 대책은 생각해 두고 있소."

"그리고 또 하나, 먼저 위로부터 드려야겠소. 은검당의 다섯 향주에게 불상사가 일어났더구려."

서 당주의 얼굴이 싸늘히 굳었다.

그의 기색을 살피던 문상이 옅은 미소를 흘리며 말했다.

"행여 불쾌하게 여기진 마시오. 련 내의 모든 일에 꿰고 있어야 하는 게 내 임무니까."

"문상의 정보가 매우 빠르고 정확하다는 것은 알았지만, 은검당의 일까지 훤히 읽고 계실 줄은 몰랐소."

"허허허, 내 일이 그러니까 어쩔 수 없소. 양해하시오."

"뭐, 문상의 일은 중책이니까……. 그보다 위로의 말씀을 전하러 굳이 오신 거요?"

문상은 웃으며 차를 들었다. 그리고 고의적인 듯 실내를 찬찬이 살피며 고개를 주억거렸다.

"안목이 좋군. 역시. 음."

이런 소리나 한동안 늘어놓았다.

서 당주는 한 가닥 무의식적인 적의를 느꼈다.

"사 년 전 전체 개조를 한 방이오. 문상께서 좋다고 하니, 거참, 부끄러울 따름이오."

은근한 조소를 머금은 서 당주의 겸양이었다.

문상은 웃는 얼굴로 방을 계속 살피며 말했다.

"사 년 전. 소문이 맞는군. 그때 방을 개조하는 데 조언을 아끼지 않은 사람이 누구였더라?

갑자기 서 당주의 눈빛이 어둡게 가라앉았다.

이를 아는지 모르는지 문상은 시종 웃기만 했다.

"삼 년 전 죽은 그자가 아니겠소?"

"글쎄, 정말 죽었을까?"

서 당주는 냉랭하게 말했다.

"구주명협(九州名俠) 서문의가 살아 있을지도 모른다는 소문이 최근 련 내에 돈다는 건 알고 있소. 그 일로 인해 요번에 본 당에서도 십여 명의 검수가 차출된 것도 사실이오. 하지만 그는 삼 년 전에 분명 죽었소."

그 말에 비로소 문상이 웃음을 지우고 정색했다.

"이건 만약이오. 만약 은검당의 향주들을 죽인 게 바로 그자라면, 그렇다면 서 당주는 어찌하시겠소?"

일순, 서 당주는 얼굴을 파르르 떨었다. 그 얼굴에서 눈을 떼지 않으며 문상은 말을 이었다.

"그리고 내가 지금 그의 행적에 대해 알고 있다면?"

서 당주는 화를 내려는 듯 입을 크게 벌렸다가 멈칫했다.

문상은 접선을 부치며 서 당주를 주시했다.

침묵이 한동안 이어졌다.

어느 순간,

서 당주가 한 주먹을 으스러지도록 거머쥐었다. 그리고 다른 한 손으로 찻잔을 잡았다.

치익!

잔은 멀쩡한데 잔 속의 찻물이 순식간에 증발되어 버렸다.

불길과 서리가 한데 뒤섞인 듯한 무서운 눈빛으로 문상을 노려보며 서 당주는 분명히 말했다.

"그게 사실이라면 내가 처리하겠소. 그자가 죽은 원귀라 하더라도, 지옥 끝까지 쫓아가 없애 버릴 거요."

문상의 얼굴에 서서히 의미심장한 미소가 떠올랐다.

그 미소는 마치 목표 달성이라는 만족감과 같았다.

"내가 서 당주에게 듣고 싶었던 말이오. 그럼 이제……."

그는 자신의 생각을 얘기하기 시작했다.

2

밝은 달빛.

무심하리만치 밝고 창백한 달빛이었다.

달빛은 전소된 폐허에도 차별없이 비추었다.

작은 인영이 번뜩이는 두 자루 칼을 들고 춤을 추었다.

칼은 단비도(斷臂刀)였고, 작은 인영은 연백심이었다.

"추풍비월(秋風飛月)!"

단호한 외침을 발하며 연백심이 훌쩍 뛰어올랐다.

허공에서 금계독립(金鷄獨立)과 유사한 자세를 취한 그가 단비쌍도를 위와 아래로 엇갈리게 휩쓸었다.

쉬앵!

칼날이 바람을 가르며 금속 특유의 진동음을 발했다.

기쾌하게 재주를 넘은 연백심이 지면에 발을 디디며 낭랑하게 외치기 시작했다.

"추풍비월에 이은 계청명월(啓請明月)이야말로 이 아비가 연성한 추풍이십팔도(秋風二十八刀)의 정화라 할 수 있다! 정대한 기풍은 없으나, 추풍에 낙엽이 쓸리듯 하는 비장한 풍미만큼은 아비의 자부심이라 할 수 있다!"

좌도로 지면을 향해 비스듬히 도결을 이루며 우도로 야천의 달을 내리찍어 갔다.

"계청명월과 연환으로 발휘하는 청풍파랑(淸風波浪)은 실로 추풍이십팔도의 대미라 할 수 있다! 샛바람이 황하를 요동치게 하듯 경쾌하면서 웅대하고, 부드러우면서 강맹하니 추풍의 기상이 가장 명료하게 드러나는 초식이다!"

현란하게 춤추는 연백심의 두 손을 따라 단비쌍도가 부챗살 펼쳐지듯 수십 개의 도영을 그려냈다.

칼이 진동하며 긴 울음을 토했다.

그런데,

"흑……!"

억눌린 단말마를 토하며 연백심이 그 자리에 멈춰 섰다.

휘돌던 도영도 사라지고 단비쌍도 역시 힘없이 내려졌다.

툭!

우측 단비도의 도신에 물방울이 떨어졌다.

연백심의 눈물이었다.

그렇게도 꿋꿋이 목구멍으로 삼켰던 오열이 터져 나왔다.

"으흑!"

벌어진 입에서는 침이 떨어지고, 잔뜩 일그러진 얼굴 가득 땀과 눈물로 뒤범벅되었다. 가장 고통스럽고 괴로운 울음.

친인들과 가문을 송두리째 잃어버린 여덟 살 아이다.

인간이 느끼는 수많은 고통들 가운데서도 가장 극렬한 아픔이 바로 혈육을 잃어버리는 게 아닌가?

비록 어린 소년이라 하지만 그 역시 남자였다.

남자의 통곡은 여자들의 눈물과는 근본적으로 다르다.

남자의 울음에는 피보다 더 진하고 화산보다 더 뜨거운 감정이 깃들어 있다.

두 손에 콱 쥐고 있던 단비쌍도마저 땅에 떨어졌다.

두 무릎마저 힘없이 꿇려지는 바로 그때,

"기억해 둬라. 무릇 남자란!"

등 뒤에서 따스하면서도 나직한 힘이 실린 음성이 들렸다.

"어떤 상황에서도 절대 무릎 꿇지 않는다. 세상에게도, 타인에게도, 스스로에게도. 남자가 무릎을 꿇는 것은 부모와 스승만으로도 족하다."

강한 힘이 연백심의 몸을 지탱시켜 줬다.

손, 바로 서문의가 내민 손이었다. 그 손이 연백심을 부축해 주고 있었다.

연백심은 눈물로 시야가 가물거려 서문의를 제대로 볼 수 없었다. 하지만 그의 따뜻한 손이 눈가를 훔쳐 주었다.

자신을 향해 웃고 있는 서문의가 보였다. 봄바람 같은 웃음이었다. 모든 것을 다 이해하고 어루만져 주겠다는 웃음.

"우……! 숙부님."

연백심은 울음을 멈추려고 했지만, 그 웃음을 보자 또다시 울음이 나와 이를 악물었다.

서문의는 고개를 끄덕이며 말했다.

"남자도 울 때가 필요하지. 그럴 때야말로 가슴에서부터 눈물이 흐르는 것이니 결코 참아서는 안 되는 법. 이 숙부는 지금 네 마음을 잘 알고 있다."

그는 허리를 굽혀 땅에 떨어진 단비쌍도를 들었다.

달빛에 칼을 비추며 살피던 그는 감탄했다.

"훌륭하게 만들어졌군. 좋은 칼이다."

서문의는 몇 걸음 이동해 단비쌍도를 번갈아 휘둘렀다.

쉭! 쉭!

짧고 날카로운 기음이 울렸다.

만족하며 다가온 서문의가 연백심에게 단비쌍도를 건넸다.

"땅에 떨어뜨릴 물건이 아니다. 소중히 해라."

연백심이 받아 들자 서문의는 어깨를 툭 쳐주고는 몸을 돌렸다. 그리고는 지나가듯 말했다.

"당분간 밤에 여기서 달빛이나 함께 즐기자구나. 네게 몇 가지 가르쳐 줄 것도 있고 말이지."

무공을 전수해주고 싶다는 말이었다.

"숙……."

연백심은 그를 부르려다 멈칫했다. 서문의가 어깨너머로 손을 홰홰 저으며 더 얘기하지 말라고 만류했기 때문이다.

그가 사라지자 연백심은 양손에 든 단비쌍도를 내려다봤다.

"그래, 숙부님 말씀처럼 소중히 해야 돼."

도파를 쥔 그의 양손에 불끈 힘이 들어갔다.

다음날 밤.

서문의와 연백심은 지난밤처럼 폐허 가운데 있었다.

"내가 아는 계창명월과 청풍파랑의 연환식은 보다 넓고 깊은 심지가 깃들어야 위력을 극대화할 수 있다. 그런데……."

서문의는 단비쌍도를 손에 들고 말을 흐렸다.

연백심은 침을 꿀꺽 삼키며 서문의를 올려다봤다.

잠시 후, 서문의가 고개를 끄덕이며 입을 열었다.

"역시 그렇군. 이 두 자루 단비도의 무게 때문이다. 묻겠다. 네 아버님이 생전 사용한 한 쌍 단비도의 무게나 크기가 약간씩 다르지 않았느냐?"

연백심은 생각하다는 듯하다가 이내 눈을 반짝였다.

"맞아요! 선친의 단비쌍도는 약간씩 차이가 있었죠. 좌측의 단비도가 우측의 것보다 반 치 정도 짧고 무게도 조금 가벼웠던 것 같았어요."

"그렇군. 근골이 자리를 잡고 완력이 뒷받침된 나이라면 문제가 없겠지만, 너는 아직 어린아이다. 따라서 쌍도를 쓰기 위해서는 병기의 길이와 무게를 네 상황에 알맞도록 조절할 수밖에 없다. 그러지 않고 무리해서 익히게 되면 도법이 미묘한 부분에서 기형적으로 변하게 될 우려가 있지."

서문의는 이어 물었다.

"넌 오른손잡이겠지?"

"예."

대답을 들은 서문의는 즉시 우도를 휘둘렀다.

슝!

우도가 좌도의 도신을 한 자 정도 비스듬히 베어버렸다.

무를 썬 듯한 깨끗한 단면이었다.

연백심이 눈을 휘둥그레 치떴다.

"일단 손에 익을 때까지 사용해라. 종전보다 한결 추풍이십팔도의 진경에 근접했다는 게 느껴질 테니까."

서문의는 단비쌍도를 연백심에게 건네주며 말을 이었다.

"추풍이십팔도를 시전해 보거라. 이 숙부의 조예가 고명하지는 못하나 어느 정도 도움은 줄 수 있을 것이다."

"예! 잘 부탁드립니다!"

연백심은 몇 걸음 달려나가 즉시 도법을 시전했다.

도풍은 매섭고, 도광은 현란했다.

그렇게 매일 밤 표국의 폐허에서 숙부와 조카가 만나 가르침을 이어갔다.

3

늦가을 저녁놀은 강렬했다.

앙상한 나뭇가지에 남은 이파리가 붉은 햇살에 마지막 생명을 불태우는 듯 보였다.

작은 시진으로 들어서는 세 필의 말과 세 사람이 있었다.

서문의 일행이었다.

어제 모든 사후 처리를 마치고 출발해 남행길에 나선 참이었다. 어제부터 서문의는 줄곧 고민하고 있었다.

'일행이 둘씩이나 붙었는데 과연 현명한 일일지……. 나 자신보다는 완 소저와 조카가 염려가 돼.'

그는 선두에서 능숙하게 말을 모는 연백심을 바라봤다.

'영특하고 대견한 아이야. 하지만 그래도 아직 어린애. 또완 낭자는 어떤가?'

이번에는 바로 앞에서 말을 달리는 완옥령을 일별했다.

'그녀는 무 노백의 전인. 위험에 빠뜨리게 만들 수 없지. 일단 몇 군데를 다녀오기 전까지는 그들을 따로 떼어놔야 할 텐데……. 어딜까? 안전하면서도 쉽게 만날 수 있는 곳이.'

그가 궁리하는 와중에 일행은 어느 작은 시진에 들어섰다.

"오늘은 삼백 리를 넘게 왔으니 여기서 쉽시다."

서문의의 말에 모두가 동의했다.

제법 그럴듯한 반점 앞에서 일행은 말을 세웠다.

등자에서 내린 서문의는 반점으로 들어서려다 문득 멈춰 서서 석양을 바라봤다.

서늘한 바람 속에 온 천지가 노을로 불타오르는 장관.

그는 한참이나 석양에서 눈을 떼지 못했다.

그는 노을에 얽힌 추억이 많았다.

넓은 장원, 홀로 남은 소공자, 침묵, 외로움, 모든 걸 잊기 위해 매달린 수천 권의 책.

'그때가 일곱 살, 아니, 여덟 살이었나?'

타는 노을 아래서 서문의는 상념에 빠져들었다.

짹! 짹짹!

창밖 나뭇가지에 새 한 마리가 울어댔다.

노을빛에 방 안도 동방화촉(洞房華燭)을 밝힌 듯 붉은색으로 가득했다.

서문의는 책을 덮고 멍하니 창밖을 응시했다.

해질녘의 황혼, 그것은 너무도 안온하게 다가왔다.

어머니 품처럼.

짹짹! 포로롱!

지저귀던 새가 잊고 있던 게 갑자기 생각났다는 듯 훌쩍 날아가 버렸다. 깊은 침묵이 찾아왔다.

서문의는 천천히 일어나 창가로 다가갔다.

눈부신 황혼이 그의 창백한 얼굴에 쏟아졌다.

"……"

그는 손을 들어 가늘게 뜬 눈가를 가렸다.

시야가 적응되자 서문의는 자신의 장원을 살폈다.

스무 명의 하인, 일곱 명의 호원무사, 한 명의 노파, 한 명의
집사가 함께 기거하는 청운장.

하지만 엄밀한 의미에서 그는 혼자였다.

부모는 그가 채 걸음마를 떼자마자 별세했다. 그를 키운 건
지금은 병마로 앓아누운 왕(王) 노파였다.

아무래도 그녀는 이제 천수를 다한 듯싶었다.

어제도 방문한 그의 손을 꼭 잡으며 눈물만 글썽이고는 아
무런 말을 하지 못했다.

그르륵, 하는 숨소리가 그리도 애처로울 수 없었다.

'왕 노파가 돌아가시면, 이제 나는 혼자……'

피 한 방울 섞이지 않았지만, 왕 노파의 존재는 그에게 자애
로운 모성을 느끼게 해줬다.

하인과 호원무사, 양심적이고 친절한 집사가 있지만, 그들
과는 왠지 모를 벽을 느끼던 서문의다.

아마도 그가 어리고 혈혈단신이기 때문일 것이다.

마음이 약해지려는지 괜히 눈시울이 뜨거워졌다.

일순, 서문의는 입술을 질끈 깨물었다.

찰싹!

그는 자신의 뺨을 갈겼다.

창백한 볼에 손자국이 생길 정도의 모진 일격이었다.

'비록 홀몸이지만 나는 이 장원의 어엿한 주인. 약해질 수 없어. 굳게 마음먹고, 스스로 강해져야 해.'

그렇다.

언제나 서문의는 약한 마음이 들려 할 때마다 자신을 채찍질했다. 자신의 운명은 자강굴기밖에 해답이 없다고 오래전부터 생각해 오지 않았던가?

서문의는 창을 닫았다. 그리고 몸을 돌려 대청으로 나갔다.

여린 마음은 사치일 뿐, 이 순간에도 왕 노파는 생명의 촛불이 다해가고 있다.

그녀를 위해서라도 절대 울거나 투정 부리는 모습을 보여서는 아니 되는 것.

서문의는 마음을 다지며 왕 노파의 처소로 향했다.

서문의는 먼 추억을 그렇게 더듬고 있었다.

"저기……?"

반점에 들어서던 완옥령이 서문의를 부르려다 말을 흐렸다.

그녀는 서문의를 물끄러미 바라봤다. 이번에는 연백심이 그녀의 시선을 쫓아 서문의를 바라봤다.

하늘의 뭉게구름, 저마다 묻고 답하며 날아가는 새들, 먼 산의 풍경, 그 모든 게 노을빛으로 눈부셨다.

휘이이.

바람이 상투에서 삐져나온 서문의의 머리를 어루만졌다.

팔짱을 끼고 선 그의 펄럭이는 검은 피풍과 그 아래로 언뜻 언뜻 비치는 자삼.

이런 그의 모습.

왠지 모르게 감히 범접할 수 없는 기상과 위엄을 지니고 우뚝 선 오랜 고목을 연상케 했다. 그리고 담담한 고독도.

문득, 완옥령의 얼굴과 눈빛이 붉게 물들었다.

노을빛이 깃든 걸까, 그녀만의 비밀스런 속마음 때문일까?

그녀와는 또 다른 느낌을 가진 게 연백심이었다.

비록 어려도 그 역시 남자다. 남자가 남자를 보는 눈은 여자가 남자를 보는 눈과는 어쨌든 다를 수밖에 없다.

'서문 숙부님, 왠지 멋진데? 아버님보다는 못하지만…….'

갑자기 연백심은 콧날이 시큰해져 왔다.

양친과 식솔들의 모습이 뇌리에 가득 찼다.

"에잇! 눈에 먼지가 들어갔네."

과장스럽게 말하며 소매로 눈을 훔칠 따름이었다.

이윽고, 붉은 노을도 사라져 갔다.

4

잿더미가 된 만마표국 근처에는 객잔 하나가 있다.

지금 그곳은 숨 막히는 정적이 흐르고 있었다. 그 원인은 한 무리의 무서운 사내들 때문이었다.

하나같이 은의를 입고 검을 소지한 놈들이었다. 그들의 전신에서 차가운 서리가 스멀스멀 피어오르는 듯했다.

장궤는 회계대에 앉아 바싹 얼어붙어 있었다. 점소이는 주방 문 어귀에 숨어 객잔 여기저기 흩어져 앉은 사내들을 두려운 눈으로 힐끔거렸다.

손님이 한창 붐빌 정오.

하지만 살얼음이 낀 듯한 객잔의 분위기는 들어오던 손님들도 다시 나가게 만들었다.

장궤는 그야말로 미치고 환장할 노릇이었다.

'으, 빌어먹을! 사흘째나 저러고 있다니…… 저놈들은 내 장사를 망치려고 하늘이 보낸 마구니[魔君]구나!'

혈압으로 넘어가려는 몸을 간신히 추스르며 장궤는 내심 온갖 저주를 쏟아냈다. 정말이지, 그는 저 사내놈들처럼 기괴한 인간들을 보다보다 처음 봤다.

최소한의 생리적 현상 해결을 위해 잠깐씩 자리를 비울 때를 제외하고 저 인간들은 앉은 자리에서 망부석처럼 움직이지도 않았다. 덕분에 점소이와 숙수 등은 긴장하여 자주 그릇을 떨어뜨리거나 접시를 깨뜨리기 일쑤였다. 심지어 닳고 닳은 장궤조차 종종 계산이 틀린다든지 하는 실수를 저질렀다.

누구나 정도의 차이는 있겠지만, 저런 얼음장 같은 인간들이 한둘도 아니고 수십 명이나 꼼짝 않고 앉아 눈만 희번덕거리고 있으면 숨이 막히게 마련이다.

'……그나마 위로가 되는 건, 돈을 후하게 준다는 거겠지.'

벙어리 냉가슴 앓듯 하는 와중에도 장궤는 돈을 생각하며 입맛을 다셨다. 확실히 그랬다. 최소한 돈은 되는 인간들이었다. 그래서 장궤는 그럭저럭 버틸 수 있었다. 돈마저 안 되는 놈들이었다면 지금쯤 뒷목을 잡고 넘어갔을 것이다.

"으휴……."

불식지간 한숨을 흘린 장궤는 깜짝 놀랐다.

무덤 같은 객잔 안에 한숨 소리가 천둥처럼 울린 것이다.

"……."

모든 시선이 자신에게로 집중되었다.

장궤는 입을 틀어막고 눈치만 살폈다. 다행히도 시선들이 돌려졌다. 십년감수했다고 생각하며 장궤는 어느새 이마에 맺힌 문질렀다.

'으, 정말 미치겠다. 돈이고 뭐고 다 싫으니 이젠 좀 나가라, 이 인상 죽이는 놈들아! 나 좀 살자!'

장궤는 자신의 수명이 줄어들고 있음을 느꼈다.

저놈들이 사라지면 처소로 들어가 한 이틀 기절한 듯 잠만 자고 싶었다. 긴장으로 피로가 극에 달한 것이다.

어느 순간.

객잔 입구로 서너 명의 은의인들이 들어섰다. 객잔에 버티고 앉은 은의인들의 일행이었다.

새로 들어온 자들은 은의인 무리의 우두머리로 보이는 중년인 앞으로 가 포권을 취했다. 그중 한 명이 말했다.

"당주님, 그의 행적이 파악되었습니다."

중년인의 눈이 가공할 빛을 번쩍 뿜어냈다.

"서문의 그놈이 정말 확실한가?"

"그가 맞습니다. 속하의 목을 걸고 장담할 수 있습니다."

"그래? 좋다. 출발한다."

그가 몸을 일으키며 말하자 모든 은의인들이 일사불란하게 일어났다. 중년인을 선두로 은의인 일행이 썰물처럼 객잔을 빠져나갔다.

"고생했다. 이건 보답이다."

회계대 앞을 지나던 중년인이 소매를 움직였다.

퍽!

주판알 사이에 번쩍이는 물체가 박혔다. 그걸 확인한 장궤의 눈이 휘둥그레졌다.

백 냥짜리 은병(銀甁)이 주판알 사이에서 빛나고 있었다.

"배, 백 냥……."

반쯤 넋이 나간 장궤를 스쳐 지나 중년인은 성큼성큼 밖으로 사라졌다. 그러면서 혼잣말처럼 중얼거렸다.

"그래서 돈이 좋지. 지옥에서 천당으로 사람을 가장 빨리 끌어내 줄 수 있는 게 돈이거든."

중년인, 은검당의 서 당주는 냉소를 띠며 말을 맺었다.

第十章
검광(劍光)

서문검로

1

어둠 속에서 예리하게 빛나는 눈이 말했다.

"전검향(電劍香), 문제없나?"

앞쪽 암흑에서 눈이 불쑥 나타났다.

"분부하신 대로!"

예리한 눈이 기민하게 이동하며 다시 물었다.

"뇌검향(雷劍香), 계획대로겠지?"

좌측에서 새로운 눈이 등장했다.

"완벽합니다!"

예리한 눈이 우측으로 향했다.

"용검향(龍劍香), 충분한가?"

우측에서 또 다른 눈이 출현했다.

"그렇습니다!"

예리한 눈이 전면과 좌우의 눈들을 번갈아 보며 말했다.

"지옥으로 보내라. 반드시!"

"존명!"

이구동성으로 대답한 세 개의 눈이 즉시 사라졌다.

"……!"

예리한 눈빛이 야천을 잠깐 살피고는 사라졌다.

2

낙엽이 깔린 길을 달빛이 비추고 있었다.

커다란 물레방아가 도는 산 중턱의 촌락.

우웅.

어디선가 부엉이의 울음소리가 들려왔다.

촌락의 한가운데 이 장 높이의 문루가 자리했다.

문루 아래 세 사람이 서성이고 있었다. 서문의 일행이었다.

그들은 투숙할 곳을 찾던 중 곤경에 처하고 말았다. 쌀쌀맞은 촌민들이 투숙을 허락지 않았던 것이다.

"글쎄, 외지인은 당최 믿기 힘들어서 말이오."

"집이 좁고 누추하여 보이기도 부끄럽소."

"딴 데 가보시오. 나라면 그냥 마을을 떠나겠지만."

이런 식으로 다섯 번 내리 퇴짜를 맞았다.

이 마을에 하나뿐인 반점조차 그들을 반기지 않았다.

"지금 내부 수리 중이어서……. 뭐, 미안하오."

장궤의 말과는 달리 반점 내부에는 몇몇 손님이 있었고, 이층 창가에도 손님으로 보이는 그림자가 비쳤다.

"저 많은 사람은 뭐죠? 주인장 식구들인가요?"

연백심이 손님들을 가리키며 물었다.

장궤는 냉랭한 기색으로 고개를 저었다.

"어쨌든 손님들은 받을 수 없소."

그는 서둘러 안으로 사라졌다.

"뭐 이딴 거지같은 촌구석이 다 있어?! 젠장!"

연백심이 부아가 치밀어 내지른 소리였다. 날카로운 외침에 온 마을이 들썩이는 듯했다.

하지만 촌민들은 코빼기도 내밀지 않았다.

쾅, 발을 구른 연백심이 서문의를 올려다봤다.

"숙부! 이 마을 좀 이상하지 않나요?"

아까부터 말이 없던 서문의가 고개만 끄덕여 대답했다.

주변을 두리번거리던 완옥령이 나직이 말했다.

"심아의 말이 맞아요. 왠지 기분 나쁘네요, 여기."

굳게 닫혔던 서문의의 입이 열렸다.

"냄새가 나는군."

그 말에 어리둥절한 완옥령과 연백심이 동시에 물었다.

"무슨 냄새요?"

서문의의 눈가가 칼날처럼 예리하게 좁혀졌다.

"피 냄새!"

대답과 함께 그의 눈이 한곳으로 향했다.

달빛에 드러난 촌락의 전경.

그것은 안온하기보다 오히려 음산해 보였다.

휘잉—!

한바탕 매서운 바람이 휩쓸고 지나갔다.

서문의가 노려보고 있는 곳, 거대한 물레방아가 도는 삼층짜리 방앗간이었다. 이런 산간의 외진 촌락에 어울리지 않는 기이한 광경이었다.

육중한 소리를 내며 도는 삼 장 지름의 물레방아.

이런 물레방아를 대수차(大水車)라고 한다.

지금 그 대수차 위에 한 사람이 서 있었다. 정확히는 제자리에서 걷고 있었다. 천천히 돌고 있는 수차의 테두리 디딤대를 연이어 한 칸씩 밟고 있으니 제자리걸음인 것이다.

서문의의 시선이 그자의 얼굴에 검처럼 박혔다.

순간,

촌락의 모든 불빛이 일제히 꺼져 버렸다.

어둠이라는 마물이 촌락을 삼켜 버린 듯했다. 창백한 달빛만이 촌락을 비추고, 수차 도는 소리만이 이어졌다.

바람이 휩쓸리는 낙엽을 맞으며 서문의는 입을 열었다.

"완 소저, 뒤에서 멀리 떨어지지 마시오. 조카도 부탁하오. 심아, 절대 당황하지 마라. 용담호혈에서도 침착함만 유지한다면 결코 해를 입지는 않는다. 이를 명심해라."

완옥령과 연백심은 고개를 끄덕였다.

서문의는 수차 위를 걷고 있는 자에게 말했다.

"오랜만이로군."

수차에 있던 그자가 대답했다.

"삼 년 만인가? 정확히는 삼 년 하고 두 달 나흘 만이군."

"과연, 옛날의 영민함이 조금도 녹슬지 않았군."

"과찬일세. 당신에게 비한다면 태양 아래 반딧불이지."

"잘도 여기까지 따라왔군."

"여기저기 흔적을 많이 남겼더군. 그 덕분이었네."

일시 대화가 끊겼다.

하지만 쌍방의 살기는 더욱 강해졌다. 살얼음판을 걷는 듯 극도로 긴장되고 농축된 살기.

수차의 그자가 침묵을 깨고 먼저 말했다.

"당신이 살아 있으리라고는 상상도 못했지. 솔직히 나는 경악했네. 어떻게 그 상황에서 살아날 수 있었나?"

서문의가 대답했다.

"때로 원한이란 그 어떤 것보다 인간의 생을 유지케 하는 강력한 근원이 되지. 당신이라면 그때의 그 상황에서 쉽사리 죽어줄 수 있겠나? 난 결코 죽을 수 없었네."

"그랬군. 바로 그렇기 때문에 복수심에 불타는 살인귀가 되어 다시 나타나셨군."

"살인귀라……."

"사적인 복수를 위해 은검당의 다섯 향주를 죽였잖은가?"

"뭔가 착각하고 있군."

"설마 사적인 복수 때문이 아니라고 하지는 않겠지?"

"난 복수에 미친 살인귀가 아니란 걸 명심하게."

"그럼 왜 죽였나?"

"복수 때문이었지."

"흐흐, 제정신인가? 당신 입으로 자신은 복수에 미치지 않았다고 말하고는, 그들을 죽인 이유가 복수 때문이라고?"

"나를 위한 복수가 아니었지. 친구를 위한 복수였네."

일시 침묵한 수차의 그자가 물었다.

"만마표국주 연명언을 위해서?"

서문의는 대답하지 않았다.

"하하하하! 그놈 역시 삼 년 전 그 사건 때 당신에게 등을 돌렸다는 걸 모르나?"

"사실이지. 하지만 그를 용서하고 않고는 내게 달린 문제이네. 친구는 친구니까. 당신의 졸개들이 그를 죽였으니 난 당연히 친구를 위해 복수를 해야만 했지. 간단한 이치일세."

서문의는 강한 어조로 이어 말했다.

"그는 당신 같은 부류와는 달라. 그렇기 때문에 아직도 내가 친구로 인정하고 있는 걸세. 당신은 그에 속하지 않지."

수차의 그자는 한동안 대답하지 않았다.

하지만 그의 두 소매가 떨리는 걸 보면 지금 그가 격노하고 있음을 알 수 있다.

"쓸데없이 말만 길어졌군. 좋아. 어차피 나는 당신을 지옥으로 보내기 위해 왔네. 이미 삼 년 전 행차했어야 할 그 지옥, 지금이라도 늦지 않게 가보시게나."

"과연 그게 가능할까?"

"흐흐. 믿음을 가지게. 체험해 보면 알게 되겠지."

이를 끝으로 수차의 그자는 입을 닫았다.

미약한 기척이 전해지기 시작했다.

담장 너머, 골목 사이, 숲 속, 지붕 위.

그 모든 곳에서 기척이 빠르게 가까워졌다.

번쩍이는 은의를 걸친 청년들이었다. 그들의 검 역시 은색으로 도금된 검갑에 꽂혀 있었다.

달빛이 그들의 냉막한 얼굴을 비추었다.

차차창!

은의검수들은 질주를 멈추지 않은 채 발검했다.

돌연, 한겨울이 된 듯 싸늘한 기운이 엄습해 왔다. 검기와 살기가 혼재된 힘이었다.

펄럭!

서문의가 피풍을 떨치며 바랑에서 검갑을 빼냈다.

그는 왼손으로 잡은 검갑을 면전에서 수평으로 뉘인 채 미동도 하지 않았다.

극도로 긴장된 안색이던 완옥령과 연백심이 연편과 단비쌍도를 꺼내 들었다.

한풍이 몰아치기 시작했다.

낙엽이 어지럽게 날렸다. 그 사이로 서른 명의 은의검수들이 사방에서 질주해 오고 있었다. 목적은 서문의의 죽음.

그들이 십 장까지 이른 순간,

스릉!

추상같은 검명이 울렸다.

발검과 동시에 검갑을 땅에 박은 서문의의 좌수가 연백심의 어깨를 잡았다.

연백심의 몸이 서문의의 손에 의해 쏜살처럼 날아갔다.

"앗!"

완옥령도 간발의 차를 두고 같은 방법으로 숫구쳐 올랐다.

"어맛!"

그들은 오류 장 떨어진 모옥의 지붕 위에 떨어졌다.

푹신한 짚으로 된 지붕이었고, 게다가 떨어져 내릴 때는 이상하게도 기세가 대폭 줄어 두 사람은 전혀 다치지 않았다.

"두 사람 모두 평정심을 잊지 말도록."

서문의의 말이 끝난 순간,

이 장 밖에 이른 제일렬의 은의검수 열 명이 검기를 뿌려냈다. 십방에서 땅거죽이 거미줄처럼 갈라졌다.

전광석화처럼 검기가 날아들었다.

서문의가 신형을 선회하며 검을 떨쳤다.

수백 송이 검화가 피어나 빗방울도 들어오지 못할 검막을 형성했다. 그 검막에 검기가 충돌했다.

무수한 불꽃이 점멸하며 기파가 폭풍처럼 휘몰아쳤다.

갈기갈기 찢긴 낙엽이 비산했다.

퍼퍼퍽—!

허공을 격하고 받은 반탄력에 은의검수들이 튕겨졌다.

그들을 뛰어넘으며 제이열이 허공을 날아왔다.

"십성무변(十星無變)!"

다섯 명이 외치자 다른 다섯 명이 이어받았다.

"금성철벽(金城鐵壁)!"

은의검수들의 검이 바큇살처럼 서로 얽혔다. 그리고 은의검수들은 검을 교차한 채 밑으로 떨어졌다.

"탈명검륜(奪命劍輪)!"

그들의 신형이 허공에서 돌아가기 시작했다. 밑에서 보면 수레바퀴가 옆으로 누운 채 굴러가는 형상이었다.

탈명검륜. 말 그대로였다.

차라라락!

검의 마찰음, 삼엄한 예기, 회오리바람 같은 와류가 천라지망처럼 서문의를 에워싸며 하강했다.

다음 순간, 열 자루 검이 일제히 유성처럼 내리꽂혔다.

"……!"

서문의의 눈매가 검광처럼 시린 빛을 뿜었다.

그의 우측 어깨가 흔들린 듯 보였다. 동시에 육안을 동결시킬 듯한 싸늘한 검광이 허공을 무수히 수놓았다.

서릿발 같은 기운이 번쩍 확산되며 순간적으로 오륙 장 반경의 공기가 위로 말려 올랐다.

찢기는 듯한 돌풍과 번쩍이는 검기.

점멸하는 섬광과 불꽃 사이로 튕겨나는 인영들이 난무했다.

피를 뿜으며 튕겨난 은의검수들이 비틀거리며 내려섰다.

쿵쿵쿵쿵쿵!

그들은 다섯 걸음이나 밀려났다.

가장 늦게 당도한 제 삼열이 그들 사이로 밀려들었다.

제삼열의 열 명이 이 장 밖에서 기수식을 취하자 검이 진동음을 일으켰다. 각자 다른 유파의 기수식이었다.

제일 먼저 이 장 간격을 압축해 날아든 것은 남명궁(南明宮)의 남명검법(南明劍法)을 쓰는 검수였다.

서법에서 유래됐다는 연원처럼, 붓을 쥐듯 검파를 쥐며 민첩하고 쾌속하게 삼 검을 연이어 전개했다.

'좋은 검법.'

보법을 발휘해 환영을 일으키며 검초를 피하던 서문의는 내심 감탄했다. 그때, 배후에서 다른 일 검이 날아왔다.

면전을 찔러오는 남명검법수의 초식을 피하며 서문의는 빙글 신형을 선회해 배후를 노린 일 검을 옆구리로 흘렸다.

뒤에서 공격한 은의검수는 설산파(雪山派)의 설관검법(雪貫劍法)을 사용했다.

휘날리는 눈송이를 연환으로 꿰뚫는 수련을 통해 실전 쾌검의 백미라 알려진 검법이다.

연이어 다른 검수들이 번갯불 같은 검광을 발했다.

하나같이 정통 명가의 검법들.

서문의는 시종 미세한 차로 살검을 피하고 간단한 동작으로 검을 움직여 검초를 봉쇄했다.

검풍 속을 난무하는 검초들은 회오리를 연상케 했다.

찰나지간 수십 차례나 번뜩이는 검광이 교차했다. 그리고 검과 검이 부딪치며 격렬한 불꽃이 피어났다.

'평범한 은의검수들이 아니군. 최소한 내가 처치한 향주들에 버금가는 실력.'

서문의는 내심 중얼거렸다.

전신을 압박하는 예리하고도 묵직한 검경은 저들의 조예가 상승을 넘어섰다는 걸 의미했다.

서문의가 미간에 깊은 골을 만들었다.

'좋다!'

그의 움직임이 일변했다. 그의 검도 일변했다.

안문조양검법(雁門朝陽劍法)을 쓰는 자가 조천횡삭(朝天橫削)의 초식으로 안면을 베어왔다.

서문의의 검이 상대의 검 위로 반 치 간격을 두고 휘둘러졌다. 검광과 검광이 교차한 순간,

스각, 퍽!

살을 가르고 뼈를 자르는 섬뜩한 소리와 함께 안문조양검법을 쓰던 검수의 머리가 허공으로 치솟았다.

피의 수레바퀴는 그것이 효시였다.

서문의의 검은 멈추지 않았다. 좌우에서 검수들이 전개하는 살검을 반원을 그리는 걸로 봉쇄한 그의 검은 다음 순간 검수들의 목을 여지없이 관통했다.

허공으로 치솟은 검수 한 명이 서문의 정수리를 쪼개왔다.

하지만 어느 사이 반보 옆으로 이동한 서문의의 검은 이미 검수의 옆구리를 꿰뚫고 있었다.

검이 선회하는 서문의를 따라 빙글 원을 그렸다.

푹푹푹!

한 번 원을 그리는 순간, 세 명의 검수가 심장을 꿰뚫렸다.

동그라미를 그리며 어느 사이 상대들을 찔러 버린 것이다.

검광의 궤적 뒤로 핏방울이 꽃잎처럼 피어났다.

제삼열의 마지막 세 검수는 얼굴이 하얗게 질렸다.

그들의 검이 서문의를 똑바로 겨누었다. 순간!

쉬릭!

한망(寒芒)이 전광석화처럼 서문의에게 쏘아졌다.

검파와 검신 사이의 둥근 테두리, 고동(古銅)이 불꽃을 일으키며 튀어나온 것이다.

서문의가 가볍게 검을 휘저었다.

진동을 일으키며 세 개의 고동이 검극에 꿰어 있었다.

"돌려주마."

서문의가 말을 끝낸 순간, 고동이 탄환처럼 튀어나갔다.

세 은의검수가 검을 휘둘렀다. 하지만,

퍼퍼퍽!

검이 부러지며 미간에 고동이 박혔다.

세 명은 뒤로 나뒹굴며 즉시 숨이 끊어졌다.

그때,

"계집과 꼬마부터 없애라!"

공명을 울리는 싸늘한 음성이 들려왔다.

여전히 수차 위를 걷고 있던 서 당주가 꺼낸 말이었다.

재빨리 시선을 교차한 은의검수들은 두 패로 갈라졌다.

제일렬의 한 패는 몸을 날려 완옥령과 연백심이 있는 지붕으로 덮쳐갔다. 제이열의 나머지 한 패는 즉시 십방에서 서문의를 노리고 살검을 전개했다.

달빛에 눈이 멀 듯 폭사되는 검광들!

면전으로 검을 가로누인 서문의의 눈이 한광을 뿜었다.

"비열한……!"

말이 끝난 순간,

쏴아아아악―!

부챗살 같은 빛의 줄기가 백열했다.

그 빛줄기는 검광이었다. 공간을 순식간에 압축한 검광은 은의검수들의 살검이 채 이르기도 전에 그들의 목을 여지없이 관통해 버렸다.

한데 얽혀 무너지는 은의검수들 사이로 서문의의 신형이 환영처럼 달려나왔다. 순간,

그의 좌수에서 번쩍이는 섬광이 발출되었다.

섬광 뒤로 팽팽한 탄력이 느껴지는 은빛 선이 이어졌다. 어둠을 찢는 호선을 그리며 날아간 섬광이 지붕을 덮친 은의검수들을 휩쓸었다.

은의검수들이 일제히 신형을 뒤틀며 검으로 면문을 막았다.

퍼퍼퍼퍼퍽!

섬광은 검과 검수들을 그대로 두 토막 냈다.

"아!"

끔찍한 참사에 완옥령은 연백심의 눈을 가리며 고개를 돌려버렸다.

검수들을 도륙한 섬광이 서문의의 좌수로 되돌아왔다.

철컥!

섬광은 팔목의 비환(臂環) 속으로 감쪽같이 사라졌다.

서문의는 이채 띤 눈으로 팔목을 응시했다.

'무서운 암기로군. 수라마도(修羅魔刀)라고 했나?'

팔목에 찬 비환, 그 속에는 종잇장처럼 얇고 신축성 있으면서도 무엇보다 강한 칼날이 숨어 있었다.

발출되면 회전하며 모든 걸 베어버리는 암도.

칼날은 천잠은사(天蠶銀絲)로 연결돼 있어 언제라도 발출과 회수를 자유자재로 할 수 있었다.

이것은 그가 연환보에서 선물로 받은 암기였다. 하지만 예상을 훨씬 뛰어넘는 위력에 놀랐던 것이다.

바람이 불어오자 짙은 피비린내가 느껴졌다.

서문의는 누구보다 비위가 강했지만, 장내에 가득한 피비린내를 맡는 순간 위가 움츠러들었다.

깊은 호흡을 한 그는 수차로 눈을 돌렸다.

어느 사이 서 당주는 땅에 내려와 있었다. 그는 천천히 걸어와 이 장 앞에서 멈춰 섰다.

일시 바람이 숨을 죽였다.

숨죽인 바람을 대신해 서 당주가 말했다.

"우리가 검을 겨룬 게 언제였지?"

잠시 뜸을 들인 서문의가 대답했다.

"오 년 전 취검대회(醉劍大會)에서."

"당시 승부는?"

"…아마 박빙이었나?"

"아니지. 내가 좀 더 앞섰지. 당시 화산장문이 적절히 개입하지 않았더라면 아마 당신은 내 검에 피를 뿌렸겠지."

"그래, 당신은 그렇게 생각하고 있군.

"내 생각만이 아닌 엄연한 사실이다."

서 당주의 음성이 뜨거워지기 시작했다.

"네놈은 오 년 전 그때도 살아남았고, 삼 년 전 그때도 살아남았다. 하지만 오늘로써 네놈의 질긴 목숨도 끝이다!"

서문의는 가라앉은, 그러나 차가운 어조로 응수했다.

"광오한 놈이로군. 말로는 누가 하늘이 못 될까?"

그는 오른발을 앞으로 내디디며 말을 이었다.

"선풍은검(颺風銀劍) 서석강(徐席康). 네놈의 검을 뽑아라."

검을 우측 하단으로 내려뜨린 자세.

불길처럼 타올랐던 서석강의 눈빛이 차갑게 식었다.

믿지 못할 정도의 표정 변화였다. 얼음과 불의 양면성을 함께 지니고 있는 그다운 모습.

그의 오른손이 왼쪽 허리춤으로 이동했다. 검파를 잡은 그의 손이 느릿하게 검을 뽑아냈다.

쓱.

발검 소리도 매우 나직했다.

서석강은 검파를 한 손이 아닌 두 손으로 잡았다. 그리고 우측 어깨 위에서 검을 앞으로 겨눈 자세를 취했다.

독특한 자세였다.

"선풍노도검법(颶風怒濤劍法). 멋지군. 과거보다 훨씬 경지가 상승한 게 느껴지는군."

서문의가 담담하게 칭찬했다. 서석강이 차갑게 응수했다.

"네놈은 과거보다 훨씬 뒤처진 것처럼 느껴지는군."

서문의의 입가에 미소가 서렸다. 한쪽 끝이 살짝 위로 말려 올라간 미소.

서석강은 그 미소가 마음에 들지 않았다.

"입부터 찢어주지. 그다음엔 두 눈, 목은 나중이다."

말을 마친 그는 굳게 입을 닫았다.

서문의 역시 말은커녕 손가락 하나 움직이지 않았다.

쏴아—!

돌연, 칼날 같은 세찬 바람이 불어 닥쳤다.

낙엽이 미친 듯 휘날려 대치한 두 검객의 전신을 뒤덮었다. 그래도 두 검객은 움직이지 않았다.

"……."

그들은 눈은 오직 상대의 검에 고정되어 있었다.

그들은 서로를 너무나 잘 알고 있기 때문이다. 서로의 기질, 서로의 방식, 최종적으로 서로의 검을.

완옥령은 입술을 피가 나도록 깨물고 있었다.

목덜미 옷깃을 저도 모르게 콱 움켜쥔 손등에 파란 힘줄이 돋아나 있었다.

'은검당주는 과거 검술 하나로 유령산장(幽靈山莊)의 십이지마(十二支魔)를 처치했다는데… 그가 무사할까?'

그녀의 눈빛은 서문의에게 박혀 있었다.

다른 무엇보다 서문의의 안위밖에 눈에 들어오지 않았다.

그래서 잡고 있던 연백심의 손을 무심결에 밀쳐 버리고 말았다. 연백심의 눈이 휘둥그레졌다.

하지만 그녀의 눈은 서문의만 바라보고 있었다.

'뭐야, 이 아가씨? 나한텐 늘 쌀쌀맞게 굴더니. 숙부님에게 흘랑 반하기라도 했나?'

경황 중에도 연백심은 불만을 느꼈다.

그는 완옥령 앞에서만 그녀를 누나라고 불렀지 속으로는 여자, 아가씨, 혹은 그보다 심한 표현으로 불러댔다.

하지만 이내 연백심의 얼굴은 어두워졌다.

아까 서석강이 비웃으며 했던 말,

"하하하하! 그놈 역시 삼 년 전 그 사건 때 당신에게 등을 돌렸다는 걸 모르나?"

그 말에 심장이 철렁했던 것이다.

자신의 선친이 숙부를 노린 배신자의 행렬에 끼어 있었다니, 실로 생각지도 못한 사실이었다.

서문의는 그에 대해 한마디도 하지 않았던 것이다.

영문을 알 수 없는 와중에 연백심은 얼굴이 달아올랐다.

고개를 들지 못할 지경이었지만, 그래도 서문의의 안위가 걱정되지 않을 수 없는 노릇.

'숙부님이 괜찮으실까?'

연백심의 눈도 서문의를 불안하게 주시했다.

두 개의 검광, 두 쌍의 매서운 눈빛, 그리고 광풍과 달빛.

아주 짧은 시간이라고 생각되었다. 하지만 동시에 그것은 너무나 긴 시간이기도 했다. 그만큼 숨 막히는 대치였다.

그야말로 호적수이기 때문에.

절친했던 과거를 지나 배신, 그리고 보복을 거쳐 쌍방 모두가 서로에게 깊은 원한을 품은 호적수!

아직 검은 움직이지 않고 있지만, 이미 두 검객 사이에는 치열한 불꽃이 튀어 오르고 있었다.

바람은 더욱 미친 듯 날뛰었다.

그런 가운데 두 검객의 상투는 어지럽게 흐트러지고, 옷자락 역시 찢길 듯 나부꼈다. 그 모습은 왠지 모를 처연함과 비장함의 극치를 느끼게 했다.

그러던 어느 순간,

뚝!

강풍을 이기지 못한 나뭇가지가 하나가 부러졌다.

부러진 나뭇가지는 바람을 타고 두 검객 사이로 날아왔다.

두 검객의 눈매가 검날처럼 가늘어졌다.

휙!

그들이 동시에 움직였다.

검광이 번뜩인 순간, 나뭇가지는 가루가 되어 흩어졌다.

서문의의 청강검과 서석강의 은검이 서로의 검극을 직선으로 찔러갔다. 두 검극이 충돌하기 직전, 상하로 반 치 정도 동시에 비켜났다.

스응……!

스친 것만으로도 검명이 터져 나왔다. 서문의의 검은 아래, 서석강의 검은 위를 점하며 서로 교차했다.

캉캉!

쌍방의 검 고동을 찌른 검극이 일순 활처럼 굽었다.

불꽃과 함께 서로의 검이 지척에서 무수히 격돌하기 시작한 것도 바로 그 순간!

두 자루의 검이 흐릿한 빛의 줄기로 화했다.

파캉! 카가가강!

먼지 한 올, 빗방울 한 올도 뚫지 못할 검광의 난무.

검막 대 검막의 대결이었다.

얽히더니 비틀고, 내리찍으며 베고, 후려쳤는가 하면 휘돌려 감았다. 검 대 검의 눈부신 격돌로 일어난 불꽃, 그것은 화산의 작렬처럼 화려했다.

그들은 절초를 사용하지 않았다. 오로지 가장 단순하면서도 빠른 검초로 생사결전을 벌이고 있었다.

그들은 신법도 다양하지 않았다. 오직 무겁게 보법을 전후좌우로 밟으며 강맹한 쾌검을 전개하고 있었다.

소용돌이처럼 뒤얽혀 전광석화처럼 난무하는 검광에 검풍이 몰아치고, 급기야 용권풍을 만들어냈다.

전권의 오 장 반경이 검기만장(劍氣萬丈)의 격돌로 인해 용권풍에 휩싸였다.

쿠콰콰콰—!

미친 듯한 그 소용돌이 바람 속에서 두 검객 역시 상대를 마주 본 채 빠르게 옆걸음질 쳐 원을 그리며 돌기 시작했다.

검과 검, 불꽃과 불꽃, 원한과 원한이 그 소용돌이 속에서 함께 돌아갔다. 서로의 생과 생을 건 의지와 집념 역시!

한순간,

세찬 불꽃과 함께 검을 교차한 두 검객이 동시에 물러섰다.

서문의는 이 장을 물러선 직후 오른발로 땅을 찍어 쏜살처럼 서석강에게 쇄도했다. 서석강도 왼발로 땅을 박차며 서문의를 노리고 날아들었다.

서문의가 백홍관일(白虹貫日)의 검초로 무지개 같은 검광을 뿌리자 서석강은 독룡출동(毒龍出洞)의 검초로 전광석화처럼 찔러갔다.

캉! 위잉……!

두 검극의 격돌로 말미암아 두 자루 검신이 활처럼 굽었다.

하지만 다음 순간, 그들은 이미 칠팔 검을 전개했다.

검식을 나눈 그들의 신형이 팽이처럼 휘돌며 서로를 스쳐 갔다. 서문의는 검을 땅에 찍으며 몸을 솟구쳤다.

기쾌하게 재주를 넘는 그의 신형이 길가에 자리한 나무 위로 올랐다. 서석강 역시 검으로 땅을 찍어 날카로운 휘파람 소리와 함께 나무에 올랐다.

점멸하는 검광 사이로 나뭇가지들이 잘려 나갔다.

검광과 불꽃은 나무에서 지붕으로, 지붕에서 수차로, 수차에서 방앗간으로 순식간에 이동했다.

획!

창문을 통해 방앗간 이층에 동시에 뛰어든 두 사람의 대결은 대미를 향해 치달았다.

그들의 검이 푸른 빛살 같은 검기를 발산하며 서로에게 난무했다. 검기는 수 장 바깥까지 미처 모든 것을 도륙했다.

기둥과 대들보, 벽과 지붕이 검기에 퍽퍽 갈라졌다.

검기가 난무할수록 두 검객의 간격은 점점 더 벌어졌다. 이제 그들은 먼 거리에서 벽공장(劈空掌)으로 장풍을 격돌하며 싸우듯 검기로 대결했다.

푸른색 실과 같은 가는 검기들이 빠르게 교차하며 그 속을 두 검객의 신형이 환영처럼 누비고 다녔다.

팍팍! 우지직……!

마침내, 앞뒤의 벽면들이 잘라지며 지붕이 내려앉았다.

쏟아지는 기와장과 지푸라기, 흙과 돌조각 속에 이미 두 검객의 모습은 없었다.

그들은 붕새처럼 칠팔 장 허공 위로 솟구쳤다.

솟구치면서도 그들의 서로를 향한 검기를 멈추지 않았다.

서문의의 얼굴은 무서울 정도로 파리하게 질려 있었다.

심지어 입가에 가는 혈흔이 비치고 있었다.

하지만 정작 서석강은 내심 경악하고 있었다.

'이 정도였단 말인가?'

스멀스멀 마음 한구석에서 한기가 치솟았다.

두 사람의 신형은 구 장 높이 허공에서 결국 멈췄다.

서석강의 눈빛이 열과 한기로 무섭게 번뜩였다.

'놈은 내상을 가지고 있다. 그렇다면 나의 승세.'

검파를 맞잡은 두 손에 힘줄이 불끈 섰다.

"네놈은 제법이었다만 이젠 끝이다!"

위풍당당하게 외친 서석강의 검파를 잡은 두 손이 풍차처럼 돌기 시작했다. 당연히 은검도 함께 돌았다.

쐐쐐쐐쐐쐐—!

천수여래의 무수한 팔인 듯 부챗살처럼 갈라진 검광이 맹렬히 회전했다. 수십 개의 쇠뇌를 발사한 듯 회전하는 검에서 철판도 꿰뚫을 검기가 다발로 날아들었다.

그의 별호 선풍은검에 부합되는 신위였다.

서문의의 입가에 차가운 조소가 걸린 것도 그때였다.

"네놈은 뭔가 잘못 생각했다."

검을 쥔 그의 우수가 가볍게 흔들렸다.

한 번의 찌름, 그 한 번이 일순간 백팔 변을 일으켰다.

덮쳐드는 선풍연환검기를 백팔 개의 검극이 막았다.

창날을 빽빽이 꽂은 방패가 화살비를 막는 형상이었다.

츠차차창……!

검들이 울었다.

검극의 방패가 검기의 수레바퀴를 봉쇄하고, 그리고 분쇄했다. 비단 폭을 찢듯 검벽을 이룬 백팔검극이 연환검기를 깨뜨리며 서석상의 진신으로 날아들었다.

"아……!"

단말마를 터뜨린 서석강은 눈앞이 아득해졌다.

푸푸푸푹!

전신을 관통하는 묵직한 충격이 모든 사고를 어딘가 저 먼 곳으로 날려 버렸다. 그 순간,

쿵!

두 사람은 폐허가 된 방앗간 이층 마룻바닥에 내려섰다.

서문의는 서석강을 주시하며 검에 묻은 피를 떨치더니 검극을 바닥에 댔다.

서석강, 그의 행색은 실로 처참했다.

혈인, 그야말로 피투성이가 되어버린 것이다. 그럴 수밖에. 서문의의 백팔검이 그의 전신을 꿰뚫어 버렸기 때문이다.

"크륵, 푸……!"

입으로 피거품을 게워내던 서석강이 사혈을 토하고 말았다.

하지만 그는 쓰러지지 않았다. 망연히 자신의 빈손을 내려다본 그는 고개를 들어 서문의를 바라봤다.

그의 은검은 이미 가루가 되어 산화한 것이다.

그의 얼굴이 극심한 경련을 일으켰다.

"선풍검륜(颶風劍輪)을 간단히 분쇄하다니……. 이것이 단일 검으로 검벽을 만든다는 검벽경혼(劍壁驚魂)……?"

넋을 잃은 듯한 어조로 그가 묻자 서문의가 대답했다.

"구주번천검법(九州翻天劍法)의 진경이지."

서석강은 허탈한 듯 털썩 주저앉았다.

냉정한 눈으로 내려다보던 서문의가 물었다.

"네게 묻고 싶은 게 있다. 하지만 아마 너는 삼 년 전 그 사건의 내막에 대해 죽어서도 말하지 않을 테지?"

"클클, 잘 아는군. 네놈은 절대 알 수 없을 것이다. 왜냐하면… 네놈도 곧 죽을 테니까."

비웃는 서석강의 얼굴에 급속한 죽음의 빛이 검게 드리워졌다.

"네놈의 검술은 확실히 대단했다만, 그 정도로는 곧 네놈에게 닥칠 죽음의 손길을 피하지 못할 것이다……."

서문의는 천천히 고개를 가로저었다.

"아까 난 네놈에게 뭔가 잘못 생각하고 있다고 말했지."

"잘못 생각했다고?"

"그래, 잘못 생각하고 있지. 왜 그런지 알려줄까? 과거 나는 본신의 화후를 모두 드러낸 적이 없다."

"헛소리……."

"그리고 또 있지. 오늘 네놈이 본 나의 힘은 나 스스로에게 가한 금제 때문에 본신화후의 일부밖에 되지 않는다."

"뭣이?!"

충격 받은 서석강을 뒤로하며 서문의는 몸을 돌렸다.

"네놈이 본 그 일부분의 힘조차 현재 내가 쓸 수 있는 능력의 전부는 아니란 거지."

"……!"

서서강은 벼락을 맞은 듯 굳어버렸다.

그는 뭔가 말하려고 입술을 달싹였지만 끝내 입을 열지 못했다. 대신 심중으로 외치고 있었다.

'이건 생각과는 전혀 다른……! 그렇다면……?!'

마음의 이런 통렬한 외침에도 불구하고 결국 그의 생명의 불은 사그라지고 말았다.

하지만 최후의 순간에도 서문의를 향한 그의 불타오르는 증오는 결코 꺼지지 않았다.

"크큭! 함께… 지옥으로… 가자. 킬킬킬……!"

죽어가는 그의 입에서 악마처럼 소름 끼치는 웃음이 흘러나왔다. 두 눈도 지옥의 업화처럼 타올랐다.

"……!"

서문의의 동공이 급격히 축소되었다.

막 부서진 수차를 돌아서던 그의 신형이 앞으로 쏘아져 나갔다. 바로 그 순간,

펑―!

서석강의 몸이 터져 나갔다.

혈육과 뼛조각이 화살처럼 사면팔방으로 흩뿌려졌다.

그 힘으로 남아 있던 방앗간의 벽과 기둥이 가루가 되었다.

서문의는 입술을 질끈 깨물었다.

차창!

검명과 유사한 소리가 터지며 그의 전신 일 장 범위에 희미한 기막이 펼쳐졌다.

투퍼퍽―!

날아든 육신의 잔재들이 기막을 통타했다.

서문의의 얼굴이 무서울 정도로 새파랗게 질렸다. 기혈이 들끓어 오르며 일시 눈앞이 아득해졌다.

호신강기를 펼치고도 내상을 면치 못한 것이다.

우둑 멈춰 선 서문의는 서석강이 있던 자리를 바라봤다.

피와 뭔지 알 수 없는 이것저것이 뒤섞여 있을 뿐, 서석강의 육신은 형체도 없이 분해돼 있었다.

"지독한……!"

자신을 향한 그 불길 같은 증오심, 오직 그것 때문에 스스로의 육신마저 분쇄하며 동귀어진하려 한 서석강의 독심(毒心)에 서문의는 치를 떨지 않을 수 없었다.

투둑.

그의 입가로 흘러내린 선혈이 땅을 적셨다.

삼 년 만에 강호 출도하는 이번 여정……. 생각보다 훨씬 위험천만하고 비정 냉혹한 수라의 길이 될 것 같다.

第十一章
호림장(虎林莊)

서문검로

1

달빛 아래 구불구불 난 산길.

세 사람이 말을 몰아가고 있었다.

일대 결전이 벌어졌던 그 마을을 떠난 서문의 일행이었다.

세 사람 모두 말이 없었다. 서문의의 무거운 얼굴도 한몫했지만, 그토록 피비린내 나는 일을 겪고도 마음이 들뜰 사람은 없을 테니까.

완옥령과 연백심은 아직도 등골이 오싹했다.

달빛 아래서 벌어졌던 그 싸움은 처절하기 짝이 없었다. 그 피 냄새와 살기가 여기까지 전해지는 듯했다.

그리고 새삼 은사와 선친이 저지른 일에 대해 마음이 무겁기 짝이 없었다.

서문의는 서석강의 중얼거림을 생각하고 있었다.

"곧 네놈에게 닥칠 죽음의 손길을 피하지 못할 것이다……!"

서문의는 깊숙이 숨을 들이마셨다.

그의 얼굴이 달빛에 더욱 초췌해 보였다.

'이미 내 존재를 짐작했는가? 솔직히 이렇게 빨리 간파당할 줄은 몰랐는데. 이제 예측도 불가한 여정이 되겠군.'

그는 시선을 멀리 주어 능선 아래의 계류를 바라봤다.

'어차피 이번 강호 출도는 결의를 다진 바, 내겐 그다지 두려울 게 없다. 걱정되는 건 저 두 사람.'

뒤에서 나란히 따라오는 완옥령과 연백심.

서문의는 결코 그들이 귀찮거나 싫지 않았다.

완옥령은 망년지우의 유일한 전인이며, 또한 여정의 와중에서 호감 비슷한 친밀함을 그녀에게 느끼고 있었다.

연백심은 정말 미워할 수 없는 아이였다.

어쨌거나 그는 자신의 조카이며, 자신은 그의 후견인이었다. 기이한 면이 있는 아이지만, 총명하고 굳은 마음을 가져 늘 대견하기만 했다.

그렇기에 더욱 위험에 처하게 할 수는 없는 노릇.

'서석강 그놈이 말한 느낌으로 볼 때 저 두 사람도 살생부에 이름이 올라 있을걸. 당분간 따로 다니자고 마음 편하게 헤어질 일이 아니란 거지. 그렇다면…….'

서문의는 생각에 골몰하며 갈등의 빛을 띠었다.

'그곳은 가지 않으려 했는데. 하지만 저 둘을 당분간 안전하게 머물도록 하려면 결국 거기밖에는 없지.'

그는 암암리에 탄식하며 고개를 들어 달을 보았다.

그런데,

"음……."

홀연 서문의는 신음을 흘리며 말을 멈추게 했다. 그는 고개를 숙이며 꼼짝도 하지 않았다.

뒤따르던 완옥령과 연백심도 덩달아 말을 멈추었다.

"숙부님, 왜 그러시죠?"

연백심이 의아한 듯 물었다. 잠시 서문의의 뒷모습을 보던 완옥령이 말이 몇 걸음 나가도록 했다.

"갑자기 무슨…… 앗!"

물어보려던 완옥령이 깜짝 놀랐다. 고개 숙인 서문의의 얼굴을 보았기 때문이다.

서문의, 그가 무서울 정도로 파리하게 질린 얼굴을 일그러뜨린 채 굵은 땀을 비 오듯 흘리고 있었다.

"대, 대협……!"

완옥령이 손을 내밀자 서문의가 급히 만류했다.

"괜찮소. 별거 아니오. 잠시만 휴식을 취하면 되오."

"지금 숙부님 얼굴이……."

무슨 일인지 다가온 연백심도 놀라서 말했다.

"걱정 마라. 이 숙부는 누구보다 튼튼하니까. 단지 조금 문

제가 있을 뿐이란다. 심아, 네가 좀 도와주겠니?'

서문의는 피식 웃어 보였다. 그러나 억지웃음이었다. 말과
는 달리 얼굴 근육이 경련을 일으킬 정도였던 것이다.

연백심은 즉시 말에서 내려 서문의에게 다가왔다.

완옥령은 걱정스런 얼굴이었다.

계류가 내려다보이는 바위를 등지고 앉은 그녀.

이런 그녀와 십여 장 정도 떨어진 아래쪽 계류.

서문의는 고쟁이만 걸친 채 물속에 앉아 있었다. 물은 깊지
않아 그의 가슴 근처에서 포말을 일으켰다.

뒤에 있던 연백심은 얼굴이 파리하게 질려 있었다.

서문의의 백회혈에서 금침이 튀어나와 있었다.

"숙부님, 이게 어떻게……."

연백심은 믿을 수 없다는 듯 말했다.

그는 백회혈이 치명적인 사혈이라는 걸 알고 있었다. 그런
사혈에서 금침이 튀어나오다니?

서문의는 눈을 감고 있었다. 지그시 이를 문 그가 말했다.

"괜찮다. 이제부터 내 몸의 여러 대혈에서 금침이 빠져나올
것이다. 넌 그걸 하나씩 뽑아 물에 잘 씻기만 하면 된다. 걱정
할 건 하나도 없다."

그는 웃음기 띤 어조로 덧붙였다.

"이 숙부는 생각보다 강한 사람이다. 그러니 어서."

연백심은 침을 꿀꺽 삼키며 고개를 끄덕였다.

그가 막 백회혈의 금침을 뽑았을 때,

툭!

천주혈에서 금침이 튀어나왔다. 바짝 긴장한 연백심은 조심스레 금침을 거두었다.

툭!

이번에는 거궐혈에서 금침이 돌출되었다.

연이어 금침이 나타났고, 연백심을 그걸 모두 거둬들였다.

물살에 금침을 씻은 연백심은 다음 지시를 기다렸다.

십일월 초순, 차가운 물에 몸을 담고 있는데도 서문의의 얼굴에는 땀이 비 오듯 했다. 지금 그는 신음을 흘리지 않으려고 이를 부서지도록 콱 깨물고 있었다.

하지만 금침이 모두 뽑히자 그는 유연한 어조로 말했다.

"좋다. 심아, 이제 물에서 나가 있어라. 내가 말하기 전에는 절대 물에 닿지 않게 조심해라."

"예!"

영문을 모르면서도 연백심은 물 밖으로 나갔다.

숨을 고른 서문의가 천천히 뒤로 누웠다. 당연히 그의 몸은 완전히 물속으로 잠겼다.

물 밖에 나온 연백심만 괜히 초조해졌다. 그는 흐르는 물살을 바라보며 잠시 서 있었다.

어느 순간,

부글부글.

갑자기 물이 부글거렸다. 그리고 순식간에 검어졌다.

일시 계류가 먹물처럼 시커멓게 변해 버렸다. 그리고 지독한 악취가 퍼져 나왔다.

'이건 피 냄새야! 그것도 심하게 상한 피!'

경악한 연백심의 마음속 외침처럼 검게 물든 계류에서는 썩은 피 냄새가 진동했다.

그렇다. 저 시커먼 물은 사혈(死血)이었다. 바로 서문의의 몸에서 흘러나온 죽은 피였던 것이다.

"이게 무슨 냄새지?"

멀리 있던 완옥령은 갑작스런 악취에 몸을 일으켰다.

아래쪽 계류를 살피던 그녀는 깜짝 놀랐다.

"서문 대협은?!"

그녀는 서문의부터 먼저 찾았다.

연백심만 물가 근처에서 안절부절못하고 있을 뿐이었다.

그가 물속에 있다는 것을 모르는 완옥령은 급히 몸을 날렸다.

순식간에 당도한 그녀가 연백심을 잡고 물었다.

"서문 대협은 어디 계서?!"

그녀가 몸을 흔들어대는 통에 연백심은 정신이 없었다.

"그가 어디 있냐고?!"

창졸간에 완옥령은 그만 이성을 잃고 윽박질렀다.

"으악! 아프니까 그만 좀 해요!"

그녀가 쥐고 흔드는 어깨가 부서질 듯하자 연백심이 빽 소리를 내질렀다.

"저기 계시니까 잘 보세요!"

연백심이 가리킨 곳으로 완옥령이 시선을 돌렸다.

점차 옅어지는 검은 물살 아래 서문의가 누워 있는 게 보였다. 완옥령은 더욱 놀랐다.

"왜 저러셔? 설마… 도, 돌아가신 건……."

그녀의 얼굴이 밀랍처럼 창백하게 변해 버렸다.

그때,

수면을 헤치고 사람 머리가 불쑥 치솟았다.

"난 쉽게 죽을 사람이 아니니 염려 마시오."

물속에서 몸을 일으킨 서문의가 말했다.

완옥령은 망연하게 서문의를 응시했다. 돌연, 그녀가 쌀쌀맞게 외쳤다.

"난 대협이 돌아가신 줄 알고……! 정말 나빠요!"

발을 구른 완옥령이 제비처럼 몸을 날렸다. 그리고는 순식간에 계류를 넘어 숲 속으로 사라졌다. 그야말로 비연투림(飛燕投林)이라 할 수 있는 모습이었다.

"자기 혼자 성 내고 날뛰고! 대체 뭐야!"

부아가 치민 연백심이 마구 쏘아붙였다.

"……."

서문의는 완옥령이 모습을 감춘 숲을 응시했다.

그의 신색은 한결 안정을 되찾았다. 뒤늦게 그걸 본 연백심이 반색하며 물었다.

"이제 괜찮으신 건가요?"

"그래. 걱정하지 말라고 이미 말했잖느냐? 어서 가서 완 소저를 데려오렴. 금침은 내게 주고."

연백심은 궁금하고 이해되지 않는 게 많았다. 하지만 그는 금침을 건네고는 몸을 날려 계류를 넘었다.

서문의는 손 안의 금침을 내려다봤다.

그의 삼 년 만의 강호 출도의 결의이자 동시에 현재로써는 어찌할 수 없는 장벽인 그 금침들.

"그 싸움처럼 계속 내력을 운용하다가는 또 잠복한 화독이 체내에 퍼질 텐데……."

그의 중얼거림에는 깊은 고민이 우러났다.

한동안 금침을 내려다보던 그는 이윽고 고개를 들었다.

"빨리 방법을 찾아야 한다, 화독을 제거할 수 있는 방법을."

서문의는 이를 지그시 물며 금침을 들었다.

푹!

금침은 백회혈 속으로 사라졌다.

여관의 이층 객실 가운데 한곳.

새벽이 되도록 그 방의 불은 꺼지지 않았다.

방 안에는 서문의 일행이 탁자에 둘러앉아 있었다. 서문의는 이미 많은 얘기를 한 이후였다.

"…그래서 나는 본신 화후를 충분히 발휘할 수 없소. 어렵겠지만 어떻게든 해독할 수 있는 방법을 찾아야 하오."

차 한 모금을 마신 서문의가 말을 이었다.

"그렇기 때문에 위험하다는 것이고, 이것이 두 사람과 동행하기 어려운 이유요."

말을 끝낸 서문의는 입이 쓴지 잠자코 차만 마셨다.

완옥령은 고개를 숙이고, 연백심은 시무룩한 얼굴이었다.

실내에 잠시 침묵이 흘렀다.

침묵을 깨뜨린 건 완옥령의 낮은 음성이었다.

"과거 은사께서 본의는 아니지만 대협을 노린 배신의 행렬에 동참하셨죠. 대협께 큰 화를 입힌 점, 그분의 제자 된 도리로써 깊이 사죄드립니다."

서문의는 한숨지으며 말했다.

"무 노백과 나의 은원은 깨끗이 해결되었소. 지금에 와서 소저가 굳이 그럴 필요는 없소."

그럼에도 완옥령은 고개를 들지 못했다.

서문의는 아무런 말도 없는 연백심을 바라봤다.

입을 꾹 닫고 냉랭한 기색으로 눈을 내리뜬 연백심.

"왜 그러지? 서운하냐?"

서문의가 물어도 연백심은 대답이 없었다.

사실 연백심은 서운하다기보다는 부끄러워하고 있었다.

서문의를 배신한 자들 중 하나가 선친이었다는 사실.

어린 사내아이에게 있어 아버지야말로 가장 존경스럽고 위대한 존재인 법. 하지만 전혀 아름답지 않은 선친의 진실을 접하니 매우 당황되는 한편 수치스럽기 짝이 없었다.

더구나 서문의는 그런 배신자의 아들인 자신을 위해 선친의 복수를 대신 해주고, 가업을 다시 일으킬 수 있도록 돕겠다며 후견인이 되어주었다.

연백심이 무슨 말을 할 수 있겠는가? 쥐구멍에라도 당장 숨고 싶은 심정이었다.

서문의는 이를 알고 연백심을 배려해 말을 돌린 것이다.

"네 마음을 잘 이해한다. 과거에 무슨 일이 있었더라도 네 선친과 나는 친구였고 그건 지금도 마찬가지다. 그리고 나는 너의 후견인이 되기로 약조했지. 그 약조는 변함이 없다. 다만, 지금 이 숙부와 동행하는 것은 너무나 위험할 것 같다."

서문의가 자애롭게 미소했다.

"나는 하나뿐인 조카를 위험에 처하게 할 수 없다. 후견인으로서 너를 보호해야 할 책임이 있는 것이다. 내 어찌 그걸 소홀히 할 수 있겠느냐?"

마침내 연백심이 한숨지었다.

"예……."

"흠. 우울한 표정 지을 것까지야 있을까? 당분간만 헤어지는 것이다. 그 와중에도 자주 만날 테고. 마음을 풀고 그냥 한 번 웃어라. 어허! 빨리!"

연백심은 억지로라도 웃을 수밖에 없었다.

한결 가벼워진 분위기가 되었다. 서문의는 자신이 생각해 둔 바를 두 사람에게 얘기하기 시작했다.

"안전하고 편한 곳을 생각해 두었소. 날이 밝으면 거기로 출발할 거요. 서쪽으로 가야 하는데, 게으름만 피우지 않으면 며칠 내에 당도할 테니까……."

2

이제 초겨울이 시작되었다.

서경대동부(西京大同府)에 당도했을 때는 물이 얼고 싸락눈이 내리는 시기였다.

휘잉!

한풍이 골목 사이로 들이닥쳤다.

"으……!"

연백심이 추위에 몸을 부르르 떨었다.

뒤에서 그걸 보고 빙긋 웃은 서문의가 고개를 돌렸다.

"어떻소? 정신이 번쩍 드는 찬바람이 아니오?"

옆에서 말을 몰던 완옥령의 볼은 추위로 빨갛게 변했다.

하지만 그 모습은 그녀의 하얀 피부와 어울려 일종의 선염한 아름다움을 느끼게 했다.

"정말 못 말릴 분이네요. 농담할 기운도 남아 있다니."

혀를 내밀며 말하는 그녀의 말투는 자연스러웠다.

서문의를 무척 의식했던 여정 초반과는 너무나 판이할 만큼 친밀해진 모습이었다.

"쳇! 추워 죽겠는데 뭔 담소람?"

두 남녀의 속닥거리는 말에 연백심은 입을 삐죽였다.

알게 모르게 괜히 따돌림 받는 기분이었다. 그런데 그때 목에 뭔가가 걸쳐졌다. 돌아보니 완옥령이 까만 목도리를 정성스레 둘러주고 있었다.

"너 주려고 오늘 아침에 샀어. 별로 좋은 건 아니지만 그래도 한결 따뜻할 거야."

목도리의 먼지를 톡톡 털어주는 완옥령의 말.

워낙 뜻밖이라 연백심은 뜨악한 얼굴이 되었다.

"왜 그래? 목도리가 마음에 들지 않아?"

무슨 말을 할까 망설이던 연백심이 불쑥 대답했다.

"목도리보다 누나 마음씨가 더 따뜻하네요."

평상시 연백심이라면 도저히 할 수 없는 말이었다. 그래선지 연백심은 전신이 오글거리는 느낌에 얼굴이 붉어졌다.

완옥령은 짙은 웃음을 입가에 베어 물었다.

"영악하다고만 생각했는데 네게도 보통 아이다운 면이 있네? 우리 앞으로 잘 지내보자."

그녀가 손을 내밀었다.

연백심은 쑥스러워 머리를 벅벅 긁다가 겨우 손을 잡았다.

활처럼 고운 선을 그린 완옥령의 보조개를 보면서 연백심은 갑자기 그녀가 달리 느껴졌다.

'그렇게 안 봤는데 이 누나도 제법 예쁘네. 단순호치(丹脣皓齒)라고 했지? 입술도 붉고 이는 박처럼 희고. 흠!'

어리거나 젊거나 남자들의 생각이란 대동소이한 것 같다.

성 밖 빈민가가 다닥다닥 자리한 곳.

그곳에 한 채의 거대한 장원이 있었다.

호림장(虎林莊).

사방이 내려다보이는 언덕에 자리한 이 장원은 서경대동부 전체에서 유명한 곳이다.

장주는 호방하고 통이 커서 매년 계절이 바뀔 때마다 곳간을 개방해 빈민을 구제하곤 했다.

뿐만 아니라 평시에도 늘 장원 뒷문을 열어놓고 도움이 필요한 사람들이 쉽게 방문할 수 있도록 했다.

장주는 신비에 쌓여 있는 노인이라고 했다.

외인을 만날 때면 항상 수렴(垂簾) 뒤에 앉아 얘기를 듣는다고 했다. 구름 속의 용이 꼬리는 보이되 머리가 보이지 않듯이 노장주 역시 명성만 무성할 뿐 정작 실체는 제대로 알려지지 않았다.

창문마다 두터운 휘장이 쳐진 어두운 방.

등불 하나만 밝혀진 크지도 작지도 않은 방이었다.

수렴 뒤에 앉은 한 사람이 흐릿하게 비쳤다.

"…쯧쯧, 자네 딸년이 겁탈되고 사위는 비명횡사를 당했다는 건가? 혼인하던 날 그런 일이 발생했다니 딱하게 됐군. 그래, 지금 딸년의 상태는 어떻고?"

수렴 뒤에 앉은 사람이 물었다. 노인의 음성이었다.

휘장 앞에 무릎을 꿇고 있던 통통한 중년인이 눈물을 훔치며 대답했다.

"그놈들이 딸년의 음부에 몽둥이를 박아 넣었습니다. 의원이 말하길, 그 상태로는 아이 낳는 건 고사하고 남자에게도 사랑받지 못하니 재가 따위는 꿈도 꾸지 말라고……."

"저런, 저런. 아비인 자네 마음이 찢어지겠군."

수렴 뒤의 노인이 탄식했다.

잠시 후, 노인이 착 가라앉은 음성으로 물어왔다.

"그놈들은 분명 죽어야 할 놈들이겠지?"

중년인이 이를 부득부득 갈며 머리를 조아렸다.

"놈들의 머리를 잘라 사위의 제단에 바치고 싶습니다."

"그래, 그놈들은 누가 죽여도 상관이 없겠군."

노인이 잠깐 입을 닫았다가 불쑥 언성을 높였다.

"남선(南宣)은 게 있느냐?"

방의 좌우에는 많은 문이 있었다. 그중 한곳의 문이 열리며 젊은 황삼인이 걸어나왔다.

"장주, 소인 남선 대령했습니다."

남선은 우측 무릎을 바닥에 대며 머리를 숙였다.

수렴 뒤의 노인이 말했다.

"서경 성내의 마가장(馬家莊) 막내 아들, 화목전장(和睦錢莊) 다섯째 아들, 백무관(百武館) 셋째 아들……. 이 세 놈을 내일 새벽 전까지 찾아서 죽여라."

"어떻게 죽일까요?"

"인간쓰레기 같은 놈들이다. 눈알과 혓바닥을 뽑고 살가죽을 벗겨 버려라. 죽인 뒤에는 시체를 성 밖 시궁창에 내던져 본보기로 삼아라. 물론 수급은 챙기고."

"알겠습니다. 그 세 놈은 내일 새벽 전에 반드시 처단될 것입니다. 일을 끝낸 후 보고드리겠습니다."

남선은 즉시 일어나 밖으로 나갔다.

다시 노인의 목소리가 흘러나왔다.

"놈들은 죽을 걸세. 이 보복이 사위의 생명과 딸년의 정조를 되돌려 주지는 못하겠지만 그 쓰레기 놈들이 대가를 치르게 할 수는 있지. 다시 한 번 자네에게 위로를 전하네."

중년인은 고개를 깊이 조아리며 눈물을 글썽였다.

"정말 감사드립니다, 노야. 무엇으로 보답해야 할지……."

"노부는 이미 가진 게 넘칠 정돌세. 자네에게 무슨 보답을 바라겠는가? 자네가 표하는 예의와 존경심이면 족하네. 어서 집에 가서 딸년이나 잘 위로해 주게. 내일 점심쯤 있을 좋은 소식도 기다리고."

중년인은 정중하게 절을 올리고는 물러갔다.

잠시 방 안에 침묵이 감돌았다.

하지만 침묵은 혀 차는 소리로 깨어졌다.

"요즘 젊은것들은 정신 나간 놈이 많군. 남의 혼인식을 풍비박산 내 눈물바다를 만들다니. 검은 길로 가려면 멀쩡하게 갈 것이지, 쓰레기 같은 놈들."

노인은 메마른 기침을 한 번 뱉으며 물었다.

"다음 방문자는 누구지?"

월동문 너머에서 즉시 대답이 들려왔다.

"다음 차례를 가다리는 자가 배첩을 전했습니다."

"호오?"

"매우 중요한 일이라며 장주님을 직접 뵙고 용건을 밝히겠다고 했습니다. 어찌할까요?"

"배첩을 이리 주게."

중년의 청삼수사(靑杉秀士)가 월동문으로 들어와 수렴 앞에서 두 손으로 배첩을 내밀었다.

좌륵.

수렴이 갈라지며 노인의 손이 배첩을 받아 들었다.

"음?"

큰 놀람과 의구심이 한데 섞인 침음이 흘러나왔다.

노인은 한참 동안 서신에서 눈을 떼지 않았다.

그의 심기가 편치 않음에 방 안의 공기도 싸늘히 식었다.

한참이 지나서야 노인은 입을 열었다.

"그놈, 죽지 않고 살아 있었던가?"

그의 음성은 경악과 불신으로 격동하고 있었다.

다시 침묵이 이어졌다.

일다경쯤 지나자 비로소 담담해진 음성이 흘러나왔다.

"죽지 않아서 다행이라고 해야 하나? 어쨌든 감히 여길 찾아올 낯짝이 있다니, 대담한 놈이로군."

놀람은 사라진 대신 깊은 노기가 깃든 어조였다.

노인은 배첩을 접어 의자 팔걸이에 놓고 손으로 눌렀다.

"들어오게 해라. 무슨 염치로 왔는지 물어야겠군."

그는 지그시 눌렀던 배첩을 와락 거머쥐었다.

일순, 배첩이 재가 되어 휘날렸다.

서문의는 대전으로 들어서려다 멈칫했다.

어둡고 침중한 기운이 사방에 가득 깔려 있었다.

명부(冥府)와도 같은 분위기. 위험하다는 증거였다.

잠시 생각하던 서문의가 몸을 돌렸다.

안내를 맡은 청삼수사도 걸음을 세우며 냉랭하게 지켜봤다.

"두 사람은 여기서 기다리도록 하시오."

서문의의 말에 완옥령과 연백심은 서로를 마주 보았다.

심상치 않은 기운에 바싹 긴장해 있던 참이다. 하지만 호랑
이 굴일지도 모르는 대전에 서문의만 혼자 들어가게 하는 건
내키지 않았다.

"여기 남아도 상대가 나쁜 맘을 먹으면 위험할 수밖에 없어
요. 같이 들어가는 게 오히려 안전할 것 같아요."

연백심이 결의에 차서 말했다. 완옥령도 마찬가지였다.

"저희가 당분간 머물 곳이라 하셨죠? 그런 곳에서 아무 이
유 없이 적대하지는 않겠지요. 대협과 함께 들어가겠어요."

얘기를 듣던 청삼수사가 가소롭다는 표정을 띠었다.

서문의는 고민하는 기색이었지만 결국 고개를 끄덕였다.

"확실히 그렇군. 좋소."

서문의가 앞에 서고 완옥령과 연백심이 뒤에서 나란히 함께
걸었다.

대전은 무척 컸다.

내부 심처로 들어서는 통로는 흐릿한 조명만 비췄다. 통로 좌우로 일정한 간격마다 문이 있었는데 그 앞에는 다양한 복색의 사내들이 병기를 뽑아 든 채 서 있었다.

그들은 예리한 눈으로 서문의 일행을 지켜봤다.

이 전각은 깨끗하고 기품 있었지만 음침하게 가라앉은 분위기가 흑도방회의 소굴을 연상케 했다.

그때, 바싹 긴장한 완옥령과 연백심의 귓가로 서문의의 은은히 울리는 목소리가 전해졌다.

[곧 내가 만날 사람은 위험하오. 그의 노화와 심계를 당할 자는 많지 않소. 두 사람은 내 옆에서 떨어지지 말고 그냥 지켜보기만 하기를. 말도 많이 하지 마시오.]

바로 귓가에서 속삭이는 음성 같은데, 앞에 있는 서문의가 입으로 한 말 같지도 않았다.

그 증거가 일정한 간격으로 선 통로의 사내들이었다. 그들은 아무것도 듣지 못한 듯했다.

'이게 바로 전음입밀(傳音入密)······.'

완옥령은 경탄한 눈으로 서문의의 뒷모습을 바라봤다.

그녀보다 견식이 훨씬 적은 연백심은 어리둥절했다. 뭐가 뭔지 몰라 머리만 벅벅 긁어댔다.

"방금 뭐지?"

연백심이 중얼거리자 사내들이 얼음장 같은 시선이 그에게 집중되었다. 등골이 서늘했지만 연백심은 일부러 눈을 부릅뜨고 사내들을 마주 쏘아보면서 지나갔다.

그렇게 십여 장쯤 통로를 나아갔을까?

검고 두터운 휘장이 통로를 가로막고 있는 곳이 나타났다.

그 좌우에 있던 흑의인과 백의인이 청삼수사 뒤에 있는 서문의 일행을 보고는 즉시 귀두도(鬼頭刀)를 뽑았다.

그중 흑의인이 고저가 없는 음성으로 물었다.

"저들은 누굽니까?"

"장주께 배첩을 드리고 대면을 허락받은 자들일세."

청삼수사가 어깨를 으쓱이며 대답했다.

흑의인과 백의인은 동시에 칼을 거두었다. 그들은 한 손씩 뻗어 휘장을 젖혔다. 넓은 화원이 보였다.

"자, 그럼."

청삼수사가 앞을 향해 권하는 손짓을 하며 앞서 갔다.

서문의는 내심 놀랐다.

'오 년 전과는 많이 달라졌군. 사람도 건물도 전부 다.'

오 년 전에는 방금 지나왔던 그 긴 통로도, 이제 막 들어선 이 화원도 없었다.

그때 여기를 다시는 찾지 않으리라 결심했었는데…….

'후후, 사람 일이란 함부로 장담하면 안 된다니까.'

서문의는 내심 툴툴 웃으며 과거 자신이 경솔했음을 반성했다.

그러면서도 그는 화원을 관찰하는 걸 잊지 않았다.

'절정고수라도 멋모르고 함부로 들어섰다가는, 아니지, 알고 왔어도 개죽음당하기 십상이군.'

전후의 큰 건물 두 개와 좌우의 높은 황벽, 중앙에 아담한 정자가 있는 화원.

이 화원은 실상 십면매복(十面埋伏)의 사지인 것이다.

화원을 지나친 일행은 전각으로 들어섰다.

문 위에 걸린 호림각이라는 현판이 일행을 맞았다.

안으로 가로질러 가자 월동문이 나타났다. 청삼수사는 문 앞에서 걸음을 멈췄다.

"안내는 여기까지. 들어가서 장주를 뵙도록 하시오."

그는 조심하라는 듯 눈을 예리하게 빛냈다.

서문의 일행은 월동문으로 들어갔다.

팍!

그들이 들어가자 뒤에서 휘장이 쳐졌다. 희미한 등불만 일렁이던 방 안은 더욱 어두워졌다.

서문의는 수렴이 쳐진 곳으로 다가갔다.

수렴의 일 장 앞에서 그는 멈춰 섰다.

수렴 뒤에 앉은 노인은 그를 가만히 지켜보고 있었다.

서문의 역시 입을 열지 않았다. 당연히 쥐 죽은 듯한 침묵이 방 안을 감쌌다.

"……."

서문의와 노인은 마치 신경을 겨루고 있는 듯했다.

숨이 막히는 중압감이 방 안에 가득했다.

바늘 하나만 떨어져도 천둥처럼 울릴 침묵이었다.

완옥령과 연백심은 긴장으로 등골에 식은땀이 흘렀다.

그들은 지금 뭔가 폭발하기 일보 직전이라 느꼈다.

특히 완옥령은 손에 땀이 배었다. 그녀는 서문의의 뒷모습만을 주시했다. 다른 건 눈에 들어오지도 않았다.

그녀는 일념으로 오직 서문의만을 생각하고 있었다.

그렇게 거의 한 식경이 흐른 어느 순간,

"네놈은 죽지 않았군. 어쨌든 다행이라 해야겠지?"

노인이 먼저 입을 열었다.

"그래, 그 꼴로 왜 노부를 찾아왔지?"

서문의가 착 가라앉은 어조로 대답했다.

"다시 올 수밖에 없었습니다."

노인이 조소를 흘렸다.

"흠흠. 그 꼴이 되고 나니 뭔가 아쉬웠던 모양이로군."

그는 이어 말했다.

"몸속에 치명적 재앙이 숨어 있군. 얼핏 보기에 예전보다 기도도 안정되고 내외의 경지가 훨씬 상승한 듯하지만, 노부의 눈은 결코 속일 수 없지. 흐흐흐흠……."

노인은 조소를 멈추고 잠시 침묵하다가 말했다.

"낯짝을 드러낸 이유나 한번 듣기로 하지."

심히 안하무인의 태도에 모욕적인 언사였다. 하지만 서문의는 개의치 않고 말했다.

"저 두 사람을 당분간 여기 머물게 했으면 합니다."

"저들은 누구냐?"

"형제처럼 가까웠던 이들의 친인입니다. 현재 두 사람은 위험에 처해 있고, 난 그들을 가장 믿을 수 있는 곳에 머물게 하려고 생각했습니다. 바로 이곳이 최적이었습니다."

"부탁이냐, 요구냐?"

"간청입니다."

"지금 네놈은 간청하는 태도가 아닌데?"

"그렇다면……."

"무릎을 꿇어라."

서문의는 검미를 꿈틀하며 굳게 입을 닫았다.

"무릎부터 꿇고 간청해라. 간청하려면 먼저 존경심부터 표해야 하는 법이지. 천하에 누구도 감히 노부에게 간청하면서 뻣뻣이 서 있지는 못한다."

노인도 그렇게 말하고 입을 닫았다.

다시 침묵이 이어졌다. 하지만 이번에는 오래가지 못했다.

"좋습니다."

그는 주저 없이 무릎을 꿇었다. 순간,

"못난 놈! 정말 무릎을 꿇다니!"

노인의 꾸짖음과 함께 수렴이 갈라졌다.

어느 사이 노인은 서문의 면전에 나타나 있었다.

이형환위의 초절한 경신법이었다.

퍽!

순식간에 노인의 우장이 서문의의 가슴에 꽂혔다.

서문의는 검미를 움찔 떨며 말했다.

"과연! 훌륭하십니다."

순간,

서문의의 몸 내부에서부터 거대한 진동음이 울렸다.

노인은 우장을 통해 노도 같은 기운이 밀려듦을 느꼈다.

퉁—!

큰 북이 울리는 소리와 함께 노인의 우수가 밀려났다.

"흥! 흉내는 제대로 내는군."

냉소한 노인은 손바닥[掌]을 주먹[拳]으로 바꾸었다.

우득!

튕겨지던 노인의 우수가 뼈마디 소리를 울리며 굽혀진 팔꿈치를 쭉 뻗었다.

서문의는 두 무릎을 꿇은 상태로 우수로 날아드는 주먹을 휘감았다. 두 사람의 우수가 채찍처럼 뒤얽혔다.

그 형상과 기법은 완전히 똑같았다.

"……!"

한순간, 노인의 두 눈에 격렬한 이채가 스쳐 갔다.

하지만 그는 눈썹을 곤두세우며 천둥처럼 소리쳤다.

"흉내만 내지 말고 진경을 발휘해 봐라!"

얽혔던 노인과 서문의의 팔이 동시에 탄경(彈勁)을 발휘하며 상대의 팔을 밀어냈다.

노인의 두 팔이 면문에서 십자로 교차되었다가 태산을 밀어낼 듯 앞으로 뻗어졌다.

"원하신다면!"

서문의가 응수하며 쌍장을 내뻗었다.

출수는 역시 노인의 그것과 완벽히 일치했다.

콰쾅!

쌍장이 격돌하자 뇌성벽력이 진동했다.

쌍장을 마주한 두 사람은 미동도 하지 않았다.

방의 진동이 미약하게 이어지다가 결국 멈췄다.

모든 것이 정지했다. 당연히 무거운 침묵이 찾아왔다.

"……!"

완옥령은 놀란 눈이 되어 손으로 입을 가리고 있었다.

가리지 않으면 무슨 넋두리가 나올지 알 수 없기 때문에.

입을 크게 벌린 연백심은 경이감으로 몸이 굳어 있었다.

하지만 그들이 더욱 놀란 건, 오랜 침묵 끝에 열린 노인의 입 때문이었다.

"…닮았군. 네 어미와 정말 닮았다."

노인은 서문의의 얼굴을 찬찬히 뜯어보기 시작했다.

"오 년 전, 네놈이 노부에게 건방진 선언을 하고 떠났을 때 노부가 그냥 놔둔 것은 네 어미 때문이었다."

어조와 얼굴에 회의감이 깃든 채 노인은 말을 이었다.

"그 망할 네 어미만 아니었다면, 네놈은 노부가 무슨 일이 있어도 처단했을 것이다. 그년은 살아서나 죽어서나 노부의 속만 긁어놓는 년이로군."

그는 땅이 꺼지도록 한숨을 내쉬었다.

서문의가 굳게 닫았던 입을 열었다.

"그래서 제가 오지 않았습니까, 외조부님."

노인의 눈이 흔들렸다.

노기와 서글픔, 기쁨과 다행함, 대견함과 엄함이 한데 뒤섞인 그의 눈빛은 뭐라고 형용할 수 없었다.

"외조부라……. 이제야 네놈이 노부를 그렇게 부르는구나. 허허, 허허허허허……!"

방 안에 노인의 허탈한 웃음이 울려 퍼지기 시작했다.

외조부.

당금무림 좌도방문의 거두라는 십좌(十座) 중 일인인 백호노군(白虎老君) 상소백(尙逍柏)은 외손자 앞에서 그렇게 한참이나 웃고 있었다.

『서문검로』 제2권에 계속…

저작권 보호!!

장르문학의 성장에 힘이 되어주십시오.

저작물의 무단 전재와 복제, 불법 다운로드!
이것은 관심이 아니라 무관심입니다!

작가님들은 창의적 열정과 시간을 투자해 자신의 꿈과 생계를 유지합니다.
한 권의 책을 만들어 많은 사람들은 자신의 인생과 미래를 설계합니다.

저작물 속에는 여러 사람의 노력과 희망이
담겨 있습니다!

저작물의 무단 전재와 복제, 불법 다운로드는 여러 사람들의 꿈과 생계를
위협함으로써 장르문학을 심각한 상황에 빠뜨리고 있습니다.

이제는 무관심이 아니라 관심으로 장르문학의
성장에 힘이 되어주세요.

[도서출판 **청어람**은 항시적인 저작권 보호를 통해 장르문학과
여러분의 희망을 지키겠습니다.]

도서출판 청어람

조종호 新무협 판타지 소설

十變化身
십변화신

"너는 죽는다."

"……!"

뇌서중은 자신도 모르게 번쩍 고개를 치켜들어 뇌력군을 올려다봤다.

"다시 말해주랴? 난호가 망혼곡에 들어가면 네놈은 반드시 죽는다."

비밀에 싸인 중원 최고의 살수문파 망혼곡(忘魂谷).
그곳에서 십 년 만에 돌아온 화사평은 기억을 지우고
평화로운 삶을 꿈꾸지만,
주위엔 가문을 위협하는 자들이 존재하고 있었으니…….

그의 손엔 망혼곡 삼대기문병기
용편검(龍鞭劍), 명혼기수(冥魂起手), 엽섬비(葉閃匕).
얼굴엔 서로 다른 열 개의 괴이한 가면.

망혼곡주 십변화신!
그가 일으키는 폭풍의 무림행!

Book Publishing CHUNGEORAM

유행이 아닌 자유추구 -
WWW.chungeoram.com

백야 新무협 판타지 소설

취불광도

「무림포두」, 「염왕」의 작가 백야!
그가 칠 년 동안 갈고닦아 온 역작 「취불광도」!

강호 일신(一神), 검신 한담(邯罿).
오직 검 한 자루로 무림을 지배하고 다스리는 인물.
강호를 지배하는 또 하나의 손, 또 하나의 검…….

기이한 파계승의 손에서 자란 나정은 스승과 함께 떠난 무림행에서
이십 년 전의 혈난을 만들어낸 금단의 무공을 만나게 되고……

그에게 잠재되어 있던 거대한 힘이 운명의 안배에 따라 깨어난다!

어린 동자승, 나정이 만들어가는 무림 기행!
또 하나의 전설이 이제 시작된다!

Book Publishing CHUNGEORAM

유행이 아닌 자유추구 -
WWW.chungeoram.com

無籍門主
무적문주

눈매 新무협 판타지 소설

강호가 혼란할 때마다 나타났던 전설의 문파
강호인들은 그들을 무적문이라 부른다.

마도천하의 시대. 명문정파 비검문은 유일한 계승자인 설화를 보호하기 위해
표운성이라는 청년을 찾는데……

"헤헤, 돈 좀 주셔야겠는데요?"

걸핏하면 돈! 돈! 돈!
세상에서 가장 좋은 것도 돈이요, 가장 귀한 것도 돈이다.

그를 은밀히 따르는 어둠 속의 사군자(死軍者)들
서서히 드러나는 무적문의 실체

"은자의 은혜만 받는다면 나 표운성, 이루지 못할 것은 없다!"
돈에 환장한 문주가 나타났다!

Book Publishing CHUNGEORAM

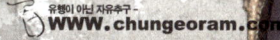
유행이 아닌 자유추구 –
WWW.chungeoram.com

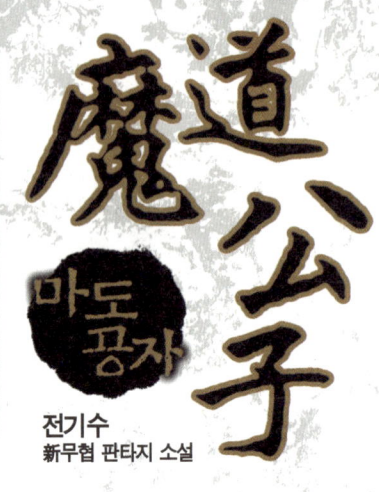